中国小说 100 强（1978—2022）

秋风庭院

王跃文　著

北京联合出版公司
Beijing United Publishing Co.,Ltd.

图书在版编目（CIP）数据

秋风庭院 / 王跃文著. -- 北京 : 北京联合出版公司, 2023.9

（中国小说100强）

ISBN 978-7-5596-7103-5

Ⅰ.①秋… Ⅱ.①王… Ⅲ.①长篇小说－中国－当代 Ⅳ.①I247.5

中国国家版本馆CIP数据核字(2023)第129580号

秋风庭院

作　　者：王跃文

出 品 人：赵红仕

出版监制：张晓冬　范晓潮

责任编辑：高霁月

特约编辑：和庚方　张　颖

封面设计：武　一

北京联合出版公司出版

（北京市西城区德外大街83号楼9层　100088）

北京兴星伟业印刷有限公司印刷　新华书店经销

字数183千字　650毫米×920毫米　1/16　19.5印张

2023年9月第1版　2023年9月第1次印刷

ISBN 978-7-5596-7103-5

定价：58.00元

中国小说 100 强（1978—2022）丛书

编委会

丛书总策划

张 明　著名出版人

张 英　资深媒体人

编委主任

吴义勤　中国作协副主席

　　　　中国小说学会会长

编　委

吴义勤　中国作协副主席、中国小说学会会长

宗仁发　《作家》杂志主编

谢有顺　中山大学教授、中国小说学会副会长

顾建平　《小说选刊》副主编

张 英　资深媒体人

文 欢　作家、出版人

总　序

　　"中国小说100强"（1978—2022）是资深出版人张明先生和腾讯读书知名记者张英先生共同策划发起的一套大型文学丛书。他们邀请我和宗仁发、谢有顺、顾建平、文欢一起组成编委会，并特邀徐晨亮参与，经过认真研讨和多轮投票最终评定了100人的入选小说家目录。由于编委们大多都是长期在中国文学现场与中国文学一路同行的一线编辑、出版家、评论家和文学记者，可以说都是最专业的文学读者，因此，本套书对专业性的追求是理所当然的，编委们的个人趣味、审美爱好虽有不同，但对作家和文学本身的尊重、对小说艺术的尊重、对文学史和阅读史的尊重，决定了丛书编选的原则、方向和基本逻辑。

　　从文学史的角度来说，1978年以后开启的新时期文学是中国当代文学的黄金时代，不仅涌现了一批至今享誉世界的优秀作家，而且创造了许多脍炙人口的文学经典，并某种程度上改写了20世纪中国文学史的版图。而在中国新时期文学的经典家族中，小说和小说家无疑是艺术成就最高、影响力最大的部分。"中国小说100强"（1978—2022）就是试图将这个时期的具有经典性的小说家和中国小说的经典之作完整、系统地筛选和呈现出来，并以此构成对新时期文学史的某种回顾与重读、观察与评判。呈现在读者面前的这套丛书是对1978—2022年间中国当代小说发展历程的一次全面、系统的整体性回顾与检阅，是中国当代文学经典化的重要成果，从特定的角度集中展示了中国新时期文学在小说创作方面的巨大成就。需要说明的是，与1978—2022年新时期文学繁荣兴盛的局面相比，100位作家和100本书还远远不能涵盖中国当代小说的全貌，很多堪称经典的小说也许因为各种原因并未能进入。莫言、苏童、余华等作家本来都在编委投票评定的名单里，但因为他们已与某些出版社签下了专有出版合同，不允许其他出版社另出小说集，因而只能因不可抗原因而割爱，遗珠之憾实难避免，而且文学的审美本身也是多元的，我们的判断、评价、选择也许与有些读者的认知和判断是冲突的，但我们绝无把自己的标准强加于别人的意思。我们呈现的只是我们观察中国这个时期当代小说的一个角度、一种标准，我们坚持文学性、学术性、专业性、民间性，注重作家个体的生活体验、叙事能力和艺术功力，我们突破代际局限，老、中、青小说家都平等对待，王蒙、冯骥才、梁晓声、铁凝、阿来等名家名作蔚为大观，徐则臣、阿乙、弋舟、鲁敏、林森等新人新作也是目不暇接，我们特别关注文学的新生力量，尤其是近10年作品多次获国家大奖、市场人气爆棚的新生代小说家，我们禀持包容、开放、多元的审美立场，无论是专注用现实题材传达个人迥异驳杂人生经验、用心用情书写和表现时代精神的现实主义作家，还是执着于艺术探索和个体风格的实验性作家，在丛书里都是一视同仁。我们坚信我们是忠实于自己的艺术理想、艺术原则和艺术良心的，但我们并不认为自己的角度和标准是唯一的，我们期待并尊重各种各样的观察角度和文学判断。

当然，编选和出版"中国小说100强"（1978—2022）这套大型丛书，除了上述对文学史、小说史成就的整体呈现这一追求之外，我们还有更深远、更宏大的学术目标，那就是全力推进中国当代文学"经典化"的历程和"全民阅读·书香中国"建设。

从1949年发端的中国当代文学已经有了70多年的发展历程，但对这70多年文学的评价一直存在巨大的分歧，"极端的否定"与"极端的肯定"常常让我们看不到当代文学的真相。有人认为中国当代文学达到了前所未有的高度和水平。王蒙先生在法兰克福书展上就说：中国当代文学现在是有史以来最繁荣的时期。余秋雨、刘再复甚至认为中国当代文学的成就远远超过了现代文学。也有人极端否定中国当代文学，认为中国当代文学都是垃圾。他们认为现代文学要远远超过当代文学，中国当代文学连与现代文学比较的资格都没有。比如说，相对于鲁（迅）、郭（沫若）、茅（盾）、巴（金）、老（舍）、曹（禺）这样大师级的人物，中国当代作家都是渺小的侏儒，根本不能相提并论，两者比较就是对大师的亵渎。应该说，与对中国当代文学的肯定之声相比，对当代文学的否定和轻视显然更成气候、更为普遍也更有市场。尽管否定者各自的角度和出发点不同，但中国当代作家、作品与中外文学大师、文学经典之间不可比拟的巨大距离却是唱衰中国当代文学者的主要论据。这种判断通常沿着两个逻辑展开：一是对中外文学大师精神价值、道德价值和人格价值的夸大与拔高，对文学大师的不证自明的宗教化、神性化的崇拜。二是对文学经典的神秘化、神圣化、绝对化、空洞化的理解与阐释。在此，我们看到了一个非常有趣的悖论：当谈论经典作家和文学大师时我们总是仰视而崇拜，他们的局限我们要么视而不见要么宽容原谅，但当我们谈论身边作家和身边作品时，我们总是专注于其弱点和局限，反而对其优点视而不见。问题还不在于这种姿态本身的厚此薄彼与伦理偏见，而是这种姿态背后所蕴含的"当代虚无主义"。这种"虚无主义"的最大后果就是对当代作家作品"经典化"的阻滞，对当代文学经典化历程的阻隔与拖延。一方面，我们视当下作家作品为"无物",拒绝对其进行"经典化"的工作,另一方面又以早就完全"经典化"了的大师和经典来作为贬低当下泥沙俱下的文学现实的依据。这种不在同一个层面上的比较,不仅毫无意义,而且只能使得文学评价上的不公正以及各种偏激的怪论愈演愈烈。

其实,说中国当代文学如何不堪或如何优秀都没有说服力。关键是要进行"经典化"的工作,只有"经典化"的工作完成了才有可能比较客观地对当代的作家作品形成文学史的判断。对当代的"经典化"不是对过往经典、大师的否定,也不是对当代文学唱赞歌,而是要建立一个既立足文学史又与时俱进并与当代文学发展同步的认识评价体系和筛选体系。当然,我们也要承认,"经典化"问题是一个非常复杂的问题,并不是凭热情和冲动一下子就能完成的,但我们至少应该完成认识论上的"转变"并真正启动这样一个"过程"。

现在媒体上流行一些对于中国当代文学经典化冷嘲热讽的稀奇古怪的言论,其核心一是否定中国当代文学有经典、有大师,其二是否定批评界、学术界有关"经典化"的主张,认为在一个无经典的时代,"经典"是怎么"化"也"化"不出来的,"经典化"是一个实实在在的"伪命题"。其实,对于文学,每个人有不同的判断、不同的理解这很正常,每一种观点也都值得尊重。但是,在"经典"和"经典化"这个问题上,我却不能不说,上述观点存在对"经典"和"经典化"的双重误解,因而具有严重的误导性和危害性。

首先,就"经典"而言,否定中国当代文学早就不是什么新鲜事,对当代文学的虚无主义态度在很多人那里早已根深蒂固。我不想争论这背后的是与非,也不想分析这种观点背后的社会基础与人性基础。我只想指出,这种观点单从学理层面上看就已陷入了三个巨大误区:

第一个误区,是对经典的神圣化和神秘化的误区。很多人把经典想象为一个绝对的、神圣的、遥远的文学存在,觉得文学经典就是一个绝对的、乌托邦化的、十全十美的、所有人都喜欢的东西。这其实是为了阻隔当代文学和"经典"这个词发生关系。因为经典既然是绝对的、神圣的、乌托邦的、十全十美的，那我们今天哪一部作品会有这样的特性呢？如果回顾一下人类文学史，有这样特性的作品好像也没有。事实上，没有一部作品可以十全十美，也没有一部作品能让所有人喜欢。在这个问题上，我们应该明确的是，"经典"不是十全十美、无可挑剔的代名词，在人类文学史上似乎并不存在毫无缺点并能被任何人所认同的"经典"。因此，对每一个时代来说，"经典"并不是指那些高不可攀的神圣的、神秘的存在，只不过是那些比较优秀、能被比较多的人喜爱的作品而已。从这个意义上说，当今中国文坛谈论"经典"时那种神圣化、莫测高深的乌托邦姿态，不过是遮蔽和否定当代文学的一种不自觉的方式，他们假定了一种遥远、神秘、绝对、完美的"经典形象"，并以对此一本正经的信仰、崇拜和无限拔高，建立了一整套关于中国当代文学的伦理话语体系与道德话语体系，从而充满正义感地宣判着中国当代文学的死刑。

第二个误区，是经典会自动呈现的误区。很多人会说，是金子总是会发光的。但对文学来说，文学经典的产生有着特殊性，即，它不是一个"标签"，它一定是在阅读的意义上才会产生意义和价值的，也只有在阅读的意义上才能够实现价值，没有被阅读的作品没有被发现的作品就没有价值，就不会发光。而且经典的价值本身也不是固定不变的。如果一个作品的价值一开始就是固定不变的，那这个作品的价值就一定是有限的。经典一定会在不同的时代面对不同的读者呈现出完全不同的价值。这也是所谓文学永恒性的来源。也就是说，文学的永恒性不是指它的某一个意义、某一个价值的永恒，而是指它具有意义、价值的永恒再生性，它可以不断地延伸价值，可以不断地被创造、不断地被发现，这才是经典价值的根本。所以说，经典不但不会自动呈现，而且一定要在读者的阅读或者阐释、评价中才会呈现其价值。

第三个误区，是经典命名权的误区。很多人把经典的命名视为一种特殊权力。这有两个层面的问题：一，是现代人还是后代人具有命名权；二，是权威还是普通人具有命名权。说一个时代的作品是经典，是当代人说了算还是后代人说了算？从理论上来说当然是后代人说了算。我们宁愿把一切交给时间。但是，时间本身是不可信的，它不是客观的，是意识形态化的。某种意义上，时间确会消除文学的很多污染包括意识形态的污染，时间会让我们更清楚地看清模糊的、被掩盖的真相，但是时间同时也会使文学的现场感和鲜活性受到磨损与侵蚀，甚至时间本身也难逃意识形态的污染。此外，如果把一切交给时间，还有一个前提，那就是对后代的读者要有足够的信任，要相信他们能够完成对我们这个时代文学的经典化使命。但我们对后代的读者，其实是没有信心的。我们今天已经陷入了严重的阅读危机，我们怎么能寄希望后代人有更大的阅读热情呢？幻想后代的人用考古的方式对我们这个时代的文学进行经典命名，这现实吗？我不相信后人对我们身处时代"考古"式的阐释会比我们亲历的"经验"更可靠，也不相信，后人对我们身处时代文学的理解会比我们亲历者更准确。我觉得，一部被后代命名为"经典"的作品，在它所处的时代也一定会是被认可为"经典"的作品，我不相信，在当代默默无闻的作品在后代会被"考古"挖掘为"经典"。也许有人会举张爱玲、钱钟书、沈从文的例子，但我要说的是，他们的文学价值早在他们生活的时代就已被认可了，只不过很长时间由于意识形态的原因我们的文学史不谈及他们罢了。此外，在经典命名的问题上，我们还要回答的是当代作家究竟为谁写作的问题。当代作家是为同代人写作还是为后代人写作？幻想同代人不阅读、不接受的作品后代人会接受，这本身就是非常乌托邦的。更何况，当代作家所表现的经验以及对世界的认识，是当代人更能理解还是后代人更能理解？当然是当代人更能理解当代作家所表达的生活和经验，更能够产生共鸣。因此，从这个角度来说，当代人对一个时代经典的命名显然比后代人更重要。第二个层面，就是普通人、普通读者和权威的关系。理论上，我们都相信文学权威对一个时代文学经典命名的重要性，权威当然更有价值。但我们又不能够迷信文学权威。如果把一个时代文学经典的命名权仅仅交给几个权威，那也是非常危险的。这个危险表现在什么地方呢？就是几个人的错误会放大为整个时代的错误，几个人的偏见会放大为整个时代的偏见。我们有很多这样的文学史教训。在这个问题上，我们既要相信权威又不能迷信权威，我们要追求文学经典评价的民主化、民主性。对一个时代文学的判断应该是全体阅读者共同参与的民主化的过程，各种文学声音都应该能够有效地发出。这个时代的文学阅读，最理想的状态应该是一种互补性的阅读。为什么叫"互补性的阅读"？因为一个批评家再敬业，再劳动模范，一个人也读不过来所有的作品。举个例子：现在我们一年有 5000 部以上的长篇小说，一个批评家如果很敬业，每天在家读二十四小时，他能读多少部？一天读一部，一年也只能读三百部。但他一个人读不完，不等于我们整个时代的读者都读不完。这就需要互补性阅读。所有的读者互补性地读完所有作品。在所有作品都被阅读过的情况下，所有的声音都能发出来的情况下，各种声音的碰撞、妥协、对话，就会形成对这个时代文学比较客观、科学的判断。因此，文学的经典不是由某一个"权威"命名的，而是由一个时代所有的阅读者共同命名的，可以说，每一个阅读者都是一个命名者，他都有对经典进行命名的使命、责任和"权力"。而作为一个文学研究者或一个文学出版者，参与当代文学的进程，参与当代文学经典的筛选、淘洗和确立过程，更是一种义不容辞的责任和使命。说到底，"经典"是主观的，"经典"的确立是一个持续不断的"过程"，"经典"的价值是逐步呈现的，对于一部经典作品来说，它的当代认可、当代评价是不可或缺的。尽管这种认可和评价也许有偏颇，但是没有这种认可和评价，它就无法从浩如烟海的文本世界中突围而出，它就会永久地被埋没。从这个意义上说，在当代任何一部能够被阅读、谈论的文本都是幸运的，这是它变成"经典"的必要洗礼和必然路径。

总之，我们所提倡的"经典化"不是要简单地呈现一种结果，不是要简单地对一个时代的文学作品排座次，不是要武断地指出某部作品是"经典"，某部作品不是"经典"，不是要颁发一个"谁是经典"的荣誉证书，而是要进入一个发现文学价值、感受文学价值、呈现文学价值的过程。所谓"经典化"的"化"实际上就是文学价值影响人的精神生活的过程，就是通过文学阅读发现和呈现文学价值的过程。可以说，文学的经典化过程，既是一个历史化的过程，更是一个当代化的过程。文学的经典化时时刻刻都在进行着，它需要当代人的积极参与和实践。因此，哪怕你是一个对当代文学的虚无主义者，你可以不承认当代文学有经典，但只要你还承认有文学，你还需要和相信文学，还承认当代文学对人的精神生活具有影响力，你就不应该否定当代文学经典化的重要性。没有这个"经典化"，当代文学就不会进入和影响当代人的生活，就失去了存在的意义。每一个人，哪怕你是权威，你也不能以自己的好恶剥夺他人阅读文学和享受文学的权利。

从这个意义上说，当代文学的经典化当然是一个真命题而不是一个伪命题。在一个资讯泛滥的时代，给读者以经典的指引是文学界、出版界共同的责任，而这也是我们编辑出版这套书的意义所在。

最后，感谢张明和张英先生为本套书付出的辛劳，感谢北京立丰天文化传播有限公司、北京金圣典文化有限公司的资金支持，感谢全体编委和北京联合出版公司各位编辑，感谢所有对本套丛书的出版给予大力支持的作家和他们的家人。

是为序。

吴义勤

2022 年冬于北京

目 录
Contents

漫　水＿＿1

秋风庭院＿＿76

他们的人生各有其必然

　　　——《秋风庭院》创作谈＿＿116

我的堂兄＿＿122

没这回事＿＿206

漫天芦花＿＿246

漫 水

一

漫水是个村子，村子在田野中央，田野四周远远近近围着山。村前有栋精致的木房子，六封五间的平房，两头拖着偏厦，壁板刷过桐油，远看黑黑的，走近黑里透红。桐油隔几年刷一次，结着薄薄的壳，炸开细纹，有些像琥珀。

俗话说，木匠看凳脚，瓦匠看瓦角。说的是木匠从凳脚上看手艺，瓦匠从瓦角上看手艺。外乡人从漫水过路，必经这栋大木屋，望见屋上的瓦角，里手的必要赞叹：好瓦角，定是一户好人家！

木屋的瓦檐微微翘起，像老鹰刚落地的样子。屋脊两头像鸟嘴朝天的尖儿，就是漫水人说的瓦角。瓦角扳得这么好看，那瓦匠必是个灵空人。乡下人看匠人手艺，有整套的顺口溜，又比如：泥匠看墙角，裁缝看针脚。

扳得这好瓦角的瓦匠，就是这屋子的主人，余公公。漫水这地方，公公就是爷爷。余公公的辈分大，村里半数人叫他公公。余公公

1

大名叫有余，漫水人只喊他余公公。余公公是木匠，也会瓦匠，还是画儿匠。木匠有粗料木匠，有细料木匠。粗料木匠修房子，细料木匠做家具。平常木匠粗料、细料只会一样，余公公两样都在行。漫水人说话没有儿化音，唯独把画匠师傅叫成画儿匠。兴许晓得画画儿更需心灵手巧，说起这类匠人把话都说得软和些。画儿匠就是在家具或老屋上画画的，多画吉祥鸟兽和花卉。不只是画，还得会雕。老屋就是棺材，也是漫水的叫法。还叫千年屋，也叫老木，或寿木。如今家具请木匠做的少了，多是去城里买现成的，亦用不上画儿匠。余公公的画儿匠手艺，只好专门画老屋。

漫水的规矩，寿衣寿被要女儿预备，老屋要儿子预备。不叫作老屋，也不叫置老屋，叫割老屋。余公公的老屋是自己割的，他六十岁那年就把老两口的老屋割好了。不是儿女不孝顺，只是儿女太出息。两个儿子都出国了，一个在美国，一个在德国。女儿离得最近，随女婿住在香港。美国那个叫旺坨，德国那个叫发坨。两兄弟在外面必有大号，漫水人只叫他俩旺坨和发坨。女儿名叫巧珍，漫水人叫她巧儿。儿女不当官，不发财，余公公竟很有面子。逢年过节儿女回不来，县里坐小车的会到漫水来，都说是他儿女的朋友。漫水做大人的见着眼红，拿自家儿女开玩笑，说："我屋儿女真孝顺，天天守着爹娘。不像余公公儿女，读书读到外国去了，爹娘都不认了！"做儿女的也会自嘲："有我们这儿女，算您老有福气！要不啊，老屋都得自己割！"

余公公的老屋是樟木料的。他有一偏厦屋的樟木筒子，原来预备给儿女们做家具。儿女们都出去了，余公公就选了粗壮的樟木筒子割老屋。漫水这地方，奶奶，叫作娘娘。余娘娘还没打算自己做寿衣寿被，一场大病下来人就去了。隔壁慧娘娘把自己的寿衣寿被拿出来，先叫余娘娘用了。第二年，慧娘娘的男人家有慧公公死了。有余和有慧，出了五服的同房兄弟。慧娘娘虽把自己两老的寿衣寿被做了，老屋还没有割好。慧娘娘没有女儿，只有个独儿子强坨。她就自己做了寿衣寿被，等着儿子强坨割老屋。强坨说："我自己新屋都还没修好，哪有钱割老屋？就这么急着等死？"话传出去，漫水人都说强坨是个畜生。乡里人修屋，就像燕子垒窝，一口泥，一口草。强坨新修的砖屋只有个空壳，门窗家具还得慢慢来。儿子只有这个本事，慧娘娘也不怪他。怪只怪强坨嘴巴说话没人味，叫她做娘的没有脸面。慧公公没有老屋，余公公把强坨叫来："你把我的老木抬去！"慧公公睡了余公公的樟木老屋，漫水人都说他有福气。

二

漫水地名怎么来的，村里没人说得清。要是去城里查县志，地名肯定是有来历的。漫水人不会去想这些没用的事，只把日子过得像闲云。心思细的，只有余公公。他儿女们都说：老爹要是多读些书，必定是了不起的人物。漫水只有余公公跟旁人不太像，他不光是样样在行的匠人，农活也是无所不精。漫水这么多人家，只有余公公栽各色花木，芍药、海棠、栀子、茉莉、玉兰、菊花，屋前屋后，一年四季，花事不断。有人笑话说："余公公怪哩，菜种得老远，花种在屋前屋后！"

余公公的菜地在屋对门的山坡上，吃菜需得上山去摘。一大早，余公公担着筲箕，筲箕里是些猪粪或鸡屎，晃晃悠悠地往山上去。一条大黑狗，欢快地跟在身边跳。黑狗风一样地蹦到前面，忽然停下来，回头望着余公公。黑狗又想等人，又想飞跑，回过头的身子弯得像弓，随时会弹出去。余公公喊道："你只顾自己疯，你疯啊，你疯啊，不要管我！"黑狗肯定是听懂了，摇摇尾巴，身子一弹，又飞到前面去了。

山上有茂密的枞树，春秋两季树林里会长枞菌。离山脚三丈多的地方，枞树有些稀疏，那里就是余公公的菜地。余公公爬坡时，脚步有些慢。黑狗早上去了，又蹦下来，屁股一撅一撅，往后退着走。黑狗那吃力的样子，就像替余公公使劲。余公公说："不中用的东西，你还拉得我动？"黑狗肯定又听懂了，摇摇尾巴，脑袋一偏一偏，眼珠子亮亮的。

余公公施肥或锄草的时候，同黑狗说话："你要是变个人，肯定是个狐狸精！"黑狗是条母狗，身子长长的，像刀豆角，毛色水亮水亮，暗红色的嘴好比女人涂了口红。村里别人的狗都是黄狗、灰狗或麻狗，只有余公公屋里是条黑狗。那些黄狗、灰狗或麻狗，又多是黑狗的子女，总有四五十条。前年开始，黑狗不再生了。过去八九年，黑狗每年都要做一回娘。不再做娘的黑狗，仍活像像年轻女人，喜欢蹦跳，喜欢撒娇。余公公逗它："崽都生不出了，还这么疯，不怕丑啊！"

这时节，正是栽白菜的时候。余公公的白菜已栽下半个月，嫩嫩的叶子起着细细的皱。蒜已长得半根筷子高，秆子粗粗的，包着红皮。辣子即将过季，改天得把辣子树拔掉，再栽一块白菜。快过季的辣子拌豆豉炒，或做爆辣子，都是很好的菜。村里人叫这扯树辣子，余公公叫它罢园辣子。秋后快过季的西瓜，余公公也叫它罢园瓜。罢园二字，余公公在画儿书上看到的。年轻时学画儿匠，余公公读过几本画儿书。

　　余公公慢慢收拾着菜地，突然想起好久没同黑狗说话了。一回头，见黑狗蹲在菜地边上，一动不动望着山下的村子。二十多年前，县里来人画地图，贴出来一看，漫水人才晓得自己村子的形状像条船。余公公的木屋正在船头上。船头朝北，船的东边是溆水。

　　村子东边的山很远，隔着溆水河，望过去是青灰色的轮廓；南边的山越往南越高，某个山洞流出一股清泉，那是溆水的正源；北边看得见的山很平缓，溆水流过那里大片的橘园，橘园边上就是县城；西边的山离村子近，山里埋着漫水人的祖宗。坟包都在山的深处，那地方叫太平垴。漫水人都很认命，遇着争强斗气的，有人会劝："你争赢了又算老几？都要到太平垴去的！"人想想太平垴，有气也没气了。

　　溆水河边有宽宽的沙地，长着成片成片的柳树；柳树林又连着橘园，河边长年乌青乌青的。沙地好种西瓜和甘蔗，哪个季节都是伢儿子的天堂。从深秋到冬天，河边橘子红了，甘蔗甜了，伢儿子三五成群，偷甘蔗和橘子吃。偷甘蔗也有手艺，用脚踩着甘蔗兜子，闷在土里扳断，不会有清脆的响声。一望无际的甘蔗地，风吹得沙沙地响，伢儿子在里头神出鬼没。偷橘子吃的，手上易留下橘子皮的香味。伢儿子也自有办法，扯地里枯草包着橘子剥皮，手上不再有气味。有人发现自家甘蔗或橘子被偷了，多会叫骂几句，哪个也不会当真。哪家都是生儿养女的，伢儿女儿哪有不调皮的！

　　溆水要流到东海去，东海在日头出来的地方。溆水流到沅江，沅江流到洞庭，洞庭流到长江，长江流到东海。山千重，水百渡，很远很远。说近也很近，溆水边有座鹿鸣山，山下有个蛤蟆潭，潭底有个无底洞，无底洞直通东海龙宫，钻个猛子就到了。蛤蟆潭在溆水东岸，西岸是平缓沙滩，河水由浅而深。水至最深处，就是蛤蟆潭。很久以前，东岸有个姑娘，很孝顺，很漂亮。有一天，姑娘蹲在蛤蟆潭边的青石板上洗衣服，青石板突然变成乌龟，驮着姑娘沉到水里去了。姑娘被带到东海龙宫，做了千年不老的龙王娘娘。青石板原是乌龟变的，乌龟原是龙王老儿打发来的。

余公公还是伢儿子的时候，常在蛤蟆潭西岸游泳，打死也不敢游到东岸的潭中间去。余公公没听人说过南海、北海或西海，只听说有东海，也只听说过有东海龙王。东海龙宫遍地珍珠玛瑙，有美丽的龙女。漫水人望见太阳雨，总会念那句民谣：边出日头边落雨，东海龙王过满女！漫水人说过女，就是嫁女。遇上件好东西需得夸赞，必会说：龙王老儿的轿杠！

漫水没有人见过海，日子里却离不开海。天干久旱，依旧俗就得求雨，行祭龙王的法事。男女老少，黑色法衣，结成长龙阵，持香往寺庙去。一路且歌且拜，喊声直震龙宫。人过世了，得用龙头杠抬到山上去。孝男孝女们身着白色丧服，又拿连绵十几丈的白布围成船形，拉起十六人抬着的灵棺慢慢前行。已行过了水陆道场，孝子们拉着龙船把亡人超度到极乐世界去。余公公画过很多老屋，年轻时雕过很多人家的窗格子，就是没有雕过龙头杠。漫水这副龙头杠传过很多代了，龙的眼珠子像要喷出火来，龙尾像随时在甩动。余公公常想：这龙头杠怎么不是我雕的呢？那龙头杠是楠木的，不要油，不要漆，千年不腐。

前几年，有个城里人想买这副龙头杠，价钱出到几万块。强坨动了心，想把龙头杠卖掉。龙头杠是全村人的，世世代代都放在强坨屋。他公公，他爹爹，都是保管龙头杠的。漫水很多事都说不清来龙去脉，人人只知守着种种规款就是了。听说强坨要卖掉龙头杠，余公公把强坨屋门拍得山响："强坨，你出来！你要好多钱？我给你！"强坨说："那个城里人是傻子，一个龙头杠他出好几万！信我，由我卖了，我做十副龙头杠赔给大家！"余公公扬起手就要打人，说："放你的屁！如今是不信迷信了，不然要把你关到祠堂去整家法！"过去祠堂有个木笼子，男人若不孝不义，会被族人绑在里面，屁股露在外头，任人用竹条子抽打。这叫整家法。一个村里只准有一副龙头杠，强坨说赔十副龙头杠，这话很不吉利。强坨这话很多人听见了，都骂他说的不是人话。几个年轻人一声喊，就把龙头杠抬到余公公屋后去了。

龙头杠搭在两个木马上，平时用厚厚的棕蓑衣包着。木马脚上绑了猫儿刺，不怕老鼠爬到龙头杠上去咬。猫儿刺形状像猫，刺头子又多又锋利，老鼠不敢往上面爬，漫水人又叫它老鼠刺。有个大晴天，余公公解开棕蓑衣，细心擦着龙头杠上的灰。心想：楠木真是好料，这龙头杠也不晓得传好多代了，虫不咬，水不腐，随便擦擦，亮堂堂的。慧娘娘望见了，过来说："余哥，龙头杠祖祖辈辈在我屋的，只怪强坨不争气。我想，龙头杠要不要漆一漆？漆钱还是我出，功夫出在你手上。"余公公还是很好的漆匠。余公公摇摇头，笑眯眯地说："老弟母，我们漫水龙头杠不要漆，永远都不要漆。漆了，可惜了！"慧娘娘不明白，问："余哥，你是说……我听不懂了！"余公公嘿嘿一笑，说："前年过年旺坨和发坨回来，我告诉他两兄弟，有个城里人要花几万块钱买我漫水的龙头杠。旺坨和发坨跑到屋后看了半天，说这龙头杠是个宝贝文物，肯定不止这个价钱。两兄弟都说，千万不要去油，去漆，文物越旧越值钱！"慧娘娘听着，吓住了："你也想把它卖掉？"余公公笑了起来，说："老弟母，强坨说这话不稀奇，你也这么说我就稀奇了。我是不想弄坏文物！你想想，你我哪天阎王老儿请去了，用几十万块钱的龙头杠抬去，面子天大！"

三

余公公喊了黑狗，说："你望傻了啊！莫望了，我们回去！"余公公扯掉几株辣子树，摘下上面的辣子，差不多有一餐菜了，就说："回去吃早饭去！"刚想下山，余公公回头望望身后的林子，想：干脆捡几朵枞菌去。人家捡枞菌要满山钻，余公公只去几个地方。每回余公公提着枞菌出来，碰见的都要说："这山是你屋菜园啊，你捡枞菌就像去菜园掐蒜！"余公公只是笑，也不告诉他的枞菌是哪里来的。这会儿余公公对黑狗说："你莫要跟脚，我就回来！"黑狗偏一偏脑袋，望着余公公的背影到林子里去了。

余公公径直去了一个山窝堂，那里有个大刺蓬，枞茅铺得满地。针一样的枞树叶，漫水人叫它枞茅。回去二十年，漫水人会把枞茅扒去当柴烧，现在开始烧藕煤。扒枞茅的扒叉，过去家家户户都有好几把，如今看不见了。余公公熟悉山上的每一棵树，每一块石头，晓得哪个山窝堂好长枞菌，哪个山坎坎好长蕨菜。别人扒枞茅也是满山钻，却摸不出捡枞菌的窍门。余公公一路上就想着：那个刺蓬里肯定生了一窝好枞菌！他走到刺蓬前面，拿棍子扒开刺蓬，果然就望见里面生了好多枞菌。大的有半个手掌大，伞一样撑着；小的像扣子，圆溜溜的，闪着蓝光。捡大菌子过瘾，吃还是小菌子好吃。就像捉泥鳅，捉喜欢捉大的，吃喜欢吃小的。余公公把一窝枞菌一朵一朵捡好，回头却见黑狗远远地立在那里，就说："叫你莫跟脚！你想去告诉人家啊！这是我的菜园，不准说！"

　　下山时，余公公望望田垅中的村子，通通都是两三层的砖屋。白白的墙，黑黑的瓦。只有自家是木屋，远看很不起眼。记得从前，家家都是木屋，高低都差不多，可望见炊烟慢慢升到天上去。旺坨和发坨都说过，想把旧木屋拆了，改修砖房子。余公公不肯，说："你们人都不回来了，我修新屋做什么？"两兄弟就安慰老爹："我们也会回来养老的！"余公公不作声，心上想：哪个稀罕砖屋？哪有住木屋舒服！木屋是余公公自己修的，每根柱子，每块橡木，一钉一瓦，都经过他的手。哪怕有人树一幢金屋，他也舍不得换。

　　余公公屋同慧娘娘屋只隔着菜园子。一边是慧娘娘屋的菜园，一边是余公公屋的菜园。慧娘娘屋菜园一年四季种各色菜蔬，余公公屋菜园子一年四季栽各色花木。屋场前后的菜园土很肥，慧娘娘屋的菜却没有余公公屋山上的长得好。慧娘娘自己动不得手了，就总骂强坨："人勤地不懒！你看看余伯爷，人家菜园还是黄土坡上，辣子驮断了树！"强坨说："我又不是菜农，又不靠卖菜赚钱，有吃就够了！"余公公不会去说强坨，人家毕竟不是他亲侄子。若是他亲侄子，他会说：种地是种脸面，地种得不好，见不得人！余公公是个要脸面的人，他的事就样样做得好。

　　慧娘娘屋有条黄狗，是余公公那黑狗的儿子。黄狗望见娘回来了，又是蹦跳，又是打转转。黑狗很有母仪，立在地场坪望一望黄狗，慢慢走到自家檐前，抖一抖皮毛，趴下。余公公进屋做早饭，自言自语："一人吃饱，全家不饿！"每次说过这话，他都会在心上问自己：是不是真的老了？老喜欢说这句话！人开始说冗话，就是老了。余公公的日子过得很慢，家家户户都吃过早饭了，他才开始慢慢地淘米下锅。有回巧儿回家，见老爹慢慢地淘米，就说："爹，现在城里人都不兴淘米了，工厂出来的大米是不用淘的。您老还是淘米，其实很好。"巧儿是想说，老爹很讲卫生。这年月在城里，吃的用的都不放心。余公公并不晓得城里人的恐惧，他只是把日子过成了习惯。

枞菌很不容易洗干净，粗手粗脚吃着必定有泥沙。余公公细心地洗着枞菌，听见黑狗突然汪汪地叫，同时也听见有人喊着："收烂铜、烂铁、鸭毛、鹅毛……"他赶紧跑出去看，怕黑狗惹事。他出门晚了一步，黑狗已经惹事了。慧娘娘屋的黄狗已咬了收破烂的外乡人。慧娘娘也跑出来了，嘴里不停地喊道："怎么得了，怎么得了，咬得重不重？"外乡人卷上裤子，哎哟哎哟的，说："你看你看，牙齿印这么深！你看你看，开始出血了。"慧娘娘作揖打拱的，说："真是对不住，我跑都跑不及，就出事了！你是年轻人，多原谅！"外乡人也不算很蛮，只说："原谅？您老人家是要我原谅人，还是原谅狗？"慧娘娘说："原谅人，也原谅狗。我养的儿子蠢，养的狗也蠢！只要听见人家的狗叫，它就扑上去咬人！"余公公笑了起来，说："老弟母，你是说这狗娘聪明呢？还是说狗儿子蠢？这个蠢儿子，可是聪明娘养的！"外乡人听着怪怪的，说："我痛得要死，您两老还在说笑话。我死是死不了，就怕狂犬病。"慧娘娘忙往屋里走，走几步又慌慌地回头，说："年轻人，我进屋取钱，你去打疫苗，钱我出。"余公公忙喊住慧娘娘，说："老弟母，钱我出，你莫管。祸是我黑狗惹的，它不叫，黄狗不会咬。"慧娘娘不理余公公，进屋去了。没多时，两个老人都从自己屋里出来，手里都拿着钱。余公公笑着说："老弟母，你莫和我争，养不教，母之过。黑狗到底是做娘的，哪个喊它乱叫！"慧娘娘不开脸，也不答话，径直把钱放在外乡人手里，说："价钱我晓得，多几块零星钱你不用找了。"余公公把外乡人手里的钱抢过来，又把自己的钱塞过去，说："年轻人，你不能拿她的钱。"慧娘娘开腔了，冲着余公公说："你钱多，那是你的钱！"外乡人看不明白，瞪大眼睛看热闹，说："今天我碰着两个怪老人了！我该要哪个的钱呢？算了算了，我都不要了，莫耽搁我的生意！"余公公把外乡人一推，说："你快拿了钱走，我不留你吃早饭！"

外乡人推着推车走了，黄狗开始朝天狂叫。慧娘娘骂道："你现在晓得叫了？你叫有人听吗？有人替你咬人吗？"

这时候，围过来几个看西洋景的村里人，开始说笑话："慧娘娘，人哪会替狗去咬人？只有狗替人去咬人！"

余公公说："你们慧娘娘正在生气，你们还在挑拨！你是说黄狗替我去咬人？我同那个外乡人有仇？"

有人又开玩笑，说："黄狗真是个孝子，最听娘的话。娘一声招呼，儿子就扑上去了。"

"真是这样的娘，那就不是个好娘。"

"儿子也不是好儿子，哪有好事坏事都听娘的？"

慧娘娘听得脸上发青，转身进屋去了。余公公朝那些开玩笑的人歪嘴作脸的，压着嗓子说："你们莫像逗小伢儿！慧娘娘真生气了！幸好强坨不在屋，不然更不得了！"

余公公拖住一个小伢儿，说："你把慧娘娘的钱送去！告诉你，不要放在她手里，放在她枕头底下。"小伢儿不肯，他娘作声道："去不去？余公公叫你做事，你听话！"小伢儿接过钱，晓得这任务神秘，诡里诡气一笑，故意放慢了脚步，悄悄溜进慧娘娘屋去了。大人们都笑了，只道如今小伢儿都是精怪！

余公公回到屋里，又慢慢地做饭吃。心想，今天早饭和点心饭一餐吃了。漫水人不像城里人说吃中饭，他们说吃点心饭。做饭炒菜的时候，余公公老想着自己得罪慧娘娘了。狗惹的祸，你同人计较什么呢？难怪都说老怪物，人是越老越怪了。余公公的菜是罢园辣子烧枞

11

菌，满屋子枞菌的香味。菜里还放了些菊花瓣，漫水只有他老人家把菊花当香料。他的菜园里栽了很多菊花，小的有拳头大，大的有饭碗大。饭快吃完的时候，余公公嚼了一粒沙子，嘴里很不舒服。必定是枞菌洗得不干净。余公公做事最细心，今天是心上有事。

四

慧娘娘屋后也是菜地，菜地里打了一口摇井，摇井四周铺着青石板。慧娘娘洗衣、洗菜，都在摇井边的青石板上。有时强坨惹她生气了，也独自搬了小凳坐到这里来。今天她是生余公公的气。那老的说，蠢儿子，也是聪明娘养的。不是骂我吗？想着强坨不争气，慧娘娘眼泪就出来了。揩干眼泪再想想，强坨也只有这个本事。他书不肯读，只有卖苦力的命。漫水把老婆叫阿娘，强坨阿娘嫌家里穷，走了好多年了。强坨在窑上替人做砖，挣几个辛苦钱。一个孙儿，一个孙女，也都不是读书的料，十五六岁就打工去了。强坨早出晚归，日里只有慧娘娘在屋。

听着菜园里的吱吱虫声，慧娘娘心想：今年是听不见几回虫叫了。她想起前几天余哥说的话：虫老一日，人老一年。人一世，虫一生，都是一回事。日晒雨淋，生儿养女，老了病了，闭眼去了。漫水人都不在意慧娘娘的名字，只依她男人家有慧的辈分，叫她慧娘娘、慧伯娘、慧叔母、慧嫂嫂。慧娘娘年轻时很怕虫子，望见棉花树上肥肥的绿虫，全身皮肉发麻。有一回，慧娘娘望见灶头死去的虫子，问她男人家有慧："夜里吱吱叫的就是它吗？"有慧说："不是它，还有谁？蛐蛐!"有余正好在她屋说话,听见了,说:"我看都不要看,就晓得不是蛐蛐,是灶虮子!"有慧是个犟人,说:"余哥,你做功夫手巧,我承认!蛐蛐,灶虮子,一回事,我都不晓得?"有余笑着说:"有慧,你的眼睛,看马同驴子,都差不多。你说的话,只有你阿娘信!"有余这话惹了有慧的心病,两人都不说话了,埋头抽旱烟。有余自己找梯子落地,说:"不信,我去捉个蛐蛐来!"蛐蛐叫声四处听得见,想捉个蛐蛐却不是件容易事。

天上好大的日头,有余出门捉蛐蛐。他耳旁尽是蛐蛐叫,就是找不到蛐蛐洞眼。伢儿时,他跪在地上,趴在地上,看各色虫蚁。长到做爹了,再不能趴在地上。他在地头到处翻,心上就在算账。一年有三个月听见蛐蛐叫,人要是活到七八十岁,二十来年都在听蛐蛐叫。听了二十来年蛐蛐叫,一世就过去了。望见过蛐蛐的,又没有几个人。不是望不见,望见了,等于没望见。人活在世上有那么多大事,哪有心思在乎蛐蛐呢?有余小伢儿时捉过蛐蛐,他认得蛐蛐。伢儿时捉蛐蛐很里手,多年没捉就手生了。

有余捉了个蛐蛐回去,有慧早把这事忘记了。有慧说:"认得蛐蛐算个卵本事!"有余弄得没脸,望望有慧阿娘。蛐蛐停在他手心,一蹦,逃走了。有慧阿娘脸都热了,忙说:"余哥,你慧老弟的脾气你是晓得的,莫把他的话当数!"有余笑笑,说:"又不是伢儿了!"有慧也笑笑,把烟袋递给有余,叫他自己卷喇叭筒。有余抽着喇叭筒烟,说起小时候抓早禾郎的事。漫水人说的早禾郎就是蝉,抓早禾郎是伢儿子夏天必要玩的。听得早禾郎"吱——"地叫,伢儿子躬着腰,循声往树上望。望见了,偷偷爬上去,拿手掌猛捂上去,就抓住了。有余说:"我做伢儿子时,才不去爬树哩!我拿长长的竹竿,竹竿头上绑个篾皮圈圈,圈圈上缠满蜘蛛网。望见早禾郎了,把竹竿伸过去一巴,就到手了。"有慧笑得被烟呛了，说："余哥，又不是你一个人玩过！"有余说："那我问你，叫的是公早禾郎呢？还是母早禾郎？"有慧并不感兴趣，只说："你抓早禾郎也要分公母！"有余说："你就不晓得！动物跟人是个反的！人是女人漂亮，动物是公的漂亮。雄鸡比母鸡漂亮，雄孔雀比母孔雀漂亮。早禾郎也是公的会叫，母的不会叫。蛐蛐也是的，公的会叫，母的不会叫。夜里叫的都是公蛐蛐，它在喊母蛐蛐。"有慧嘿嘿一笑，说："余哥，你夜里吹笛子，也是喊母蛐蛐？"有慧阿娘白了男人家一眼，说："你嘴巴不上路！"

从那个下午开始，有慧阿娘会留心地里每一个虫子，哪怕是蚂蚁、蜘蛛、蝴蝶。它们也分公母，有家室，养儿女。一生一世，日晒雨淋，好不辛苦！那时候，有余阿娘生了旺坨和发坨，巧儿还没有生。有慧阿娘还没有生强坨，她心想：地上的虫都会生养，自己就不生个一男半女！有余说有慧："你说的话，只有你阿娘信。"有慧听着不舒服。他阿娘的来路，漫水人是当故事讲的。有日清早，有慧没事到城里去，天没黑就带了个女人回来。女人十七八岁，穿着缎子旗袍，手里挽个包袱。女人跟在有慧背后，头埋得很低。有人问："有慧，哪个啊！"有慧说："管你卵事！"女人进了有慧屋，没有做酒，没有拜堂。有慧爹娘早不在了，就他孤身一人。懒人自有懒人福，有慧是出名的懒人。他不要人保媒拉线，就把阿娘带进屋了，还是漫水最漂亮的阿娘。好多年过去，漫水老辈人还会记得那天的事。有人记得有慧阿娘的旗袍，过去是财主人家小姐穿的。有人记得她的头发，梳了个油光水亮的髻子，髻子上别了个白亮亮的银簪。有人记得她的脸皮，白白的不像乡里人。过了几天，听见她开腔了，讲的是远路话。

漫水人老少都晓得，有慧的漂亮阿娘是他骗来的。世上哪有蠢女人会上有慧的当呢？有慧并不聪明，他阿娘并不蠢。漫水人最觉稀罕的，是有慧阿娘还认得字！有慧阿娘来的时候，漫水认得字的没几个人。有一天，北方干部念报纸，鸭绿江的"绿"字，念成"绿色"的"绿"，有慧阿娘抿了嘴巴，忍住不笑。干部看见了，问："你笑什么？"有慧阿娘说："我没有笑。"干部说："你抿着嘴巴笑！"有慧阿娘只得说："念鸭'录'江，不念鸭'律'江。"干部嘿嘿一笑，说："绿帽子的绿，我不认得吗？"有慧阿娘脸红了，眼睛在干部脸上瞪了半天，说："你现在穿的军装是绿色的，你投诚以前是'绿林中人'，不读作'律林好汉'。你讲志愿军的意思也是错的，志愿不是支援的意思。"曾为绿林的干部并不生气，很傲慢地问："你说不是支援，那是什么呢？中国人民志愿军，不是去支援朝鲜打美帝国主义吗？"有慧阿娘说："志愿，就是自觉自愿。"那位干部在漫水就有了个外号：绿干部。漫水人背后叫他绿干部，当面还是叫他的职务。

有慧阿娘平日不太作声，那天当着众人讲了好多话。漫水人像遇了大仙，只道有慧阿娘嘴巴这么会讲！漫水没有女人认得字，她认的字比绿干部还要多！绿干部的兴趣比漫水人更大，散会后就问人："她是谁的婆姨？"这话漫水人听不明白，他们不晓得"谁"是什么，也不晓得"婆姨"是什么。有慧阿娘告诉漫水人："谁"，就是漫水人讲的"哪个"，"婆姨"就是"阿娘"。绿干部晓得她是有慧阿娘了，就动员有慧参加志愿军。有慧说："我阿娘告诉我，志愿就是自觉自愿。我不晓得自觉是什么，只晓得自愿是什么。我不自愿！"

有慧不愿意当志愿军，漫水好几个人也不愿意了。鼓动有慧参军的人很多，他们都在绿干部面前讲烂话。绿干部就对有慧说："你拖了大家的后腿！"有慧听不懂他的话，说："人只有手和脚，哪有后腿？又不是猪，又不是牛！"绿干部说："根子在你阿娘那里，她拖你的后腿！"有慧偏了脑袋，样子像个斗鸡，说："不准你说我阿娘！她晓得人只有手和脚，没有后腿！人和畜生她是分得清的！"绿干部的手朝有慧一点一点的，说："你今天要讲清楚，你说谁是畜生？"有慧吼了起来："巴不得我去参军的人，都是畜生！"有慧的话哪个都听明白了，只是没有人往那上头点破。绿干部却抓住他的辫子不放，硬要他说清楚谁是畜生。有余上来劝架，说："莫为一句话争了。有慧听不懂你北方干部的话，我也听不懂！漫水人自古就没听哪个讲人有后腿，又不是故意和你摆龙门阵！"

有人在背后说：有慧阿娘是堂板行出来的！她认的几个字都是逛堂板行的公子哥儿教的！有一日，绿干部同人摆龙门阵，说："堂板行，我们北方叫窑子，大城市叫妓院。里边的女人，我们老家叫窑姐儿，大城市里叫妓女。你们南方叫啥来着？叫婊子！婊子见过的男人太多了，生不出的。不信你们看吧，生不出的！"绿干部正说得口水直喷，有余过来听见了，锄头往地上一杵，说："哪个畜生在放屁？"围坐在绿干部身边的人忙立了起来，只有绿干部一个人还坐在地上。有余说："你是个男人，讲话就要像个男人！你那天问人家，哪个是畜生。我今日告诉你，背后讲人家妻室儿女，就是畜生！难怪人家背后喊你绿干部！"众人围成一圈，绿干部坐在地上，样子有些狼狈。他只好立起来，拍拍屁股，说："你发啥火？又不是讲你阿娘！"绿干部这话说坏了，有余扛起锄头就要打人。众人忙抱住有余劝架，说："算了算了，莫和北方佬一般见识！"有余推开众人，说："你们都是漫水男人，漫水没有嘴巴像女人的男人！"众人脸有愧色，抓的抓耳朵，摸的摸脑壳。有余指着绿干部，说："不要以为你屁股上挎把枪哪个就怕你了！我们不犯王法，你那家伙就是坨烂铁！告诉你，漫水没有不干不净的女人！你要是乱说，我把你嘴巴撕齐耳朵边！"

事情过去好久，有慧请有余去屋里喝酒。有余说："又不是过年过节的，喝什么酒？"有慧说："余哥，我想请你，你老弟母也想请你。"有余听了这话，不好再推托。进了有慧屋，饭菜已经摆在桌上，只不见有慧阿娘。有余问："老弟母呢？"有慧说："她在灶屋吃，我两弟兄喝酒。"有余说："那不行，又不是过去了，哪有女人家不上桌的？"有慧说："你老弟母说了，今天让我两弟兄好好说话。"

不晓得有慧要说什么话，有余也不问他。两人只是喝酒，东扯葫芦西扯叶。酒喝得差不多了，有慧说："昨天夜里，老子打了绿干部一餐！"有余愒着了，问："听说绿干部被人扑了黑，你搞的？"有慧嘿嘿笑着，说："他妈妈的，哪个喊他嘴巴上长了块牛麻牯？"有余说："我就要说你几句了！老弟，男子汉，明人不做暗事。他嘴巴不干净，你堂堂正正找他。夜里扑黑，不算本事！"有慧说："他屁股上有枪！"有余把筷子一放，鼓着眼睛说："我当着他面说过，只要我们不犯王法，你那家伙是坨烂铁！我当面骂他畜生，他屁都不敢放！"听有余说了这话，有慧眼皮都抬不起了，端了酒杯说："好，不讲这事了。"有余说："慧老弟，这话到这里止。听说，县里来人查案子，说漫水有坏人，想杀害干部。抓到了，要坐牢的！你千万莫到外头去吹牛！"

有慧说："余哥，你夜里吹笛子，你老弟母听着，手忍不住打拍子。"

有余说："慧老弟，你马尿喝多了。"

有慧说："我还没有醉！余哥，我阿娘是我从堂板行领回来的。"

有余把筷子往桌上一板，说："有慧，你放什么屁！"

有慧摇摇手，说："余哥，你莫发火。我过去不争气，放排，拉纤，担脚，几个辛苦钱，都花在堂板行了。我阿娘，早几年我就认得了。世道变了，不准有堂板行了。那年我上街，街上碰到她。我喊她，问她到哪里去。她就哭，不晓得到哪里去。我说，我屋就我一个人，你愿意，跟我回去。"

有余猛喝一口酒，说："老弟，你一世只做对一桩事，就是把老弟母引进屋了。她是个好女人家！你样样听她的，跟她学，你会家业兴旺！"

有慧摇头叹气："我人蠢，没有她心上灵空。听你吹笛子，我是个木的，她听得有味道，手不听话就轻轻拍起来了。"

有余说："老弟，你莫讲了，我再不吹笛子了，好吗？"

有慧说："余哥，哪个不要你吹笛子了？她喜欢听你吹笛子，又不犯王法。她认得字，写得出，晓得好多事。她的世界比我大，古人的事，远处的事，她都晓得。我不晓得哪辈子修来的，有她做阿娘。"

有余这回笑了，说："漫水人老少都说，你是懒人自有懒人福。慧老弟，几辈子修来的福，你就好好珍惜吧。漫水有句老话，从良的婊子赛仙女。老弟母自己今后心正人正，没人敢说她半个不字。听我的，今后漫水哪个再敢说那两个字，我打死他！"

从那以后，有余多年没有吹过笛子。夜里没事，他是想吹笛子的。怕有慧阿娘听见，就忍了好多年。有慧说他喊母蛐蛐的那个夏天，他夜里在地场坪歇凉吹过几回笛子。有慧一说，他又不吹了。他把笛子藏了起来，慢慢就忘记笛子在哪里了。发坨三岁那年，翻箱倒柜找玩的，把笛子翻了出来。发坨把笛子当竹棒棒敲，妈妈看见了，忙抢了过来，说："你爹的笛子，敲炸了不得了！"发坨愒哭了，半天哄不回。有余拿过笛子，逗发坨玩，就吹了起来。发坨听见笛子声，就不哭了。哄好了发坨，有余就不吹了。发坨不依，缠着他爹，叫他不停地吹。有余心上是没有谱的，他不爱吹现成的歌，自己爱怎么吹就怎么吹。吹着吹着，眼睛就闭上了。他就像进了对门的山林，很多的鸟叫，风吹得两耳清凉，溪水流过脚背，鱼虾在脚趾上轻轻地舔。第二日，有余去有慧屋摆龙门阵，有慧把烟袋递过去，说："余哥，你夜里吹笛子，又是喊母蛐蛐吧？"有余脸红得像门神，心想哪个再吹笛子就不是人。

<h1 style="text-align:center">五</h1>

慧娘娘眼睛有些不好了，耳朵很清楚。蛐蛐的叫声，她听得见。余公公的菜园一片金黄，菊花开得热热闹闹。慧公公在的时候，总会笑话："余哥，菊花是炒着吃呢？还是打汤喝？"

有回，余公公请慧公公去喝酒，慧公公问："今日是什么日子？"

余公公说："好日子。你叫老弟母也来。"

也是这个季节，菊花开得金黄，山上长着枞菌。余娘娘也还在世，她做了四个菜，一碗枞菌炒肉，一碗黄焖鲤鱼，一碗葱煎豆腐，一碗清炒白菜。

四个老人坐上来，慧公公又问："什么好日子？"

余娘娘说："问你余哥。"

余公公搓脚摸手的，对他阿娘说："还是你说吧。"

余娘娘说："今日是阴历九月初十，你余哥记得，慧老弟把老弟母引进屋，五十年了。"

余公公没有抬眼，望着桌上的菜，说："你两老没有拜堂，没有做酒。按电视里说的，五十年，算是金婚。金子不得烂，不得锈，好。"

慧娘娘忙把筷子放下，撩起衣襟揩眼泪，说："这日子，你慧老弟是记不得的，我自己也忘记了。余哥，你哪里记得呢？"

余公公说："人老了，年轻时的事记牢了，就忘不了，老了眼前的事，都记不住。那年粮子过路，阴历九月初八到的，在漫水歇了一夜，初九走的。我想参军吃粮去，我娘不准。娘病着，说，余坨，你敢走！你初九走，我初十死！我就没有去。娘这句话我一世都记得。初十，慧老弟把老弟母引回来了。听说慧老弟引了个阿娘回来，我娘说，粮子的衣服变了，世界也变了。娘的话，我都记得。"漫水老辈人，军人就叫粮子。

慧娘娘揩干眼泪，说："我搭帮你慧老弟人好，要不我不晓得在哪里落难。"

余娘娘就笑，说："老弟母，好日子，敞口喝酒！"

慧娘娘说："我一世跟着他，值得！他人是生得蠢，手脚也不勤快。他不打我，不骂我，不嫌我。跟他五十年，手指头都没有在我头上动过。"

慧公公笑道："我把你当菩萨供着，还嫌没有天天烧香哩！"

余公公端了酒杯，说："我们四个老的，今天都要喝酒！慧老弟总问我，菊花是炒着吃还是打汤吃，今日菜里都放了菊花！"果然，四碗菜里都有黄黄的菊花瓣。

慧公公问："余哥，吃得吗？"

慧娘娘不等余公公回答，自己先夹了几片，说："菊花入中药，怎么吃不得？"

余娘娘说："你余哥犟，硬要把菊花当香料放。我晓得，他就是要同慧老弟争，看菊花能吃不能吃。"

慧娘娘望望自己男人家，又望望余公公，说："他两兄弟，一世都在争。不争大事，尽争些小伢儿的事。年轻时为个蛐蛐，两个也要争。"两兄弟你望望我，我望望你，碰碰杯子，笑了起来。

慧娘娘喜欢吃菊花，说："菊花当香料放在菜里是好吃，不晓得净炒菊花好不好吃？"

日头开始偏西，井边的石板地到了阴处，开始变得清冷。慧娘娘仍坐在那里，想起死去的男人，眼泪又出来了。她望着菜园过季的辣子树，说："你是好啊，两脚一伸去了好地方了，留我在世上受苦！你养的儿子蠢，养的孙儿、孙女也蠢。一屋都是不读书的！我是个蠢的，我也认了！我哪样事不会做？我要是再多读几句书，再大的世界都去闯！漫水的伢儿女儿，几个不是我接生的？漫水的人老了，不都是我去妆尸？"

慧娘娘年轻时是漫水的赤脚医生，哪家有人头痛脑热，她背着药箱就跑去。药箱是余公公做的，用的是好樟木料，漆成白色，锁扣下面画了个红十字。哪个的阿娘要生了，慧娘娘更加跑得飞快。背着木箱跑快了，箱子里的药瓶会碰碎。年轻男人只要看见慧娘娘跑，就晓得哪家要生了，会接过她的箱子，跟在她后面跑。年轻人手上有劲，悬空提着箱子跑，不会碰碎药瓶。日子久了，都成了规矩。年轻男人碰上慧娘娘飞跑，他不接过药箱，会落得人家去说。漫水四十岁以上人的生辰八字，慧娘娘个个都记得。糊涂的爹娘，收亲过女对八字，记不准儿女落地的时辰了，就说："问问慧娘娘就晓得了。"慢慢的后来不兴接生婆了，女人都去城里医院生。比慧娘娘老一辈的人讲，从前漫水哪家女人要生了，一边预备着喝喜酒，一边预备着打丧火。自从慧娘娘做了接生婆，漫水没有一个难产死的女人。

慧娘娘进男人家十二年，才生了强坨。巧儿也是那年生的，比强坨小三个月。那年，漫水的接生娘死了，村里几个大肚子，都愁着没人接生。大肚婆都掐着手指算日子，猜哪个先出窑。不晓得哪来的说法，漫水人开玩笑，把女人生产喊作出窑。哪个女人胆子大，帮人家把毛毛接下来了，她就一世都是接生婆。女人肚子越来越大，离生死关越来越近。她们嘴上只把这事当笑话，找信得过的女人说："你来帮我接啊，生死都放在你手里。你要是平日恨我呢，那天就手打发我回去了。"漫水已没有接生婆，没人敢答应人家。有慧阿娘没有同人说，天天挺着大肚子，该做什么照做什么。有日深更半夜，有慧门前突然响起了炮仗声。有余两口子离得最近，惊得在床上坐了起来。有余对阿娘说："你快去看看！"有余很担心，不晓得这炮仗是凶是吉。毛毛落地，马上要放炮仗；人死落气，也要马上放炮仗。炮仗祛邪，生与死都要祛邪。只是死人的时候，又放炮仗，又烧落气纸。

有余阿娘挺着大肚子，一步一挪跑了回来，惊喜得喘气都粗重了，说："老弟母生了，生了，生了个儿子！"有余问："哪个接的生？"有余阿娘说："神仙哩，老弟母自己接的生！"有余听得嘴巴都合不上，半天才说："我是不方便去，你快去招呼，有慧是什么都不晓得的。"有余阿娘说："我就去，就去。我是怕你担心，先回来说声。告诉你，我刚才出门，生怕看见落气纸。"有余长叹一声，说："天保佑啊！"

三个月之后，巧儿落地了。巧儿是慧娘娘接的生。漫水过去的接生婆，剪脐带的剪刀就是灶屋的菜剪刀，放在火上燂几下就用了。慧娘娘自己出了月子，就去街上买了医生用的剪刀和纱布，替有余嫂嫂预备着。巧儿要生那天，慧娘娘把接生要用的剪刀放在锅里煮着，把纱布放在蒸笼里蒸着。巧儿是下午生的，帮忙和看热闹的女人多，慧娘娘有条有理地忙着，她们就像看西洋景。

巧儿生下之后，有余屋招呼大家喝甜酒。有女人问："慧嫂嫂，你哪里晓得身下要贴一块大纱布呢？你哪里晓得纱布要放在蒸笼里蒸过呢？"

慧嫂嫂笑笑，说："想都想得到。"

有女人问："慧叔母，往日接生婆都把菜剪刀放在火上燂，你哪里晓得剪刀要放在开水里煮呢？"

慧叔母又笑笑，说："想都想得到。"

又有女人问："慧伯娘，脐带留好长，你哪里学的呢？"

慧伯娘还是笑笑，说："留短了怕伤了毛毛肚子，留长了不方便。我是这样想的。"

有一年，漫水要派人上去学赤脚医生。村里人想都没多想，都说这事只有慧娘娘做得了。她认得字，人又聪明，又肯帮忙。接生，她天生就会。女人都是要生的，没有哪个给自己接过生。

强坨同巧儿只隔三个月，一起滚大的。有余做木交椅，做两把，强坨一把，巧儿一把。有余做木车，做两架，强坨一架，巧儿一架。旺坨和发坨穿过的衣服分作两份，强坨一份，巧儿一份。有天夜里，有余阿娘对男人家说："有人背后讲，原先以为他阿娘是不会生的，哪晓得十多年后又生了。不晓得是有慧不能生，还是他阿娘原先生不了？"有余说："生不生，观音娘娘管的，你问我，我问哪个？"有余阿娘说："你还不明白我的话吗？"有余说："我听明白了，只是不想听！告诉你，人家说什么，你不要插嘴。说得过分的，你就说他几句。吃自家饭，管人家事，我最看不得这种人！"有余阿娘说："我是说，强坨算是你侄儿，到底还是隔房的。我们平日对他好，有这样子就行了。"有余听出些名堂来，问阿娘："你到底听到什么了？"有余阿娘说："有人说，强坨只怕不是有慧的，说有慧是个王八脑壳。"有余问老婆："我这回才听明白。你是信了？"有余阿娘问："我信了什么？"有余说："你问自己，有话就说。"有余阿娘说："我相信有什么用呢？嘴巴长在人家身上！"有余说："嘴巴长在人家身上，不怕。手脚长在自己身上，最要紧！人正不怕影子歪。"

有年，漫水替人妆尸的人也死了。一个八十多岁的老太太，身子很硬朗的，说去就去了。漫水的接生婆有时会有几个，妆尸的人永远不会有第二个。老的妆尸人死了，总有接脚的顶上来。老辈人想想这事，都觉得很怪。可是这回，妆尸人自己死了，替她的人不晓得在哪里。慧娘娘是赤脚医生，守着老人落气的。没有人给妆尸的老人妆尸，她说："我来吧。"丧家哭得天昏地暗，她招呼村里人赶快烧水，问丧家寿衣寿被在哪里。她得趁老人身子还软和，快把澡洗了，穿上寿衣。慧娘娘已接生过很多毛毛了，但活到三十几岁还没有碰过死人。她是看着老人落气的，心上并不害怕。她替老人妆尸的时候，口罩始终没有取下来。口罩是抢救老人时戴上去的。

老人干干净净躺在案板上了，漫水人才回过神来，朝慧娘娘满口阿弥陀佛，只道她必定好人好报。慧娘娘取下口罩，说："老人家做了一世善事，去得无病无痛。"

从那天起，漫水人不论来到这世上，还是离开这世上，都从慧娘娘手上过。

妆尸虽是积善积德，到底让人有些怕。怕鬼，怕脏，怕邪。往日妆尸的每送走一个亡人，总有几天人家不敢接近她。她的手是刚摸过死人的，人家不敢吃她拿过的东西，不敢同她挨得太近，不敢叫她进屋里去坐。

慧娘娘妆尸，没人怕她脏。只是觉得有些怪，慧娘娘那么爱漂亮，爱干净，怎么敢碰死人呢？她的头发总是梳得那么水亮，她的衣服总是那么干净整齐。哪怕是身上的补巴，她也比人家补得漂亮。

也有那嘴巴讨嫌的，逗有慧说："你那么漂亮的阿娘，去给死人洗澡，不论男女都洗，不论老少都洗，你不怕吗？她做的饭菜，你敢吃？"

有慧在外护阿娘，同人家吵架。回到屋里，也同阿娘吵架，怪她不该学妆尸，又不是讨饭吃的手艺。"你看病有工分，接生还有碗甜酒喝，妆尸得什么呢？"

有慧阿娘说："人都要死的，死人就得有人妆尸。"

有慧说："我只问你，你有什么好处呢？"

有慧阿娘说："做事都要有好处吗？日头照在地上，日头有什么好处呢？雨落在地上，雨有什么好处呢？余哥你是晓得的，他给人家修屋收工钱，做家具收工钱，捡瓦收工钱，只是给人家割老屋不收工钱。他得什么好处呢？"

有慧说："余哥这规矩是他自己定的，别处木匠割老屋也收工钱。漫水又不是他一个木匠，他不收工钱，人家也不好收，都恨他哩！"

有慧阿娘说："你是说，我替人家妆尸，也问人家要钱？人都死了，这钱还能要？你想得出啊！"

有慧忙说："阿娘，你莫冤枉我！我没说这话！我只是不想你去妆尸，不想人家开我的玩笑。"

"哪个开你的玩笑，告诉我！哪天他死了，我不给他妆尸就是了！"说过这话，有慧阿娘很后悔。这话太毒了。

六

有慧阿娘有件医生穿的白褂子，一年四季都白得刺眼睛。平日，白褂子叠得整整齐齐，拿干净布另外包着，放在药箱子上面。有事了，她一手拿着白褂子，一手背着药箱子，飞跑着出门。到了病人屋里，麻利地穿上白褂子，戴上口罩。病人就只看得见她的眼睛和眉毛。她的眼睛很大很亮，眉毛细长细长的像柳叶。她把脉的时候就低着头，病人又看见她的耳朵。她的耳朵粉粉的，像冬瓜上结着薄薄一层绒毛。看完病，打完针，她取下口罩，撩一撩并没弄乱的头发，笑眯眯地说几句安慰的话。这时候，若是夜里，幽暗的灯光下，有慧阿娘就像传说中的夜明珠。若是白天，日头从窗户照进来，她的脸上好像散发着奶白色的光。

白褂子慢慢发黄，强坨就有十岁多了。这年春上，有一日，有慧阿娘背着药箱子刚要出门，公社干部跟在大队书记后面进屋了。有慧阿娘招呼说："稀客啊，有事？"大队书记说："你急吗？不急就说个事。"原来，县里有个女干部，犯了错误，放到漫水来改造。想来想去，住在有慧屋合适。公社干部说："我们晓得你，你有文化，人又好，教育女同志，你很合适。"有慧阿娘说："安排了，我就服从。"大队书记说："你要不要同有慧商量？"有慧阿娘说："他是个直人，没事的。"有余屋前堆了很多杉木，公社干部问："修新屋吗？"有慧阿娘说："隔壁余哥屋的，他屋要树新屋了。"

第二天，漫水来了个女干部。引女干部来的还是那个公社干部，他像领贵客进屋似的，望着有慧阿娘说："慧大姐，人我给你引来了。她姓刘，你叫她小刘就是了。麻烦你啊。"公社干部中饭都没吃，说完话就走了。

小刘立不是，坐不是的。有慧阿娘说："小刘同志，我屋随便，只有我男人家，儿子强坨。你随便啊。"

有慧阿娘早给小刘预备了房间，领她进去，说："乡里条件不比你城里，屋里到处稀烂的。也还算干净，你将就着住吧。"

小刘放下行李，跑到厨房取了水桶，问："慧大姐，井在哪里？我去担水。"

有慧阿娘去抢水桶，说："不要你担水，屋里有男人，哪要你担水！"

小刘死活要去担水，有慧阿娘抢了半天，只得由她去了。乡下人看城里女人，头一个就是白不白。小刘担水从村子里走过，路上就净是看热闹的人。

"长得白哩，像个白冬瓜！"

"白是白，比不上有慧阿娘白。"

"好看是好看，也比不上有慧阿娘。"

"她犯什么错误？"

"听说是男女关系。"

有个叫秋玉婆的女人说："搞网绊！"

漫水人说男女私通，叫作搞网绊。谁和谁私通了，就说他们网起了。有慧阿娘见小刘后面有人指指点点，她耳朵根子就发热。好像人家说的不是小刘，说的是她自己。夜里，有慧阿娘去有余屋。有余正在中堂做木匠，晓得有慧阿娘有话说，就放下手里的斧头。有慧阿娘说："余哥，小刘住在我屋，我就要管她。她哪怕犯天大错误，也是来改造的。有人背后说她，不好。"有余阿娘也在中堂忙着，把劈下的木片打成捆，旺坨和发坨给妈妈做帮手。有余阿娘听见是讲大人的事，就说："你两弟兄进去，早把作业做了。"

强坨喜欢在巧儿屋做作业，他俩同班同学，都上小学三年级。强坨在隔壁偷听到了大人的话，跑出来问："什么是搞男女关系呀？"

有余扬手轻轻拍了强坨屁股，说："大人说话，不准听！"

有余阿娘笑笑，说："一个女的，听男的说，我想去睡觉。女的也说，我也去睡觉。他们俩，就是搞男女关系。"

巧儿也跑了出来，说："妈妈，我刚才说，作业做完了，我要睡觉了。强坨说，我也要睡觉了。我俩也是搞男女关系呀？"

有余笑得眼泪水都出来了，一把拉过巧儿，说："你乱讲，爸爸打烂你的屁股！快去睡觉了！"

强坨缠着要跟妈妈一起回去，叫他妈妈赶走了。有余说："我明天去说说。最喜欢嚼舌的是秋玉婆，她不起头说，人家不会说的。"

有慧阿娘说："秋玉婆嘴巴最烂，你是不好说她的，我去说。"

有慧阿娘走了，有余对自己阿娘说："你嘴巴笨，说不过秋玉婆。我不怕，我去说。"

有余阿娘说："我要你不要去说！"

有余听着有些怪，说："我还怕她？"

有余阿娘把头偏向一边，说："你不怕，我怕！"

有余说："你怕，那你还争着去说？"

有余阿娘说："她要乱说让她说去，说出麻烦了有干部管！"

有余生气了，说："你说的什么话？一个女人家，到漫水来改造，已经是落难的人了。听人家在背后乱说，我们不管？我说，你就没有慧老弟母晓得事！"

有余阿娘也来了气，高着嗓子说："我是没有她晓得事！有她晓得事，也不用秋玉婆在背后说她了！"

"秋玉婆说什么了？慧老弟母有她说的地方吗？那年她自己害病害成那样，不是慧老弟母救她，她早到阎王爷那里去了！"有余嗓子也高了。

有余阿娘说："你朝我叫什么？秋玉婆哪个跟她有仇？她哪个的烂话不说？"

两口子吵半天，有余阿娘就是没点破那层纸。原来，秋玉婆在外头说，强坨是有余的种。有余也听出来了，只是装糊涂。他晓得话说穿了，不好收场。又怕两口子为这事吵起来，传到慧老弟母耳朵里就不好了。

有余不作声了，闷头想了会儿，说："放心，我不会无缘无故找她去说，我自有办法。"

有慧阿娘睡觉前，先去小刘房里看看。小刘正摊开本子写字，望见有慧阿娘进屋了，忙招呼道："慧大姐，你坐啊。"

有慧阿娘说："日子是春上了，夜里还是有些冷。你被子太薄了。"

小刘说："我盖惯了，不冷。慧姐姐，我其实比你大。"

有慧阿娘望望小刘，说："你城里人，天晴在阴处，落雨在干处，就是年轻些。乡里人看城里人，个个都漂亮！"

小刘笑笑，说："慧姐姐其实比城里人还漂亮！城里人漂亮是穿衣服穿出来的，乡里人漂亮是天生的。慧姐姐是天生的漂亮女人。"

有慧阿娘红了脸，说："小刘你说到哪里去了，乡里人哪敢同城里人比！"

小刘问："慧姐姐，听口音，你不是本地人啊！"

有慧阿娘说："我也不晓得自己到底是哪里人。我很小就流落在外，就像水上的浮萍，不晓得哪股风把我吹到漫水来了。"

"你说的也是漫水土话，你的腔调是外地人的，有些字音还是北方话。"小刘好像要从有慧阿娘的口音里替人家找到故乡。她一声不响看了有慧阿娘一会儿，长长地叹了一口气，"慧姐姐也是个苦命人！"

有慧阿娘也跟着她叹了一口气，反过来安慰小刘似的笑笑。有慧阿娘不经意瞟了一眼桌上的本子，赶忙把目光移开了。

小刘问："慧姐姐，你认得字？"

有慧阿娘说："哪敢在你们干部面前说认得字！我认得报纸上的字，晓得不讲反动话。我认得药瓶子上的字，晓得不用错了药。"

小刘合上本子，说："慧姐姐，你晓得我犯的什么错误吗？"

有慧阿娘倒不好意思了，眼睛朝旁边向着，说："不管什么错误，改造就行了。"

小刘叹气说："明天要出工，我哪有面子见人！"

有慧阿娘说："世上哪个人敢保证自己是干净的！你相信，乡里人多半老实，不敢当面不给人面子。你做事做人好好的，日久见人心，没人敢欺负你！"

"我是自己这关过不了。"小刘说着就哭起来了。

有慧阿娘拉了小刘的手，说："你莫哭，哪个敢保自己一世百事都顺？你是一时不顺，改造好了回去，照旧是我们的领导。你明天跟着我去出工，你只贴身跟在我后面，我替你给人家打招呼，告诉你认识人。人都熟了，你就晓得乡里人蛮好的。"

小刘揩揩眼泪，说："慧姐姐，你去睡吧，我还要写认识。"

有慧阿娘立起来，笑笑说："有什么好认识的！人和人，不就是相处得热了，一时管不住自己！吃过亏，今后管住自己就好了！"

第二天清早，生产队长吹了哨子，高声叫喊："十队全体社员扯秧！"

有慧阿娘担了筲箕，喊小刘："走，出工去。"

小刘问："还有筲箕吗？"

有慧阿娘说："你不要担筲箕，我和我男人家担就行了。"

社员们从各自屋里出门，有担筲箕的，有空手空脚的。走到村外田埂上，前面的人不断地回头，他们都晓得后面有个城里来的女干部。小刘空着手，走路就更不自在。有慧阿娘看出来了，悄悄地说："小刘，你担着筲箕，显得积极些。"小刘接过筲箕担着，走路的样子果然自在多了。路上有正面碰上的，有慧阿娘就大声招呼，说这是哪个，那是哪个。有的是喊名字，有的是喊外号。有慧阿娘指着秋玉婆的儿子说："他叫铁炮！"小刘朝那人点头笑笑，说："铁炮你好。"听见的人都笑了，铁炮很不好意思。小刘问："慧姐姐，他们笑什么呀？"有慧阿娘说："他喜欢打屁，屁又很响，就像放铁炮。他是个猛子，胆子大，村里红白喜事，放铁炮都是他。"说笑着，前面就有人学放炮的样子，喊着："砰！砰！砰！"

早工是扯秧苗，早饭后再去插秧。来到秧田边上，有慧阿娘一边挽裤脚，一边轻声问小刘："下过田吗？"

"年年要支农，下过田。"小刘答道。

有慧阿娘就笑了，说："又不是大姑娘上轿头一回，那就不怕。"

小刘把声音放得很低，说："我还是怕，怕蚂蟥！"

有慧阿娘说："不怕，我帮你看着。"

早上田里很冷，社员们下田时，一片哎哟哎哟的笑闹声。今天大家叫得更加欢快，更加放肆。男人叫得癫，女人叫得疯。只有小刘没有叫，咬紧牙齿忍着泥巴里渗骨的冷。有慧阿娘也笑着，她晓得大家都有些人来疯。田里多了一个城里来的女人，一个搞网绊的女干部。

有慧阿娘见小刘扯秧很熟练，也就很放心了。她说："小刘，要是评工分，你可以评七分！我也是七分。"

小刘说："我是耐力不行，太累了还会发晕。"

有慧阿娘说："多半是低血糖，莫要饿着就是了。"

小刘吃惊地望着有慧阿娘，说："慧姐姐，你当得县医院医生哩！我过去在乡里发过晕，一般赤脚医生只晓得笼统说这是晕病。我就是低血糖。"

"我哪里敢算个医生，半瓶醋都说不上。"有慧阿娘说，"你要是太累了，放心大胆歇歇，没有人会说你偷懒。"

有余一向讨厌秋玉婆，出工时能离她多远就多远。平日碰着，也不太同她打招呼。今天他故意挨着秋玉，只是不理睬她。秋玉婆年纪比有余长二十岁，辈分比有余低两辈。有余辈分高，不太理秋玉婆，她也不好见怪。倒是秋玉婆总有些巴结的样子，老远就会眼巴巴望着有余。今天秋玉婆同有余挨得近，她总是无话找话："余公公，你快修新屋了吧？"有余说："少买瓦的钱，秋玉婆给我借一点啊。"秋玉婆说："余公公笑我啊！我穷得锅子当锣敲！"有余说："都是一双手，一张嘴，哪个比哪个富？"秋玉婆说："余公公莫说了，你是手艺样样会，有工分，有活钱。你屋没有钱，河里没有沙！"有余说："老话说，百艺百穷！我就是会得太多了，哪样都不精，哪样都混不到饭。"旁人都听见了有余同秋玉婆的话，有人就插嘴："余叔叔，你这话就太过了。你手艺样样都精，人又好，众人服。"

这时，突然听见小刘哇地叫了起来。众人都直了腰，朝小刘望去。原来，她腿上爬了蚂蟥。有慧阿娘忙说："莫怕莫怕，你立着莫动。"有慧阿娘怕世上所有软软的虫，她扯掉小刘腿上的蚂蟥，用劲往远处摔。蚂蟥被摔到铁炮脚边，铁炮笑道："慧叔母你来害我啊！"铁炮把蚂蟥捉起来，爬到田埂上，找一根小柴棍，把蚂蟥翻了过来。里外翻了个的蚂蟥全是红红的血，看着叫人手脚发麻。铁炮却像缴获了战利品的士兵，高高举着那红红的东西，说："蚂蟥切成好多段，就会变得好多条。只有把它翻过来，晒干了才会死。"铁炮说的不是新鲜话，乡里人都以为蚂蟥是这样的。

铁炮落了田，众人看完把戏，又躬腰开始扯秧。听得秋玉婆说："一个蚂蟥，也叫成那个样子！听她那叫声，就像个搞网绊的！"

有余立了起来，冷冷瞟着秋玉婆。旁边几个人也立起来了，望望有余，又望望秋玉婆。秋玉婆感觉有些不太对劲，也立起来了。有余见她立起来了，也不望她的脸，只瞟着她的腿脚，轻声道："好锣不要重敲，好鼓不经重锤！高人莫攀，矮人莫踩！"

秋玉婆自知理亏，红了脸，说："我又没说什么。"

有余说："没说什么就好，说了等于放屁！好了，做事！"

有余躬下腰，众人都躬下腰了。秧田很大，田的那头在说什么，有慧阿娘不晓得，小刘更不晓得。

铁炮隐隐感觉到他娘又在那边讲烂话，他猜到肯定是在讲城里来的女干部。铁炮是个老实人，娘的嘴巴常弄得他没有面子。

听得呜的汽笛声，有人喊道："放喂子了，吃早饭了。"漫水三公里之外有座火电厂，每天定时放两次汽笛，一次是上午八点半，一次是下午两点。漫水人叫它放喂子。漫水没有一个钟，没有一块表，喂子就是大家的时间。

吃过早饭，落雨了。雨越落越大，檐水成瀑。春上雨多，雨只要不太大，仍是要出工的，坉上便尽是蓑笠农人。这会儿风卷暴雨，滚雷不断。天都黑了下来，闪电扯得天地白一阵，黑一阵。听到雷声，有余想到了秋玉婆。漫水人把说人坏话，造谣生事，都叫讲冤枉话。讲冤枉话，会遭雷打的。有余活到快四十岁，从来没见哪个被雷打过。雷打死人的事常有，都是听来的远处的事。

有余不出工的时候，就在屋里做木匠。晚上也做，鸡叫半夜才去睡觉。他在盘算修新屋，屋前屋后堆满了杉树。杉树是南边山里买的，从溆水放排下来，放到村前西边山脚的千工坝，乡里乡亲帮着扛回来。漫水南上几十里，先人在溆水筑了一道坝，分出一支水，顺着山脚流过漫水，又从北边那片橘园流入溆水。这条水渠，叫作千工坝。千工坝流过之后，漫水南北自流灌溉，良田连绵万顷。河里那道坝很平缓，鱼可上下，船帆畅通。

平时别人家修屋，必是请木匠先树起屋架子，再慢慢装壁板和门窗。有余心上有谱，先把壁板和门窗做好，统统堆放在屋前屋后，拿油毛毡和稻草盖着。万事齐备了，只要把屋架子树起来，一声喊就有新屋住了。锯板子要帮手，只要喊一声，有慧就来了。有慧手上有蛮劲，拉半天锯不用歇气。有余过意不去，时常停下来抽烟。弟兄俩卷着喇叭筒，说话天上一句，地上一句。有回，有慧说："余哥，我阿娘说，人是猴子变的，你相信吗？"有余说："老弟母书读得多，她说是的，肯定就是的。"有慧说："山上还有猴子，怎么不变人呢？"有余笑笑，说："那我就搞不清了。"

今天不用锯板子，有慧就蹲在有余前面哑看。有余在做门板，拿刨子刨着。正好是星期日，伢儿们都没有上学。强坨同巧儿捡起地上的刨花，抠了两个洞，当眼镜戴着玩。旺坨初中了，发坨上五年级。他两兄弟年纪不大，却不能光顾着玩了，得帮大人做事。两兄弟把父亲做好的方料，先搬到屋檐下码着。炸雷打得屋子发震，一屋人默默地做事。

有余开玩笑，说："慧老弟，眼睛是师傅，我要是你，看了这么多年，肯定是半个木匠了。"有慧在有余面前从来认输，说："我有你这么灵空，也修新屋了。"有余说："修屋是燕子垒窝，一口泥，一口草，你莫急。你哪年修屋，我工钱都不要，饭都不要你屋供！"有慧嘿嘿地笑，说："等我修屋，等到胡子白！我是没本事了，只看强坨长大了有本事不。"

雨越落越猛了，看样子歇不住。有余递过烟袋，叫有慧卷喇叭筒。抽烟的时候，有余望望对面田垅，雨水漫过田坎，满眼尽是小瀑布。千工坝的水也漫出来了，流成几个更大的瀑布。山上必定也有水流下来，只是叫枞树挡住了，又罩着很浓的雾，看不见。有余想，漫水这地名，就是这么来的吗？

七

余公公晓得自己得罪慧娘娘了，却并不晓得她正坐在屋后生气。他把早饭和点心一餐吃了，担着筲箕又上山去。木马脚上的猫儿刺太久了，应该剁些新刺回来换上。老鼠爬上去咬烂了龙头杠，他就要遭一世的骂名。

黑狗又跟着他，忽忽地飞到前面，忽又停下来等他。余公公越是笑骂，黑狗蹦跳得越高兴。余公公每次出门，慧娘娘屋黄狗也会跟上半里，路上总会碰到什么稀奇东西，停下来东嗅西嗅，就慢慢跑回去了。余公公就会望着黑狗说："看你养的好儿子！"

余公公晓得山上哪里有猫儿刺，上山没多久就剁好了。余公公眼尖，下山的时候，看见几处枞菌，顺手摘了回来。路过慧娘娘屋门口，余公公喊道："在屋吗？"喊了好几声，不见慧娘娘答应，余公公就推开她屋门，把枞菌放在门槛里。

余公公在屋后绑猫儿刺，听得慧娘娘在身后说："余哥，枞菌我要了，钱退你的。"余公公立起来，回头望望慧娘娘，不像生气的样子，就说："老弟母，事是黑狗惹的，你莫太认真！"慧娘娘说："人是黄狗咬的，钱不要你的。"慧娘娘说着，把钱放在龙头杠上。余公公笑笑，说："你脾气是越来越坏了！"慧娘娘也笑了，说："哪个脾气坏？《三字经》上明明说，养不教，父之过。你说，养不教，母之过。不是双我吗？"读书人说的含沙射影，漫水人只用一个字：双。余公公又嘿嘿地笑，慧娘娘也笑。两条狗在身边闹，黄狗跳得高高的，黑狗只是应付着，懒得奉陪的样子。余公公说："黄狗没良心，又懒。每回我出门，它都摇着尾巴跟着，都是半路上跑回来了。它娘好，跟前跟后，赶都赶不走。"慧娘娘说："毕竟，我是黄狗的主人，你是黑狗的主人。我出门，黄狗是左右不离的。人都像狗这么忠，世上就相安无事了。"听上去，慧娘娘真是在说狗，不是在双人，就晓得她消气了。

余公公把新剁的猫儿剌绑在木马腿上，再揭开棕蓑衣擦龙头杠。慧娘娘凑近嗅嗅，说："你听听，微微的一股香，不知道几朝几代了。"余公公说："你鼻孔好，我是听不见的。"漫水人讲话有古韵，声音用听字，气味也用听字。闻气味，说成听气味。慧娘娘说："我就是鼻孔太好，听不得太香的东西。过去年轻人用花露水，我听见就脑壳晕。你屋种的花，我样样喜欢，就是不喜欢栀子花和茉莉花，太香了。"余公公擦着龙头杠，说："那你不早讲，早讲我就把它剁了。"慧娘娘忙说："莫剁莫剁，我不喜欢，人家喜欢。世上的事都依我，那还要得？"余公公说："那就信你的，不剁。"

慧娘娘拿了抹布，也帮着擦龙头杠。慧娘娘说："我小时候看过一次舞滚龙，记不清在哪里看的了。漫水龙灯是竹篾皮扎的，糊上皮纸，里头点灯。滚龙全用黄绸子扎，上头画龙纹。漫水龙灯夜里舞，我看见过的滚龙日里舞。我是几岁看的，也忘记了。"慧娘娘从来不讲自己过去的事，从来不讲自己娘屋在哪里。漫水伢儿子都有外婆，强坨没有外婆。晓得慧娘娘不想讲，余公公也从来不问。听慧娘娘讲起小时看过滚龙，他也不往她过去的日子引，只说："十里不同音，隔山不同俗。漫水正月初二不可以拜年，只拜生灵。对河那边，正月初一不可以拜年，拜生灵。"先年屋里老了人，头年正月要祭拜，叫拜生灵。

慧娘娘问："余哥，阎王老儿真识货吗？他晓得这龙头杠是文物？

强坨说它值几万，你信？"余公公说："龙头杠是漫水的宝贝，无价！莫说它雕得这么好，莫说它传了多少代，就是这么好的老楠木，如今也找不到了。什么是文物？旧！什么文物最值钱？稀奇！"慧娘娘笑笑，说："余哥，看我两人哪个先去。我先去呢，你不要后生家抬着我满村打转转，我要径直上山。八抬八拉，推来推去，吆喝喧天，热闹是热闹，我怕吵。"余公公放下抹布，说："老弟母，你比我小，身体又好，肯定走在我后面。你看你，七十三了，头发还乌青的！"慧娘娘说："七十三，八十四，阎王不喊自己去！"两个老人说起生死大事，就像说着走亲戚。日头慢慢偏西，天光由白变红，龙头杠上浮着薄薄的玫瑰色。

慧娘娘是梳着髻子来漫水的，髻子上别着白亮亮的银簪子。她中年时剪过短发，老了又梳着髻子，仍别着那个银簪子。她的头发又黑又浓，未见过半根白发。她到老都没用过洗发水，常年只用烧碱水洗头发。拿一把干净稻草烧了，把稻草灰放在筲箕里，用热水淋上去，底下拿脸盆接着。滤下的热腾腾的黄水，就是洗头发的烧碱水。慧娘娘每次洗了头发，手心点一点茶油抹匀，往头发上轻轻地揉。烧碱水有股淡淡的清香，像日头晒过干草的香味。余公公只是哑看，从来不对人说，却晓得慧娘娘头发好，就搭帮烧碱水和茶油。看着年轻人用各种香波和乳膏，心上就想：你不如用烧碱水和茶油。他也只是这么哑想，从来不说出来。

夜里，余公公去慧娘娘屋里，喊了强坨："你明天起个早，帮我把筒子盘出来。"强坨问："余伯爷，你要做什么？"慧娘娘就说强坨："你一听不就晓得了，还要问！"割老屋的木头叫筒子，漫水人都晓得。

强坨起了大早，帮余公公盘筒子。早就割好的老屋，慧公公先用掉了。余公公有一偏厦屋的樟木料，割得好几副老屋。余公公身子硬朗，原先也不急着割。昨天下午，慧娘娘讲到生死大事，余公公心头一惊，就想：还是把老屋先割了。

强坨盘了一大堆筒子出来，问："余伯爷，差不多了吧？"

余公公说："全盘出来。"

强坨望望坪里堆的樟木筒子，说："一副千年屋，差不多了啊！"

余公公说："你莫管，再盘几筒出来。"

吃过早饭，余公公下锯的时候，慧娘娘问："余哥，割老屋是好事，要看日子。你看了吗？"

余公公说："择日不如撞日。虫老一日，人老一年。今年不割，不晓得明年我还割得动吗？"

慧娘娘搬了小凳，坐在余公公前面说话："余哥，你怎么记得我是阴历九月初十来漫水的呢？你慧老弟是记不得的，我自己也忘记了。"

慧娘娘这话问过千百遍了，余公公每次都回答几句现话，心上却想：女人家老了，就讲冗话。人和动物，真是个反的。动物是公的漂亮，嘴巴也多。公鸡喜欢叫，早禾郎公的也喜欢叫。人是女的漂亮，嘴巴也多，老了讲冗话。慧娘娘耳朵还很尖，头发乌黑的，就是嘴巴老了，喜欢讲冗话。余公公拿斧头剁筒子，说："我年轻时的事，记牢了就忘不了，老了眼前的事都记不住。那年，粮子从漫水过路，阴历九月初八到的，歇了一夜，初九走的。我想参军吃粮，娘不准。娘身体不好，说，余坨，你初九走，我初十死！我就没有去。娘这句话我一世记得。初十，慧老弟把你引回来了。听说慧老弟引了个阿娘回来，我娘说，粮子的衣服变了，世界也变了。"

"搭帮你慧老弟，要不我不晓得在哪里落难。"慧娘娘每次都说这句话。

斧头剁出的木片子，箭一样地往地上射。余公公说："老弟母，你人到我后边来，木片子不认人，怕打着你了。"

慧娘娘立起来，笑道："老了，就拦路了。打死还好些，省得在世上受苦！"

慧娘娘把凳子搬到余公公身后，望着他一斧一斧地剁。心上想：余哥也是七十七岁的人了，这么老了还自己割老屋，世上只怕没有第二个这样的木匠。樟木很香，听着这香气心上很安静。

慧娘娘说："余哥，你说做城里人有什么好呢？死了一把火烧了！不如乡里人，还有个老屋睡！"

余公公说："人死如灯灭，烧了还是煮了，哪个晓得？国家领导人老了，那么大的官，不说烧就烧了？一把灰，丢在海里！"

慧娘娘啧啧几声，说："那海里的鱼，人还敢吃？"

也不要余公公句句话都答，慧娘娘只顾自己说话："迷信你说有没有呢？秋玉婆讲了一世冤枉话，死了还叫雷打脱了下巴。"

漫水人都相信，讲冤枉话会遭雷打。哪里都有嘴巴臭的人，像秋玉婆这么喜欢嚼舌的人少有。那年有余修新屋，忙到秋后打过晚稻，农事就闲了。有余的老屋拆了，住到了有慧屋。有余要在秋月里树好屋，要在新屋里过年。秋玉婆在背后说双双话："有余和有慧本来就是一屋人，样样都是共着的。又来了个城里专门搞网绊的，样样都搞到一起去了。"

有天，有余正在做屋架子，绿干部突然来了。有余笑着招呼："绿干部，稀客啊！"绿干部的叫法，漫水人喊了快二十年。绿干部也不生气，他早就习惯了。今天绿干部脸色不太好，很生气的样子。有余以为又有什么运动来了，脸色也正经起来。每逢运动，绿干部总是到漫水蹲点。绿干部问："人呢？"有余没头没脑，问："哪个呀？"绿干部说："我婆姨！"有余更加奇怪，说："你婆姨？"绿干部脸色铁青，说："你漫水人有远见，给我起个外号，绿干部！我婆姨给我戴绿帽子，放在你漫水改造。"有余这才明白，说："小刘原来是你阿娘！"绿干部说："什么小刘！四十多岁的人了，还搞男女关系！"

有余递上烟袋，请绿干部卷喇叭筒。绿干部摇摇手，自己摸出纸烟，抽出一支敬给有余。点上烟，有余说："你阿娘出工去了。我是要树屋，请了假。"

绿干部骂骂咧咧，又被烟呛着了，太阳穴上的青筋胀成几根蚯蚓。有余说："绿干部，小刘来漫水大半年了，没人晓得她是你阿娘。护你的面子，她瞒得天紧。今天你来了，就好言好语。想要离婚，到民政局去就行了，不要到漫水来吵。"

绿干部眼睛红红的，说："你讲得轻松！要是你老婆偷人呢？"

有余笑笑，说："绿干部，你对哪个漫水人这么说话，都会挨打。我不打你，我要告诉你，你阿娘偷人，只怪你自己。"

绿干部声音比有余还高，说："放屁，怪我？我儿女都做出了三个！"

有余放下斧头，坐在屋架子上，双手抱胸，望着绿干部，话不高声："绿干部，做得儿女出，就是男子汉？俗话说，一条鸭公管一江，一条脚猪管一乡。脚猪算男子汉吗？你脾气不改，你不像个好男子汉，你阿娘还会偷人。"

绿干部坐在刨木花里，眼泪一滚出来了。有余递过烟袋，绿干部接了。绿干部卷了喇叭筒，说："儿女都还没成人，不然我离了算了。"

有余说："我看小刘是个好人，她来漫水大半年，没人把她当犯错误的人。等她散工回来，你多说几句温暖话。大半年，你没来看过，她也没回去过。你不来，是你不对。她没有回去，是她怕见你。"

绿干部抽旱烟不习惯，一口又呛了。他咳了半天，歇下来，说："我平日哪有空？今天是星期日。有余，我俩打交道快二十年了。你是第一个敢同我对着干的人，我一直以为你对我有意见。你知道小刘是我老婆，还替她说话，为我夫妻好。你是个好人。"

有余笑道："漫水没有坏人！你要我讲句直话吗？"

绿干部望着有余不作声，不晓得他要讲什么天大的事。有余说："你听得进，我就讲。漫水离县里近，不论来什么运动，都先到漫水试点。每回试点，你都是蹲点的。蹲来蹲去，你把漫水的人都得罪光了。人家蹲点越蹲官越大，你是年年雀儿现窠叫。你是上下都不讨好。"

绿干部抬起头，问："你说漫水没有坏人，那地富反坏右呢？"

有余就不说话了，捡起斧头敲屋架子。木匠树屋都要人打下手，有余只是自己干。他只要树屋架子那天，再喊乡里乡亲帮忙。盖瓦也要人帮忙。屋架子树起来了，瓦盖好了，装壁板和门窗，都不要帮手。这个秋月，每日都是日头天。夏秋两季，只要不落雨，漫水的男人多光着上身做事。有余的上身叫日头晒了四十多个夏秋，皮色又黑又亮。长年拿斧头剁来剁去，臂上的肌肉鼓得紧紧的。

有余嘭嗵嘭嗵敲了老半天，歇下来，说："我讲了那么多话，你只晓得问一句，地富反坏右！你官上不去，阿娘犯错误，都怪你自己！抗美援朝你来漫水，屁股上还背着坨烂铁，都没人怕你。今天你屁股上铁都没有了，还有人怕你？记得那年，我慧老弟母说你是绿林吗？"

绿干部说："我早在四八年就投诚了。"

有余说："你升不了官，只怕就是你早年做过绿林。绿林就是坏人？未必！你承认自己是坏人吗？漫水往南六十里大山冲里，过去也有绿林，逢赶场的日子，就在那里关羊。拦住的人，交钱就放人。实在没钱，也不害你。其实，他们都是穷人。日子苦，穷人搞穷人。"

绿干部说："只要到关键时候，有人就抓我历史问题的把柄。我那时候多大？十四岁！家里没吃的，跟着人家上山了。屁事都不懂。干了不到一年半，我就投诚了。"

有余继续敲屋架子，说："你晓得自己不是坏人，就莫随便说人家是坏人。我活到四十多岁，漫水老老少少两千多人，我个个都晓得。讨嫌的人有，整人的人有，太坏的人没有。整人，都是跟你们学的。过去，漫水也有整人的，那叫整家法。有那忤逆不孝的，关到祠堂笼子里，笼子外放一根竹条子，哪个都可以去打他的屁股。我长到这么大，只听见过去整过一回家法。你们蹲点蹲来蹲去，整过多少人？"

绿干部听着，望望四周无人，说："有余，你说的句句都是反动话。相信我，我不会说出去。"

有余笑了，说："你说我也不怕，有人证明吗？我还会说你造谣诬陷哩！"

绿干部说："有余，我真的不会说的。"

"你要说就说！"有余笑笑，又忙自己的去了。

绿干部自己抽烟，望望天上的日头。他在等老婆回来。他没有手表，不像别的干部。一只雄鸡叫起来，惹得整个村子的雄鸡都叫了。雄鸡叫过之后，村子更加安静。只剩有余的斧头声，嘭唪嘭唪寂寞地敲着。天上没有半丝云，日头像停在那里不动了。绿干部无话找话，问："那个被整家法的人还在吗？"

有余说："怎么不在？我不想点他的名，他到土改时是最红的人。过去忤逆不孝的人，到你们手上成了宝贝！"

中午收工时，小刘跟在有慧阿娘后面，有说有笑地进屋。看见她男人家坐在屋里，脸色立马就白了。有慧阿娘说："绿……绿干部，你来了啊！"原来，有慧阿娘早晓得小刘是他阿娘了，她就连有余老大都没有告诉。小刘和有慧阿娘贴心，手指缝缝里的话都说。

"小刘在漫水很好，群众关系也好。你们说话，我去做饭。"有慧阿娘刚出门几步，小刘就跟着出来了。

有慧阿娘说："小刘，你俩说说话，怎么出来了？"

小刘说："我要去担水。"

有慧阿娘高声喊她男人："有慧，你去担水。"

有慧正在有余那里看热闹，很不情愿地过来。自从小刘来了，有慧就没担过几回水了，总是小刘争着担水。没等有慧过去，小刘说："慧姐，你让我去担水吧。我心上乱，要想想。"

有慧阿娘就朝有慧摇头，叫他莫过来了。有慧又去帮有余搬木头。有慧阿娘把饭煮上，过来对绿干部说："她不晓得哭过好多回了。她说千错万错，都是她的错。儿女还小，你们都作好的打算。你莫再骂她。她是想着儿女，不然死的心都有。她说你是个好人，就是脾气不好。夫妻间哪有不吵的？笼屉里的碗都有相碰的。她的错误不会再犯，你的脾气也要改改。"

绿干部说："你余老大也是这么说我的，你们都商量好了？"

有慧阿娘说："你说的什么话？漫水只有我晓得你俩是两口子！你爱听就听，不进油盐也没办法。你想想吧，我要炒菜去了。"

有余望望日头，说："发坨，强坨，巧儿，还在哪里疯？"一大早，发坨引着强坨和巧儿，到河边扯猪草去了。余娘娘在屋里听见，猜发坨必定引弟弟和妹妹到河里洗澡去了。她不作声，怕男人家发脾气。有余也猜小的到河里洗澡去了，就担心他们去蛤蟆潭。有余小时候，淑水河里的水更深，他也喜欢去河里洗澡，时常见大船扯着白帆在河里走。看见船家行着船吃饭，真是羡慕极了。

忽听到几个小的在追打，就晓得他们回来了。有余虎了眼睛，望着发坨："过来！"发坨晓得自己犯事了，一边往爹身边移着身子，一边拿手护着脑袋。有余抓住发坨的手膀，拿指甲一划，一道白白的印子。啪地一掌，发坨被打在地上。有余指着发坨骂道："这么大的人了，不晓得带个好样，我剥了你的皮！"

有慧阿娘忙跑出来，拉起发坨揽在胸前，朝有余说："哪兴你这么打伢儿？你手重，哪经得你打？不能只怪发坨，强坨也不小了。强坨，一定是你要哥哥引你去洗澡的！"

强坨说："蛤蟆潭我不敢去，发哥说不敢去是婊子养的。"

有余手里拿着弓尺，扬手就朝发坨打来。有慧阿娘转身护着发坨，弓尺打在她身上，啪地断了。有余阿娘跑出来，骂她男人家："你只晓得打人！生儿养女，你没有痛过！你要打从我打起，都是我生得不好！"

发坨躲在慧叔母身子前面辩解："我没有说！"

巧儿说："就说了！"

强坨也说："他发誓愿，说不敢去蛤蟆潭就是……"强坨话没说完，被他娘扇了一巴掌。强坨打哭了，嘴里咿里哇啦不晓得嚷着什么话。有余阿娘过来拉发坨，嘴里嚷着："蛤蟆潭你也敢去，那里有无底洞，有乌龟精，你是不要命了啊！"发坨怕妈妈也会打人，躲在慧叔母怀里不肯出来。

秋玉婆正好路过，站在那里看把戏。她见有余护着强坨，他的阿娘护着发坨，就说："侄儿侄儿也是儿，手板手心都是肉。余公公疼侄儿比亲儿子还疼，明理的人就是这样的。漫水哪个不讲余公公好？他是对人家的人比对自家的人好，明理啊！"

一听就是双双话，有余阿娘对她说："秋玉婆，你是老鼠子偷盐吃，嘴巴咸啊！我屋的事，你莫管！"

秋玉婆说："我哪管得了？又不是打我的儿！我的儿我是舍不得打，我养的狗都舍不得打！人也好，狗也好，我只认亲的，不认野的！"

有慧阿娘拉着发坨往屋里去，回头又喊儿子强坨："你进自己屋去！人有屋，狗有窝，莫在外头乱叫！"

秋玉婆一听，叫了起来："慧娘娘，你双哪个？"

有余阿娘晓得慧老弟母不会相骂，立马接过腔去："秋玉婆，她骂自己儿子，你管得宽啊！"

秋玉婆更是起了高腔，朝有余阿娘拍手跺脚的："我讲她，你也帮腔？晓得你俩共穿一条裤子！你们样样都是打伙的，屋打伙住，儿打伙养！你屋是共产主义哩，样样共哩！"

有慧蹲在屋前，本来半句话不讲。女人相骂，就让女人骂去。男人插手女人的事，漫水人是会笑话的。可听秋玉婆说得太难听了，他忽地站了起来，径直朝秋玉婆扑去。早围了很多看热闹的，忙拉住有慧："动不得手，动手就要出大事。"

这时候，绿干部从屋里出来，说秋玉婆："你刚才说啥来着？你诬蔑共产主义！"

秋玉婆没想到绿干部会在这里，反而得了理似的，说："你是县里干部，你评评理！我哪句话错了？有余树屋，有慧天天帮忙拉锯；有慧养儿，有余是帮了忙的。换工抓背，都是活雷锋，我是讲好话！有慧屋里来了个城里专门搞网绊的女干部，我从没讲过半句怪话。"

绿干部突然面上铁青，头往秋玉婆冲着，鼓起眼睛，骂道："我操你妈！"

秋玉婆被骂蒙了，绿干部怎么会骂娘呢？她怕干部是有名的，不晓得自己犯了好大的事，掉头就想跑开。四周立了很多人，她就像被围猎的野兽，冲开一个口子跑了。

小刘担水回来，一声不响进屋了。她听见了秋玉婆的话，走过的时候头埋得很低。有慧阿娘立在门口喊："吃饭了！"

有余阿娘过来喊发坨，有慧阿娘说："伢儿不晓得事，嫂嫂莫骂他了。"

有慧屋吃饭时，不见小刘上桌。绿干部从小刘屋里出来，说："她不想吃，我们吃吧。"

吃过中饭，有余蹲在地上抽了会儿烟，又嘭嗵嘭嗵做屋架子去了。天气有些闷热，强坨早没事了，他和巧儿并排坐在门槛上，扯着喉咙高声喊着："布谷布谷送风来哪，嗬——嗬——"伢儿们相信只要这么叫喊几声，就会起风。

生产队长的哨子响了："出工了，栽油菜！"九油十麦，阴历九月，正是栽油菜的时候。有慧阿娘站在小刘门外喊："小刘，你快吃点东西吧，你有低血糖，饿不得。"

小刘开了门，眼睛又红又肿，说："慧姐姐，我这样子见不得人，下午你帮我请个假。"

有慧阿娘晓得绿干部在里面，就说："我帮你请假，你两口子好好讲讲话，莫吵。"

夜里，铁炮到有余屋赔礼。他的辈分更小，依漫水的叫法，他叫有余太太，叫有余阿娘太婆。他说："日里的事，我听人讲了。我娘她嘴巴讨嫌，漫水人都晓得。太太和太婆莫把她放在心上。"

有余说："我是个直肠子，话说了就说了。说了你娘几句重话，你也莫放在心上。"

有余阿娘说："铁炮，你还要去给慧太婆赔个礼，慧太婆你是晓得的，漫水人哪个在她手上没有恩？"

铁炮忙说："我就去，我就去。我这个娘，讲也讲不变，骂也骂不变。六十多岁的人了，看她哪日到头！"

绿干部到漫水不久，小刘就回城里去了。出门前，小刘在屋里拉着有慧阿娘手，流着眼泪说了半天话："慧姐姐，十多个月，不是你，我熬不过来！你慧哥，你余哥，你余嫂，都是漫水最好的人。"

小刘走后没几日，有余就要树屋架子了。已到初冬，油菜长得尺把高，麦子长得手指长。大清早，薄薄的雾气中，刚刚出来的太阳，就像锅里蒸熟的鸡蛋黄。落了一夜的白霜，贴地的草木上都像撒了一层石灰。

吃过早饭，有余屋坪前面来了许多男人。有余阿娘特意买了纸烟，笑眯眯地散给大家。有的接了烟马上点燃，有的接过烟夹在耳根上。六封屋架子已摆在屋场上，立屋柱的塚墩岩整整齐齐，像挨地摆着的石鼓。有人留意到了，说："余叔，你没声没气的，就在哪里搞来这好的塚墩岩？"有余开玩笑说："菩萨送了一个梦，告诉我哪里有现成的塚墩岩，我昨日取回来的。"原来是前几年，有余去山里帮人家树屋，主人家是个岩匠师傅。有余就不收岩匠工钱，岩匠就打了塚墩岩送来。有人说到塚墩岩，大家都来看，都说塚墩岩好，岩料好，打得好，抵得过去财主家的。

巧儿在大人中间钻来钻去，她娘喊道："巧儿，莫疯！要树屋架子了，打着了不得了！"巧儿挨了骂，就跑到有慧屋坪前，邀几个女儿家踢房子。巧儿手脚麻利，捡了一块瓦片，几下就把房子画好了。巧儿正踢得上劲，听得大人们一声高喊，她回头望去，她屋的屋架子已树起来了。女儿家们都不踢房子了，立着不动看热闹。有个女儿家问："巧儿，你是哪间房？"巧儿说："我爹说，等长大了，旺哥把左边这头，他是大房。发哥把右边这头，他是二房。"女儿家又问："你呢?"又有女儿家就开玩笑，说："巧儿就嫁人了，回娘屋住偏厦。"巧儿晓得这不是好话，女儿家们就追打起来。

屋架子树好了，掐准了时辰抛梁。有余怕人讲他迷信，偷偷请风水先生看了时辰，只闷在肚子不讲出来。众人心上都有数，嘴上也都不说。梁早准备好了，是一根樟木梁。看女要看娘，看屋要看梁。梁要选好木料，要粗大，要直。漫水这地方，选根大樟木做梁，众人看着都眼红。梁中间包着红布，红布上钉着铜镜和古钱。古钱容易找到，铜镜很难有了，多用玻璃镜代替。有余屋这块铜镜是旧屋梁上取下来，重新磨得亮光亮光的。

有余看看日头，晓得时辰到了。梁的两头套了新棕绳，一声喊："起!"两头立在屋架上的壮汉齐手动作，把梁平平正正地吊上去。梁刚安放妥帖，铁炮就杀了雄鸡，朝梁上抛过去。炮仗就响起来了，在场的人都齐声高喊："好的! 好的! 好的!"

依规矩，抛梁的雄鸡是要送给木匠师傅的。有余是自己修屋，雄鸡就不用送人。铁炮就开玩笑："余太太，你是肥水不落外人田啊!"有余阿娘笑着接腔："做事的，看热闹的，都来吃中饭! 鸡肉大家吃，鸡汤大家喝! 山上打野猪，见者有份!"

盖好了瓦，屋样子就出来了。屋两头的瓦角朝天翘起，没人不夸有余的手艺："漫水第一，漫水第一!"

看有余装壁板，成了男人们的娱乐。从没见过哪个先做好门窗和壁板，再来树屋架子。看了几天，他们信服有余了，果然比别人修屋快。有余说："我是自己一个人的事，就先把门窗和壁板预备好。只要屋架子一立，瓦一盖，我有空就做，不急不慌。"

天气越来越冷，堂屋壁板还没装好，就在中间烧了一堆大火。每日都有人在堂屋里烤火，摆龙门阵。有个落雨天，队上没有出工，有慧阿娘也坐到火堆边上纳鞋底。她问有余："余哥，你柱子上写的是什么？像道士画符，我是认不得。"

有余笑着说："老弟母，你字认得比我多，这几个字只有我认得。这是鲁班祖师传下来的，就是在料上做的记号，标明方位。这个写的是东山，这个写的是西山。左边为东，右边为西。前面喊前山，后面喊后山，前后又喊正地、顺地。"

有慧阿娘左右望望，说："左边是南方，怎么说是东方呢？"

有余说："木匠讲的东方、西方是不一样的。木匠以中堂屋为准，左手边是东，右手边是西。东为大，西为次。旺坨成亲了住东头，发坨住西头。"

"你们两老自己住哪头呢？"有慧阿娘笑着。

有余看看有慧阿娘的眼神，就晓得她在开玩笑。不等有余答话，他阿娘就说了："我们老了，哪头都轮不到了，住外头！儿女养大了不孝，爹娘不就赶出去了？"

有慧阿娘忙说："嫂嫂你说得好哩！旺坨和发坨这么懂事，哪会不孝？我强坨，我是不敢靠他。他那牛脾气，犟死了。"

有余就专心做事了，听她们两大媳说话去。忽又听有慧阿娘问："余哥，我从没看见哪个木匠在板子上写洋文啊！"

有余有些不好意思，说："旺坨告诉我的英语字母。我把每扇壁板都编了号，做好了就免得乱。六封屋，十几间房，天干地支编起来不方便，就用洋文编。我鲁班祖师没传过这个，嘿嘿！"

有余不要别人打下手，有慧闲着反正没事，就在有余身边递东递西。由你们说天说地，他都不搭腔。有慧阿娘喜欢男人老实，生气时却会嚷他："哑起个尸身！"

冬月二十，有余进新屋。漫水进屋做酒，亲戚和同房叔侄要挨家去请，村里其他人不需请，愿意喝酒自己来，叫作喝乡酒。亲戚和同房叔侄得备礼，喝乡酒的不拘备不备礼，不备礼的放一块炮仗也行。

有余人缘好，流水席从中午开始，天麻眼了还是炮仗不断。秋玉婆也来喝乡酒，她是跟着儿子铁炮来的。通常喝乡酒的不管备不备礼，一户只来一个人。秋玉婆母子俩都来，只放一块炮仗，有人就在背后讲闲话。有余两口子倒是高高兴兴，不论哪个来了都高声招呼。秋玉婆喊着贺喜，就挨着铁炮坐下了。

秋玉婆眼睛跟着有余打转转，等有余走过身边，她忙立起来，再次招呼："余公公，贺喜啊！"有余拍拍秋玉婆的肩膀，笑道："秋玉婆，您老多吃多喝啊！"秋玉婆拍着肚子，满嘴油光，说："今日是吃大户，我敞开肚皮吃，把自己胀死！"同桌的就开玩笑，说："死个老牛，吃餐好肉！死个小牛，吃餐嫩肉！"有人又说："秋玉婆，你要是死了，我们打丧火吃三日三夜，热热闹闹把你抬到太平垴去！"铁炮端着酒碗，斜眼瞟了他娘，说："她死不上路的，漫水没有几个人喜欢她。她死了没有抬，拿钉耙拖出去！"乡下人只要场合对劲，拿生死大事开玩笑，没人生气。秋玉婆笑着说："俗话说，讨死万人嫌！漫水好多人？要过三四代加起来，才上万人。我要把上万人的嫌都讨尽了才死！"有人就喊了起来，说："好啊，你是千岁不老的老妖精！"

天气很冷，场院里烧了一堆大火，又可取暖，又可照明。男人们高声猜拳，天上飘着薄薄的冰雾，没有人在乎。只剩铁炮这桌还在吃，早来的都散席了。没走的围着火堆说话，伢儿们穿来穿去在坪里疯。旺坨和发坨不时给火堆里加柴，火焰窜到半天上去了。有人见秋玉婆趴在桌上不动，就喊铁炮："你娘睡着了，还是喝酒了？"铁炮望望娘，说："她没喝酒啊！娘，你回去睡啊！"铁炮推了推趴在身旁的娘，他娘软软地滑到地上去了。桌上的人都笑了，说："铁炮你娘会睡啊，还像小毛毛样的，肯定长命百岁，肯定千岁不老。"

铁炮想把娘拉起来，说："娘，你回去睡啊！"

铁炮发现不对头了，踢开脚边的凳子，把娘抱起来，喊："老娘！妈妈！老娘！"

没想到竟然出事了。铁炮抱着秋玉婆，不停地哭喊着娘。有慧阿娘跑过来，摸摸秋玉婆的脖子，又把耳朵凑到她鼻孔边听听，回头喊："有慧，快把卫生箱拿来。"

有慧阿娘拿出听诊器，听了一会儿，说："老人家过去了。"

铁炮哭着："娘啊，落气纸都没烧，你就去了啊！你话都没有一句啊！"

有余阿娘忙从屋里取来纸钱，堆在秋玉婆身边烧了。遇着这种事，漫水总会有几个头脑清楚的人，一五一十地编条子，你做什么，他做什么。炮仗在铁炮家门口响起来，门口又烧了三堆纸钱。秋玉婆的尸体被人抬了回来，铁炮家老小上下哭声震天。丧事需别人主持，丧家自己不能动手。有人很快烧了水，有慧阿娘替秋玉婆妆尸。

有慧阿娘试试水，说："太凉了，加点热水，这么冷的天。"

旁边好几个帮忙的女人，有人就说："她现在还晓得冷热？"

有慧阿娘轻声说："死者为大！侍奉死的，同侍奉活的，要一样。"

有慧阿娘果然就像给活人洗澡一样，边洗边同秋玉婆说话："水热热火火的，洗得干干净净，舒舒服服，你好上路啊！先给你洗背，你莫急啊。你有福气，吃得饱饱的走。你是哪辈子修来的好福气？无病无痛，说走就走了。"

有人就问："怎么这么快呢？"

有慧阿娘说："可能是急性胰腺炎，可能是心肌梗塞，也可能是别的急病。我是半桶水，大医院的医生，看一眼就晓得了。"

有人过去喊铁炮："你娘的寿衣预备了吗？"

铁炮说："哪里预备？她真以为会千岁不老的。"

女人们就商量，问哪家去借。她们晓得哪几个老人预备寿衣了，就说："铁炮，借寿衣，要孝子自己出面。你上门去，多说几句好话。这是修阴德的事，人家肯借的。"

铁炮说："老木也没有。"

有余阿娘说："老木人家只怕不肯借的，我去和你余太太讲一声，要他赶快割！"

铁炮朝有余阿娘作揖，说："余太婆，你做得好事，修千年福啊！"

铁炮借寿衣去了，有慧阿娘又喊人加热水，不能叫水凉下来。突然，响起一声炸雷，秋玉婆的下巴掉了下来。死人的下巴往下掉，下眼皮也拉开了，眼睛白白地翻着。女人们都惶得弹，不停地拍着胸口。有人就说："冤枉话讲多了，遭雷打。这回真是相信了。"

有慧阿娘说："莫这么讲，人都死了。"她说着，就把秋玉婆的下巴往上扣好，又把她的眼睛合上。有人又想起冬天雷声的不祥，说："雷打冬，牛栏空。明年只怕是个大灾年啊！"

铁炮借来了寿衣，哭喊道："娘啊，你到那边去，要好好保佑漫水的人啊！都是好人，都在送你！"

有余锯了自己屋的木料，通宵给秋玉婆割老屋。铁炮跑来，扑通跪在地上，嘭嘭地碰了三个响头，说："余太太，你修千年福啊！你子孙兴旺，千财万富！"

有余说："老屋你就莫管了，你去招呼其他事。老人家睡白木去是不好的，要上漆。你问问三道士，看是哪日的日子。日子不就，只漆一道。日子宽，就多漆两道。漆，我屋里还有，你莫管。"

"我去问问。我人都木了，事事还得请余太太想着。"铁炮又说，"我娘是又想来喝酒，又没有面子来喝酒。我要她来的。我说，余太太和余太婆不会计较你的，你去吧。没想到，她就去了。"

有余说："哪个都想不到的事，莫哭了。铁炮，我们好好把你娘送走。"

铁炮临走又说："余太太，木钱和漆钱，我以后算给你。"

有余摇头说："快去，不是讲这话的时候。"

铁炮走了不久，又跑回来，说："余太太，有人回信，说三道士不敢做佛事道场了。这几年，有事就整他，说他搞迷信。三道士那里，你说话他听。"

有余说："我这里半刻功都停不得，哪有空去找三道士？他整是挨整，道场不照样做？下回哪个斗争他，我就问他屋里要不要死人！你把我这话告诉他，就说是我讲的。另外，你捉条鸡送去。"

有余哐当哐当忙到天亮，老屋的粗坯出来了。早饭时，跑到铁炮家吃丧火饭。铁炮过来说："余太太，三道士说，出丧不准喊过去迷信的号子了。"

有余问："三道士听哪个说的？"

铁炮说："三道士讲，上面干部交代的。"

有余就不作声了，匆匆吃过早饭，又去割老屋。没事的就到有余这里看热闹，陪他说说闲话。有人说："秋玉婆冤枉话讲多了，死了雷公老儿还打掉她的下巴。"

有余说："死者为尊，话就不要这么说了。"

"上山那天，丧佚们只怕要整人的。"

有余又说："铁炮是个孝顺儿，整他做什么呢？"

"整秋玉婆。"

有余刨得刨花四射，说："你们听我一句劝，死人安心，活人才安心。好好地送上山，莫坏了人家的事。"

三道士看了冬月二十五的日子，老屋就只能漆一道了。冬天，漆本来就干得慢。有余只得把底子灰刮得更细致些，秋玉婆的老屋只漆一道也油黑发亮。

出殡那日，地上结着薄冰。丧伕们都穿着草鞋，头上围着白布。抬老屋的丧伕，前面八个，后面八个。前后又各有一个扶杠的。扶杠的丧伕，必是服众的头面人。上山的路上，丧伕们抬着老屋推来推去。铁炮就不停地跪下，哭号道："乡庭叔侄，你们做桩好事，把我娘安心送上山！"

有余把三道士抄好的号子记牢了，沿路喊道："砸烂孔家店啊！"

丧伕们齐声和道："噢！"

有余又喊："林彪是坏蛋啊！"

丧伕们齐和："噢！"

有余喊着号子，心里却在骂娘："人都死了，还要管世上的屁事！"

八

樟木动了刀斧，香气散得老远。慧娘娘夜里睡在床上，仿佛都听得见樟木香。漫水人割老屋，没有哪个用过樟木，人家都羡慕得不得了。过去财主人家用楠木和梓木，那也只是听说，没有哪个见过。余公公用樟木割老屋，抵得过去的财主了。

慧娘娘看见余公公下了两副老屋的料，问："余哥，怎么是两副呢？"余公公削着樟木皮，不停手，只说："你把眼睛看，不就晓得了？"慧娘娘早就猜到了，只是不好开口。自己养着儿子，却让人家割老屋，不是件有面子的事。儿子面上也没有光。话既然点破了，她就说："余哥，钱我还是要强坨出。他爹睡了你的老屋，你又帮我割老屋，我哪受得起！两副老木料，钱都要强坨出。"有余就笑了，说："老弟母，我们四个老的活着在一起，到那边去了还要在一起的，你就莫分你我了。"

强坨也晓得了，心上过意不去。做儿子的，爹娘老屋都不割，大不孝。爹睡了余伯爷的老屋，强坨也说要出钱的，好多年了都还是一句话。他修新屋亏了账，这几年手头紧。强坨有点儿见不得人，每日大早就跑到余公公家去，想帮着做点事情。木匠的事都是他帮不上手的，余公公晓得他的心思，就故意喊他搬进搬出的。强坨说："余伯爷，功夫出在您老手上，料钱我是要出的。"余公公说："料钱你娘出了，你把钱给你娘吧。"

慧娘娘事后问余公公："余哥，我哪里给你钱了？你怎么告诉强坨，讲我出了钱呢？"余公公说："强坨是个孝儿，他也是要面子的。他刚修新屋，莫逼他。"

不光强坨要面子，慧娘娘也要面子。割老屋的话讲穿了，她面子就没地方放。那老的走得忙，没来得及预备老木，睡了余哥的，还说得过去。晃眼这么多年，借人家的老木没还上，又要人家割老木，橙皮狗脸不算人了！慧娘娘不论在屋里哪个角落，都听见樟木香。她的鼻孔好，耳朵好，只是眼睛有些花。樟木的香气叫她坐立不安，嘭嗵嘭嗵的刀斧声就像敲在她的背上。不去陪余公公讲话，她过意不去。要去，心上又不自在。她一世都是余公公照顾着，死了还欠他的！慧娘娘闭眼一想，自己从没替余公公做过半点事。往年她当赤脚医生，余公公壮得像一头牛，喷嚏都没听他打一声。漫水四十岁以上的人，都吃过她捡的药，都叫她打过针。只有余公公，她连脉都没给他把过一回。

慧娘娘每日早起，先在屋后井边浆洗，再去做早饭吃。她早想喊余公公不要再开火，两个老的一起吃算了。话总讲不出口，一直放在心上。慧娘娘吃过早饭，没事又到屋后磨蹭。她鼻孔里尽是樟木香。往年她每日背着樟木药箱，每日听着樟木香味。别人的药箱都是人造革的，慧娘娘不喜欢听那股怪味道。有个省里来的专家，看见了慧娘娘的药箱，打开看了看，问："用樟木做药箱，很科学！天然樟脑，可以杀菌，防虫。谁做的？"慧娘娘只是笑，脸红到了脖子上。

余公公手脚比原先慢了，嘭嗵嘭嗵忙了半个月，终于割好两副老屋。慧娘娘在井边再听不见蛐蛐叫了，她想：真是余哥说的，人老一年，虫老一日。两副白木放在余公公屋檐下，只等着上漆了。慧娘娘从屋里出来，往余公公地场坪去。她走路双脚硬硬的，双手没地方放。很像年轻时走在街上，晓得很多年轻男人望着她。余公公拿砂纸把两副白木打得光光的，老屋两头可看见樟木的年轮。两副老木一大一小，就像人分男女，鸟分公母。慧娘娘突然觉得那不是两副老屋，而是躺着的两个人，一个男的，一个女的。她心上就有说不出的味道，不好意思再往前走。

余公公怕慧娘娘哪里不舒服了，老远就喊："老弟母，你没事吧？"

慧娘娘眼皮都不好抬起来，说："没有事，没有事。"

慧娘娘走近了，余公公就摸着老木，说："要是楠木，漆都不要漆了。"

慧娘娘晓得余公公的心思，就是要她夸夸手艺。她从头到尾摸着老屋，光得就像打了滑石粉。当年做赤脚医生，用过那种奶白色橡胶手套，上面就是打了滑石粉的。那个卫生箱还在她床底下，白色油漆早变成黄色的了。慧娘娘把两副老屋都摸了，说："余哥的手艺世上找不出第二个。我过去那个卫生箱，背到县里开会最有面子。别人都喜欢打开看看。一打开，就是一股樟木香。有个省里的专家说，用樟木做药箱，很科学。"

余公公就开玩笑，说："老弟母，这话你讲过三百遍了！你喜欢，我再给你做个卫生箱，你背到那边去，还给人家打针，还给人家接生。我有一偏厦屋的樟木料，原先预备着给旺坨、发坨和巧儿做家具的，都用不上了。"

慧娘娘笑得像个小女孩，说："我们这边变了，那边只怕也变了。不再要赤脚医生，也不再要接生婆。余哥，你说我讲冗话，你不也讲？一偏厦屋的樟木料，你也讲过三百遍了。"

今天开始做漆工，头道功夫是刮底子灰。慧娘娘问："打得这么光了，还要刮底子灰？"

余公公说："哪道工都不能省。刮过底子灰，还要拿砂纸打光。"

慧娘娘坐在旁边晒日头，说："人一世，好像做梦，晃眼就过去了。我这几日老想起那个小刘。那个女人家是个善人，叫人家欺负了，还说她男女关系。"

余公公说："我老想起她男人家。他也是个善人，就是有些傻。上面说什么，他就听什么，不是傻吗？天气老是变，能相信天吗？"

慧娘娘说："记得那年吗，绿干部又来漫水蹲点。队长开会回来，隆夜传达。会没开始，绿干部坐在那里就打瞌睡。那么多人，那么吵，他也睡得着。队长说，金不如锡，哪个相信？金子跟锡哪个贵，我们不晓得？"

余公公想了想，说："我记起来了。绿干部那是最后一次蹲点，后来再也没有来过。"

慧娘娘说："后来再也没有干部到漫水蹲点了。绿干部在漫水蹲了一世的点，蹲得自己都不想蹲了。那年，旺坨和发坨高中都毕业了，巧儿和强坨还在读高中。旺坨和发坨都在会上，听说金不如锡，他两兄弟就笑了。"

余公公说："你一讲，我全想起来了。绿干部醒了，不晓得出了什么事。队长告诉绿干部，说，我讲金子不如锡子，这是屁话，旺坨和发坨就笑！"

"是的，是的！"慧娘娘说，"绿干部不生气，也不笑，又闭着眼睛。旺坨说，不是金不如锡，是今不如昔。旺坨边说，发坨就拿土坨在墙上写了四个字，抢着说，今，讲的是现在；昔，讲的是过去。今不如昔，就是现在不如过去。"

刮完了底子灰，第二日才可打砂纸。余公公和慧娘娘就坐在地场坪晒日头。村子不像往日热闹，青壮年都出远门挣活钱，老人守在屋里打瞌睡，小伢儿都在学校里。偶尔听得鸡叫，就晓得是什么时辰了。

慧娘娘突然想起余公公的笛子，问："余哥，你的笛子还在吗？好多年不听你吹笛子了。"

余公公笑笑，说："你不说，我也忘记了。好多年了，不晓得还会吹吗？"

余公公进屋去，半天才把笛子找了出来，说："我记性越来越差了，笛子放在箱子底下，我硬记成柜子里了。"

"吹什么呢？"余公公抬头想了想，就呜呜吹了起来。他不再像年轻时由着性子吹，吹的是电视里常听到的曲子。可他吹着吹着，就会从这个曲子吹到那个曲子去，吹到最后自己就笑了起来。慧娘娘也听出名堂来了，嘴上却说："吹得好，你老了气势还这么长，你要千岁不老。"

慧娘娘早替余公公做好了寿衣寿被，一直想着哪天方便时拿出来。等到余公公替她割了老屋，她就拿不出手了。两套寿衣寿被，抵不上两副老屋。慧娘娘想了半日，说："余哥，你的寿衣寿被，我去年就做好了。想等你八十岁生日，送你做贺礼。"

余公公嘿嘿一笑，说："我就晓得你要做的。拿来，我想看看。"

慧娘娘进屋去，取了两人的寿衣寿被，说："你的，我的。"

余公公接过自己的寿衣寿被，一双寿鞋从包里滚出来，就问："老弟母，你哪里晓得我的鞋码子？"

慧娘娘说："我帮你纳过鞋底，鞋样一直压在我床板底下。你和我那老的、旺坨、发坨、强坨、巧儿，几个人的鞋，都是我跟嫂嫂打伙做的。"

余公公就笑，说："我只管穿，我哪里晓得！"

黑狗突然叫了起来，余公公忙看看屋前，是不是来了生人。没有看见生人。黄狗早蹿到地场坪了，脑袋昂得高高的。黄狗也没看见生人。

余公公就骂黑狗："黄天白日，见鬼了？"

余公公随意的话，却叫慧娘娘不安起来。漫水人相信，阴人来到阳间，人看不见，狗看得见。阴人晚上会出来，听见公鸡叫就飘然上山。夜里，狗若冲着门外叫，又不见门外有人，狗的主人就会害怕，私下检点自己做错什么事了。白日里见鬼，就更是不好的事。

慧娘娘抱了自己的寿衣寿被，回到屋里去。她点了三枝香，插在神龛前的香炉里，作了三个揖，说："老的，你要保佑余哥。你伸脚就去了，你到好地方，留我在世上。不是余哥，我老屋都没有睡的。你也要保佑强坨，不是儿不孝，他只有这个力量。他年纪轻轻，阿娘跟人家去了，他养一双儿女，不容易。"

慧娘娘祭完了男人，回头吓得双手打战。原来余公公站在门口，不声不响望着她。余公公晓得慧娘娘吓着了，就笑道："老弟母，你年轻时不信迷信的，怎么越老越信了？你替那么多人妆尸，人家说怕鬼，你说你不怕。"

慧娘娘摸摸胸前，又反手捶捶腰背，说："余哥你吓得我心跳到喉咙里了！我是不怕鬼！我替人妆尸，那是行善。我活到如今无病无灾，都搭帮过去了的人在保佑。我要我老的保佑你，保佑我。他是个善人，在阎王老儿面前说话算数。"

这几日落雨，砖厂做不了事。强坨不去上工，守在余公公家打下手。老木开始上漆，慧娘娘说："不得信就落雨了！再多晴几日就好了。"

余公公笑得很得意，说："老弟母，你这就是外行了！老木上漆，落雨还好些！天晴有灰，漆就怕灰。落雨天只是干得慢些，没有灰。干得慢不怕，反正慢工出细活。你的福气好，老天才照顾！"

慧娘娘听了，忙说："哪是我的福气？我是享余哥的福！"

老木漆过三遍，天上还在落雨。余公公说："我上了天，要朝玉皇老儿叩九个头！他老人家太照顾我了！"天空飘着细雨，青黑中似乎映着黄色的光。余公公望着天上，似乎他真看见玉皇老儿了。漫水人对于死后的光景，想象得有些逻辑模糊。有说死后见玉皇老儿的，有说死后见阎王老儿的。似乎天上和地下原是连在一起，玉皇老儿和阎王老儿是隔壁邻舍。

余公公在老屋两头画了松柏仙鹤之类，又在两侧画上福禄寿喜和暗八仙。画到何仙姑的荷花，余公公想起强坨跑掉了的阿娘，问："你阿娘走了好多年了？"

强坨说:"八年了。"

余公公问:"晓得她在哪里吗?"

强坨说:"哪个晓得!"

"你访过吗?"余公公问。

强坨说:"她心野了,访她做什么呢?不要我也就算了,儿女也不要了?"

慧娘娘说:"强坨,莫怪人家,只怪自己过去穷。她有心出去,就保佑她遇好人,过好日子。"

"前几年听说在浙江,又生了两个儿女。"强坨那语气,像说别人家的事。

余公公说:"儿女都这么大了,你新屋也修好了。我说,哪日她有心回来,你还得让她进门。"

慧娘娘也说:"我常日劝强坨,人家走了不要怨,她有心回来就让她回来。吵啊,闹啊,爱啊,恨啊,都是年轻时候的事。老来一想,跟哪个不是过一世?"

强坨说:"我是这样想的,人家是这样想的吗?人家说不定在享清福哩!"

"人家享福,那是她的好事!退万步讲,她也是你儿女的娘,就让她享福去。"慧娘娘不想再说这事了,就问余公公,"余哥,你不声不响,漆啊,金粉啊,都预备着。老话讲得好,吃不穷,用不穷,盘算不到一世穷。你家日子从来过得比人家好,就是你会盘算。"

余公公说:"你不也是不声不响,就把我的寿衣寿被做好了吗?"

老屋里面要漆红的。余公公调好红漆,说:"老弟母,人家用的是红洋漆,我用的是朱砂漆。如今朱砂不好找,有钱都买不到。你不晓得,我这朱砂藏了六十多年了!"慧娘娘听得满心欢喜。

老屋漆好之后，放置在余公公的偏厦屋。四对木马架起四根柱子，两副老屋并排放在架子上，拿棕垫严严实实盖着。余公公说："樟木有香味，老鼠是最喜欢咬的。"强坨听了这话，飞快上山砍猫儿刺去了。

<h2 style="text-align:center">九</h2>

慧娘娘受了寒，病了。自己捡了药，睡在床上不想动。清早，听伢儿在外头喊："二十五，推豆腐；二十六，熏腊肉；二十七，献雄鸡；二十八，打糍粑；二十九，样样有；三十夜，炮仗射！"

快过年了。慧娘娘躺在床上不动，难免就会想些烦躁事。强坨阿娘走了八年，半点音信都没有。听人说她在浙江嫁了人，又生了儿女。那只是听说。这边的儿女就不要了？孙儿孙女在南方打工，晓得他俩过得怎样？说是要回来过年的，又打电话说买不到火车票，不回来了。真买不到票，还是没赚到钱？

腊月间，漫水天天听得杀猪叫。村里只有两三个屠夫，忙得双脚不沾灰。哪家杀了猪，必要拿新鲜猪血、肠油、里脊肉做汤，叫作血汤肉。讲客气的人家，会请亲戚朋友喝血汤。余公公有面子，村里人杀了猪，都会上门来请。余公公总是说："你请慧娘娘，她去我就去。"人家就说："慧娘娘病没好，不肯出门。"余公公就说："大家多请几次，她的病就会好的。"果然，慧娘娘的病就好起来了。余公公去别人家喝血汤，总会说："只有你请我的，没有我请你的，我这老脸没地方放！"余公公好多年没养猪了，年底就买百把斤肉，熏得腊黄的等儿女们回来。可儿女们难得回漫水过个年。他家的腊肉就老吃不完，每年过了立夏节，就把腊肉送人。请他喝血汤的人家，都是吃过他腊肉的人家。漫水人的礼尚往来，心里都是有数的。

早早就有人家上门来请："余公公，你一个人难得弄，年就在我家过吧。"余公公总是一句话："年还是在自家过。俗话说，叫花子都有个年。"强坨来请，余公公就改了口。强坨说："余伯爷，老娘说，我两家一起过年算了。"余公公问："你娘的主意，还是你的主意？"强坨从没这么灵泛过，居然问道："是我娘的主意又如何呢？是我的主意又如何呢？"余公公笑道："你娘的主意，我乐意去。我同你爹娘做了一世兄弟，就是一屋人。你的主意，我也乐意去，算是你有孝心。我一世待你，不比旺坨、发坨差。"强坨就说："伯爷，是我和娘两个人的主意！"余公公就答应了，又说："给我做道菜。"强坨问："什么菜？"余公公说："你娘喜欢吃枞菌，做道枞菌炒腊肉。"强坨笑得颤，说："余伯爷，寒冬腊月，哪里来的枞菌？"余公公笑道："我说有，就有！"余公公起身，从里屋提了个袋子出来，说："我备了干枞菌，专门留着过年的，你拿去泡了。你先不告诉娘，等泡香了，看她还听得到枞菌香不。"

年三十是个大晴天，日头晒得屋前屋后的橘树叶闪闪发亮。漫水人的年饭弄得早，中午边上就听得家家腊肉香了。余公公的黑狗，慧娘娘的黄狗，叫日头一晒，叫腊肉一熏，变得无比慵懒，长长地打着哈欠。

慧娘娘说："余哥，今天我不动手，你也不动手，信强坨弄去。弄得再好，就是龙肉，你我也只吃得那多了。"

余公公就信慧娘娘的，两个老人坐在地场坪晒日头。闲坐没事，余公公就吹笛子。他新学了几首曲子，不再窜来窜去了。慧娘娘听得享受，脚在地上轻轻地点着。黑狗和黄狗趴在地上，好像也在听笛子。

若依漫水风俗，过年必要炖财头肉。猪头熏得腊黄，年三十炖着吃，叫作吃财头肉。财头煮好之后，先拿供盘托着敬家神。所谓家神，就是逝去的先人。虔诚的人家还会扛着供盘上山，依着先人的辈分挨个儿上坟。不太讲究的，就在中堂屋摆上供桌，燃上香蜡纸钱，望山遥祭。

余公公和慧娘娘年纪都大了，不再上山敬家神。强坨是要煮财头肉的，余公公不让他煮，说："两个老的，一个少的，吃不完。你只选一块好猪腿肉煮了，一样地过年。"强坨煮好了猪腿肉，过来说："老娘，余伯爷，烧年纸了。"慧娘娘说："一副祭肉，余伯爷屋先烧年纸。"强坨听了，端着供盘就往余公公屋去。余公公喊住强坨，说："莫烦琐了！你屋和我屋，一个祖宗的。就放在你屋中堂烧，我来作个揖就是了。"慧娘娘忙说："端到余伯爷屋里去，我两娘儿去余伯爷屋里作揖。"

敬过家神回来，慧娘娘突然站住，说："余哥，你说怪不怪？我怎么听到枞菌香呢？我怕是有毛病了！"

强坨望望余公公，笑了起来。余公公也望着强坨笑，说："你娘是个老怪物，鼻孔还这么尖！我是鼻孔不行了，香臭都听不见。"

慧娘娘问："真是枞菌呀？寒冬腊月哪来枞菌呢？"

余公公笑着不作声，强坨说："余伯爷晓得你喜欢吃枞菌，专门干了留着过年。刚泡开，我看了，乌的，下半年的枞菌！"

漫水山上每年长两届枞菌，阴历四五月间长红枞菌，九十月间长乌枞菌。乌枞菌比红枞菌更好吃。慧娘娘笑出了眼泪水，说："你余伯爷像土地公公，哪里长什么只有他清楚。年轻时，我们都上山捡枞菌，哪个都捡不赢他。"

吃团年饭时，日头还在西边山上。余公公拿来一瓶茅台，说："强坨，再好的酒，我都不敢喝了。你喝老酒，我和你娘喝糟酒酿。"两条狗站在门口，偏着脑袋望着。余公公说："哦，忘记它们俩了！"强坨就去取了狗钵子，往钵子里放了饭和肉。黑狗和黄狗虽是母子，平日吃食是要打架的。今日它俩好像晓得是过年了，也相安无事地吃着团年饭。

正月初一，余公公早早地醒来，细心听外面的鸟叫。他听到喜鹊叫，心上就宽了。今年是个好年成。他怕听到麻雀叫，麻雀叫就是灾年。起了床，推开门，就望见慧娘娘在她自家门口，朝他拱手作揖："余老大，拜年拜年！你早上听到什么鸟叫？"余公公说："喜鹊叫，风调雨顺！"慧娘娘笑眯眯的，说："我也听到喜鹊叫了，大丰年。今年要是还落场雪，那就圆满了。"

余公公刚吃过早饭，他儿女的朋友上门来拜年。昨天夜里，儿女们都打了电话拜年，又告诉老爹哪个会到屋里来。他们都是儿女们的朋友，一年只见一次面，余公公记不住。那些年轻人也有糊涂的，记不清余娘娘早已过世，会把慧娘娘误作余娘娘，往她手里塞红包。慧娘娘丢了红包，忙往自家屋里跑。正月初那几日，慧娘娘听见汽车喇叭叫，就赶忙从余公公屋出去。村里人不晓得来的是什么人，只暗暗数着上门的小车，十分羡慕地议论："来了十几辆车，比去年还多！"

正月初三，余公公醒来，看见窗户纸亮晃晃的。心上想，未必落雪了？起床推门一看，果然是落雪了。地上厚厚地铺了一层雪，天上的雪还是棉絮样地飞。他出门就喊慧娘娘："老弟母，你是神仙啊！"慧娘娘听见了，站在门口说："余哥吃早饭了吗？没吃就莫自己弄了，到我屋来吃算了。"余公公爽快地答应了，说："我洗了脸就来。"

漫水正月初三开始舞龙灯，叫作出灯。今天落了雪，男女老少都莫名地兴奋。舞龙灯的人格外起劲，说话都高声大气。他们白天要先试试锣鼓，敲得家家户户门窗发颤。伢儿们踩高脚，放炮仗，满村子疯。女儿家踢毽子，小辫子在后脑壳上一跳一跳的。村里都是同宗，祖上分五房发脉。龙灯必定从大房舞起，依次二房、三房、四房、满房。千百年的规矩，从来没有变过。先舞过自己村里，再舞到外村去。可以外村来请，也可以自己下帖子去。不论外村来请，还是下帖子去，礼数都极是周到。外村会有头人挨户报信，晚上家家都得留人。龙灯来时，全村热闹喧天。过去接龙灯，只需打发糍粑，如今需奉上红包礼金。也都不太过分，只是图个吉庆。家有喜事的，龙灯会在你地场坪多闹几下，多打发几个礼钱就是了。

龙灯越舞得远，村子的名声越大，村里人越有面子。余公公年轻时是村里舞龙灯的头人，远近十乡八里都会来漫水接龙灯。过了六十岁，余公公不再舞龙灯了。他说："人都要老的，不要讨人嫌。年轻人本事大，龙灯会舞得更好。"余公公看龙灯的兴趣却不减，村里舞龙灯他会跟着看，十三收灯他会去河边送。

正月十三，晃眼就到了。雪早融得干干净净，天也晴了好几日，地上很干爽。龙灯舞得再远，正月十三必要回到村里。吃晚饭时，余公公问慧娘娘："去蛤蟆潭收灯，你去吗？"慧娘娘说："我夜里眼睛不好，身上也不太自在，不去。你也莫去，路不好走。"

余公公嘿嘿笑着，夜里仍是去了。正月十三更有趣俗，即是家家户户的菜园子，你都可以去偷他的菜吃。遭偷的人家绝不会叫骂。小伢儿喜欢这个游戏，偷人家的白菜、萝卜煮糍粑吃。小伢儿在地里偷菜，大人们在河边送龙。村里人敲锣打鼓，把龙灯送到蛤蟆潭边。点上香，烧上纸，放起炮仗，一把火把龙灯点燃。众人齐声高喊："好的！好的！好的！"火光冲天，龙入东海了。望着最后一串火苗熄灭，总会有人说："唉，又要等明年了！"

　　回村的路上，年轻人也有童心未改的，就顺路偷菜去了。路上的人越来越少，有人过来问："余公公，看得见吗？"余公公说："看得见，你莫管我。今夜月亮好，地上尽是银子。"余公公故意落在后面，耳旁慢慢就清静了。耳旁越清静，地上越明亮。慧娘娘鼻孔、耳朵都好，就是眼睛有些花。余公公眼睛、耳朵都好，就是鼻孔听不清味道了。小气的怕人家夜里偷菜，白天会往菜地泼大粪。今晚清冷澄明的夜气中，必弥散着一股臭味。余公公心想，鼻子不行了也有好处，只看得见月光，听不见臭气。

　　强坨在半路上接了余公公，说："老娘打发我到你屋里看了几次，怕你出事了。"余公公笑道："我哪那么容易出事？你娘就爱操心！"回到屋门口，两条狗蹿得老高。慧娘娘站在自家门口，说："我听得狗都叫清寂了，晓得人都回来了，你还没有回来。我怕你是偷菜去了哩！"余公公哈哈笑了起来，说："我还偷得菜，那就好了。"

　　余公公进屋，门咿呀关上了。整个漫水村，只有余公公屋的门咿呀响，别人屋的门都没有咿呀声了。余公公洗了把脸，上床睡下。想起从前，鸡叫三遍过后，家家户户的门就咿呀地响起来。心细的人听得出哪个屋里的门先响，那是户勤快人家。又想栀子花、茉莉花的气味慧娘娘不爱听，明年剁掉算了。多栽些樱花和石榴，好看。石榴多籽，吉祥。又想起屋后的龙头杠，明天得抹抹灰了。

　　第二天一早，余公公不忙着做早饭吃，想先去屋后抹龙头杠。他才走到屋栋头，就望见棕蓑衣掉在地上。心想昨夜没刮大风呀？未必是小伢儿顽皮？走到屋后一看，余公公双眼发黑。

　　龙头杠不见了！

　　两个空空的木马，棕蓑衣丢得乱七八糟。余公公瘫软在地上，耳朵里嗡嗡地叫。地上很凉，余公公全身发寒，慢慢爬了起来。他使劲敲着慧娘娘的门，喊道："老弟母，快开门。"慧娘娘开了门，吓得眼睛睁得箩筐大，问："余哥，出什么事了？"余公公眼泪猛地滚了出来，说："不得了，不得了，龙头杠不见了！"慧娘娘脸色傻了，一屁股坐在地上。

慧娘娘气都出不了，拿手摸着胸脯，也哭了起来，说："强坨，肯定是强坨！"余公公说："怎么就说是强坨呢？他有这么大的胆子？败掉村里的龙头杠，剥皮抽筋都不能叫村里人顺气！我的老天！我怎么向村里人交代！"

没多时，余公公家地场坪就立满了人。有人说："肯定不是生人，是生人，黑狗要叫，黄狗要咬人！"

强坨就跳脚骂娘，赌咒发誓："我再不是人，敢偷龙头杠？又不是放在我屋了，我不害了余伯爷？"

"肯定是下半夜的事，上半夜外面还有人偷菜，抬龙头杠出去必定有人看见。"

"未必！我好像看见有影子！"

"那你是猪？不晓得喊，只晓得偷菜？"

"他讲鬼话！十三大月亮，哪里只看见影子？"

一地场坪的人，没有哪个说余公公。余公公自己老脸没地方放，低头坐在门槛上。大家说不出个所以然，就各自散去。余公公就说："东西是在我屋偷的，我赔。我赔不起楠木的，我赔个樟木的。"没有人回头搭理余公公，他对着大家的背影说话。

余公公一气，倒床不起了。慧娘娘上年腊月起身子就不好，这回也病了。强坨又要上砖厂做事，又要照顾两个老人，起早摸黑两头跑。余公公说："你只照顾你娘，我睡几日就好了。"

余公公睡了几日，身上硬朗些了。他出门碰到强坨，问："你娘好些吗？”

强坨说：“娘不肯吃东西，不想落床。”

"不吃东西，哪有劲落床？"

强坨说："我每日在床前劝，她只是摇手。"

余公公自己也不想吃饭，胸口有个东西塞得紧紧的。又过了几日，仍不看见慧娘娘出门。余公公喊强坨："我去看看你娘。"

余公公在慧娘娘床前坐下，说："老弟母，人是铁，饭是钢。你胃口再怎么不好，霸蛮米汤都要喝几口。龙头杠，你莫着急。我会雕，我雕出来的不会比祖上的差。我再歇几日，手上稍微有劲了，我就去雕。"

慧娘娘不出声，手不抬，头也不摇。余公公又喊："老弟母，你莫怪强坨。他说不是他，肯定就不是他。我相信，他没有这个胆。"

喊了半日，余公公感觉不对数，拿手摸摸慧娘娘的额头，再摸摸她的鼻孔。"老弟母，你莫慑我啊！"余公公忽地站起来，反手朝强坨扇了一耳光过去，"你娘都冰冷了，你这个畜生！"

强坨忙伏到娘身上去听听，哇哇大哭起来。余公公身子摇晃着，又坐下来，喊着："老弟母啊，你话都没有一句，就去了啊！"余公公喊了几声，回头朝强坨喊道："你哭个死！快去烧落气纸！"

听到强坨哭号着烧落气纸，村里人都赶了过来。害怕的就站在地场坪，理事的就进屋去了。进来的都是年长女人，只问哪个时辰走的。没有哪个晓得。余公公说："拜托你们，快快烧水。慧娘娘一世替人家妆尸，村里如今还有人会妆尸吗？"有人开始编排，你做哪样，他做哪样，就是没人会妆尸。

余公公没听见人答话，就说："你们怕鬼，怕脏。我不怕。你们慧娘娘一世善人，她上去以后不是鬼，是仙。她一世干干净净，不脏。

你们烧水，我给慧娘娘洗澡。水要热，要洗得她舒服。"余公公吩咐完了，又说："预备烧碱水，慧娘娘一世只用烧碱水洗头。"

木澡盆里倒好了热水，余公公把慧娘娘抱进去。余公公说："老弟母，你身上还流软的，哪像过去了的人？你是惒我吧？你是要走，你就放心去，慧老弟在那边等你。你要是不想走，你就说句话。你哪像要走的人？看你还是个笑样子，你是闷着一口气，故意逗我们的吧？"

"老弟母，你是个好人，你是个善人，你到那边去说话算数。你要保佑强坨，他是个孝儿。你要保佑漫水的人，他们都来送你来了。"

听余公公这么说，屋里帮忙的人都哭起来。余公公眼泪也止不住，说："老弟母，你是个苦命人啊！是人都有娘屋，你没有；是人都有外婆，强坨没有。不是碰到慧老弟，晓得你要落到哪里啊！"

有人就说："慧娘娘有福气哩！老了，事事有余公公照顾，有余公公割樟木老屋，还让余公公妆尸。哪个老了有这个福气！"

有女人说："你看慧娘娘，干干净净的！你看她肉皮，又白又细，哪像个老人！"

热腾腾的烧碱水端来了，余公公说："老弟母，给你洗头啊！你洗了一世烧碱水，头发乌青的，水亮的。"

洗完了头，余公公又说："来点茶油。"余公公在手心点了点茶油，双手抹匀了，轻轻地揉着慧娘娘的头发。余公公不会梳头，请女人帮慧娘娘梳了个光溜溜的发髻。慧娘娘仍用那个白亮亮的银簪子，别在乌黑的发髻上。

梳洗完了，余公公给慧娘娘穿寿衣，说："老弟母，你抬手，寿衣是你自己做的，很漂亮。你伸伸脚，给你穿裤子。你的鞋也好看，绣着龙凤。"

熟悉礼数的女人已端着盘子候着，盘子里放着茶杯，茶杯里放着米和茶叶。老了的人嘴里含着米和茶叶去阴间，旧时还会含碎银子。如今银子不好找，有省掉的，也有含硬币的。余公公把米和茶叶放进慧娘娘嘴里，又从口袋里掏出一个细细的银链子，放进慧娘娘嘴里含着，说："老弟母，银链子是巧儿的，你带去吧。"

老屋早已安放在中堂，慧娘娘穿戴好了，抬进去躺着。老屋睡了人，就喊灵棺了。灵棺四壁是红红的朱砂漆，寿被面子也是红的，映得慧娘娘脸如桃花。余公公伏在灵棺头上看着，心上说："脸红得这么好看，哪像去了的人？"眼泪就吧嗒吧嗒，滴在慧娘娘的脸上。

黑狗和黄狗晓得出事了，低声哀号着，在地场坪乱窜。地场坪的人越来越多，两条狗怕碍事，趴在余公公屋檐下。母子俩趴在一起，望着对门的太平垴，黄狗的脑袋耷在黑狗背上。

余公公叫人抬出一根又粗又长的樟木，他要去雕龙头杠。前几日，余公公害病躺在床上，脑子里尽是雕龙头杠的事。老楠木龙头杠他琢磨过千百回了，闭着眼睛都雕得出来。他还数过龙头杠上的龙鳞，一共九十九片。

慧娘娘屋炮仗声声，念经不断。放铁炮的仍是铁炮，他没事蹲在地场坪吸烟，隔会儿又去点几炮。放铁炮别人怕挨边，只有他是个猛子。铁炮也是快六十岁的人了，哪家死人都是他去放铁炮。他同人家扯闲谈："慧太婆是个大善人。我娘那嘴巴不好，讲过慧太婆好多坏话，我是晓得的。慧太婆不计较，照样给她治病，死了还给她妆尸。慧太婆这样的善人，世上少有！"

丧事越热闹越吉祥，不光要炮火喧天，还要有人哭丧。余公公最担心没人哭，慧娘娘没有女儿，儿媳妇又走了，又没有几门亲戚。强坨是个男人，不会哭丧。没想到哭丧的人还很多，围着慧娘娘哭的都是受过她恩的女人。

71

余公公就放心了，安心雕着龙头杠。村里老了人，吊丧的，帮忙的，混饭的，看热闹的，都有。很多人围着余公公，看他雕龙头杠。有人看不明白，问："余公公，龙头杠是个整的，你怎么分三节呢？"余公公懒得回答，只说："你把眼睛看吧。"心想，脑子不晓得想事！龙头是翘起的，龙尾往左边摆着，哪有那么粗的木头？樟木都难得那么粗，莫说是楠木了。老楠木龙头杠，也是三节对榫的，没哪个细心看。

做佛事道场的是三道士的儿子，名叫金坨。三道士死了，金坨接了他爹的衣钵。金坨自小顽皮，漫水人不怎么信他的法术。只是找不出别的道士，老人了还得请他。金坨念经念得口渴了，就过来看余公公雕龙头杠，说："余公公，你慢慢雕，时辰依你的。你哪天把龙头杠雕好了，哪天就是好日子。"

余公公拿凿子指着金坨，说："放你娘的狗屁！你好好给慧娘娘看个日子！这是开得玩笑的事？不信，我阉了你！你选了哪天是好日子，我的龙头杠保证误不了事。"

金坨忙双手作揖求饶，说："余公公莫生气，我逗你老人家的。日子早看好了，没人告诉你？阴历二十八，正午时入土为安。"

余公公勾勾手指，说："够了，足够了。"

金坨见余公公不再理他，又敲铙子去了。这时，过来几个女人，说："余公公，你真是神哩，两天工夫，龙样子就出来了。"

有个女人摸着龙嘴里的珠子转了几下，怎么也弄不明白，问："余公公，这么大个珠子，怎么放进去的呢？"

余公公说："不是说我神吗？我有法术。"

龙头龙尾都雕好了，对榫结在直杠子上。立时围过来很多人，说："啊呀呀，比老龙头杠还威武！"余公公心想，他们真的说对了。老龙头杠的头虽然也是翘起的，那姿势只是往前冲去。新龙头杠的龙头昂得更高，龙颈好像往上拉得长长的，活灵活现一条腾空而起的飞龙。

割老屋正好还剩了朱砂，余公公调好一碗朱砂漆，把龙头杠漆得红红的。龙嘴里的珠子漆成白色，龙的眼珠黑漆点白。漫水人心上想着的龙正是这个样子。老楠木龙头杠过去就是红色的，隔几年都要漆一遍，只是听说成了文物，才没有再上红漆。

余公公雕好了龙头杠，又把慧娘娘的旧卫生箱拿出来，重新漆白了，画上红十字。有人不晓得，余公公就说："慧娘娘说过，她要把卫生箱带到那边去。"

余公公放卫生箱时，他对慧娘娘说："老弟母，我答应过给你做个新的，我做不了啦。做箱子榫太细，我眼睛不尖了。"

余公公又把笛子放在慧娘娘头边，说："老弟母，你再听不见我吹笛子，我也吹不动了。你带去，陪着你。"

出殡那日，天上挂着日头。丧伕们早早来了，头上围着白布，脚上穿着草鞋。待丧伕的饭要格外加菜，这是漫水的礼数。余公公过去说："我拜托各位孙侄，你们慧娘娘、慧伯娘说过，她怕吵怕闹，你们好好把她抬上山，莫在路上乱来。强坨很孝顺，你们也不要整他。"

"晓得，晓得！"丧伕们埋头吃饭，嘴上含混着答应。

余公公心上却是明白，他们必定是要整强坨的。强坨平时不会做人，嘴巴说话不过脑子。他待娘心上很好，嘴巴上话难听。人家不晓得的，都当他不孝。

时辰到了，金坨端了一碗酒祭天祭地，又斥退各路野鬼野神，把碗往地上啪地摔碎，只听得"噢"的一声，灵棺就起来了。哭声震天，旁人听着也要落泪。两条狗跳得老高，汪汪地叫。

余公公拄着棍子，追在灵棺背后作揖，哭喊道："老弟母，你好走啊！飞龙拉着你腾云驾雾，你一路莲花上瑶池！"

十几丈白布围着灵棺，强坨和乡亲们圈在白布里面，就像众人拉着老大老大的龙船。黄狗围着灵棺跳上跳下，又像是引路，又像在催人。黑狗跟着余公公，左右不离身。

扶杠的丧伕喊着号子："八抬八拉啊！"

众丧伕齐和："噢！"

"五子登科啊！"

"噢！"

灵棺到了塘边，前后丧伕们开始推棺。前面的往后推，后面的往前送。强坨忙跪到水塘里作揖："拜托叔叔、老弟、侄儿，求你们做桩好事啊，把我娘安心送上山！我有一万个不孝，一万个不好，都做错了！求求你们啊！"阴历二月天气，强坨落到塘里嘴巴就紫了。

余公公也在后面喊道："莫推了，莫推了，出不得事啊！"

推棺再怎么乱来，灵棺不得碰地，落井时辰不得耽搁。余公公喊几声，灵棺又慢慢前行，一路喊着号子，尽是些吉祥的话。

灵棺到了冬水田边，丧伕们又开始推棺。强坨哭喊着，跳到冬水田里，跪在烂泥里作揖："乡庭叔侄啊，你们做桩好事啊！我平日不是人，往后给你们当牛做马都要得啊！"

灵棺抬过田垄，开始往太平坳去。上山的路很陡，空手走路都怕摔着。丧家最担心丧伕们在这条路上推棺，害怕灵棺落地。灵棺行到半山上，前面突然大喊一声，掉转身子就往后面推。后面丧伕们敌不住，飞快地往后退。黑狗和黄狗冲到前面去，咬住扶杠丧伕的裤子往山上拉。强坨吓得魂都没了，爬到灵棺下面趴着，生怕灵棺碰到地上。他嘶哑着声音哀号："求求你们了，你们莫整我了！晓得你们凭什么整我。我承认了，龙头杠是我跟外面人打伙偷的！我保证把龙头杠找回

74

来，你们把我娘安心送上山啊！"

丧伕们不再推棺，抬着灵棺往上去。强坨满身是泥，趴在地上哭，半天没有爬起来。余公公拿棍子打了他的屁股，说："你这个不孝的东西，娘死了还叫你丢脸！"

强坨哭道："余伯爷，我没有办法，我屋欠你两副老木，我哪有钱？"

余公公骂道："你这个傻儿啊！我白疼你几十年！哪个要你还钱？你还趴在地上装死？快去！"

强坨爬起来，哭号着追上娘的灵棺。余公公腿脚酸酸地发软，人落在了灵棺的后面。他抬头望去，山顶飘起了七彩祥云，火红的飞龙驾起慧娘娘，好像慢慢地升上天。笔陡的山路翻上去，那里就是漫水人老了都要去的太平坳。

秋风庭院

陶凡早晨六时起床，在屋前的小庭院里打太极，然后小跑，远眺。夫人林姨准七点钟的时候将文房四宝摆在廊檐下的大桌上。陶凡便神态信然，龙飞凤舞起来。整个庭院立即弥漫了一种书卷味儿。这的确是一个雅致的天地，并不见大的平房，一如村野农舍，坐落在舒缓的山丘间。满山尽桃树。时值晚秋，落了叶的桃树，情态古拙。屋前小院横竖三十来步，不成规矩，形状随意。庭院外沿山石嶙峋，自成一道低低的墙。这些石头是修房子时剩下的。陶凡搬进来住时，屋前的石头没来得及清理。张兆林当时任地委秘书长，他立即叫来行政科龙科长，骂得龙科长一脸惶恐。陶凡摆摆手，说："我喜欢这些石头，不要搬走算了。"于是叫来几个民工，按照陶凡的意思，将这些石头往四周随意堆了一下。堆砌完毕，龙科长请示陶凡："要不要灌些水泥浆加固？"一副立功赎罪的样子。陶凡说："不用了，只要砌稳妥，不倒下来就行了。"龙科长很感激陶凡的仁厚，他觉得陶凡是他见过的最好的地委书记，暗自发誓，一定要好好地为这位领导服务。他便极认真地检查刚砌好的石墙，这里推一下，那里摇一下。一块石头被他一摇，滚了下来。这让龙科长脸上很不好过，直嚷民工不负责。这时民工已走了，龙科长一个人搬不动那个石头，不知怎么才好。

陶凡背着手环视四周之后说："小龙，这石头就这样，不要再堆上去了。"这时，小车来了。陶凡说声辛苦你了小龙，就上了车。陶凡在普通干部面前，总是随和些。

龙科长望着下山而去的小车，一脑子糊涂。他理解不了陶凡的雅意。如果是怕麻烦工作人员，这的确是位了不起的领导。但是不是怪自己不会办事，生气了呢？他见过许多领导生气的样子并不像生气，有的领导生气了反而是对你笑。

林姨在家收拾东西，见龙科长望着那个滚下来的石头出神，就说："老陶讲不要堆上去就依他的，他可能喜欢自然一些。"那块石头就这样待在那里了，成了绝妙的石凳。

如今，石墙爬满了荆藤，墙脚那块石头被人坐得光溜溜的。陶凡很喜欢那个石凳，但他太忙了，很少有时间去坐一下。倒是陶陶前些年经常坐在那里，黄卷云鬓，像个黛玉。陶陶那会儿刚上大学，常被顾城、北岛他们的诗弄得怔怔地像中了邪。陶凡在家里完全是个慈父，倒觉得女儿的痴迷样儿很惹人怜的。夫人有时怪女儿神经似的，陶凡总是护着，说："凡有些才情的女孩子，总有几年是这个样子的，长大一些自然好了。总比到外面成天地疯要好些。"他有次还调侃道："我们这种府第的小姐，多少应有些风雅的气韵是不是？"女儿听了，越发娇生生地发嗲。但陶凡自己，纵有千般闲情，也只是早晨在他喜爱的天地里文几手武几手。全套功课完毕，到了七点四十，之后五分钟冲澡，五分钟早餐。陶凡的饮食并不讲究，早晨两个馒头，一碗豆奶，不放糖。偶尔调一碗参汤，陶凡会对阿姨王嫂讲："别听林姨的，喝什么参汤？我还没那么贵气！"王嫂总是拘谨地搓着手说："陶书记就是太艰苦朴素了。"陶凡把参汤喝得滋溜溜地响，说："我到底是农民底子嘛。"

大家都知道陶凡的书法好，其实他最有功夫的还是画。极少有人能求得他的画作。林静一当年爱上陶凡时，陶凡还不发达，只是省一化工厂的一位工程师。林静一年轻时很漂亮，是厂子弟学校的音乐老师。她这辈子看重的就是陶凡的才华和气质。陶凡的风雅常让林静一忘记他是学工科的。但陶凡总是用五分钟狼吞虎咽地吃完早餐，并把豆奶或参汤喝得咝咝作响，林静一有时也会取笑他：到底是个粗人，看你出国怎么办？

吃完早餐，小车来了。司机刘平下车叫陶书记早，陶凡应了声，夹着公文包上了车。小车到山下的办公楼只用两分钟。按照陶凡这个作息规律，陶凡总是提前几分钟到办公室，所以地委办工作人员没有谁敢在八点以后到。

书记们和几位秘书长的办公室在二楼，一楼是地委办各科室。陶凡上楼后，见有些同志已早到了。张兆林同秘书长吴明贤正在办公室讲什么，见陶凡来了，两人马上迎出来打招呼。

陶凡扬一扬手，径直往自己办公室走。陶凡在领导层里是很严肃的，年轻一点的副手和部门领导还多少有些怕他。吴秘书长刚才一边同陶凡打招呼，一边就跟了过来。陶凡开了门，吴秘书长跟了进去，问："陶书记有什么事吗？"

陶凡放下公文包，坐在办公椅上，望着吴秘书长。吴秘书长一脸恭敬。

有什么事？是的，有什么事？这时，陶凡才猛然想到，自己今天来办公室干什么？自己是退休的人了。现在是张兆林主持地委工作了。昨天上午刚开了交接工作的会。

吴秘书长又问："陶书记，有事请尽管指示。"

陶凡静一下神，说："没事，没事。"

吴秘书长说："张书记定的今天开地直部门主要负责同志会，陶书记有什么指示吗？"

陶凡笑了笑，很随和地说："没有没有。我来拿本书。你忙你的去吧！"

陶凡本想开几句玩笑，说退休了，就是老百姓了，还有什么指示可做？但忍住了不说。怕别人听歪了，讲自己有情绪。再者那样也煞自己的志气。

吴秘书长仍觉得不好意思马上离开，很为难的。陶凡又说让他去忙。他这才试探似的说，那我去了？一边往外走，还一边回头做笑脸。

吴秘书长一走，陶凡就起身将门虚掩了。他坐回到椅子上，觉得精力有些不支。他刚才差点儿失态了。竟然忘记自己已经退休了，真的老了吗？才六十一岁的年纪，怎么成了木偶似的？调到地委十多年来，一直是这个作息规律，却没有注意到，从今天起，他要过另一种生活了。他今天上办公室，完全是惯性作用。

半个月以前，省委领导找他谈话，反复强调一个观点，作为一个共产党员，没有退休不退休的，到死还是共产党员。共产党员生命不息，战斗不止。何况老陶你仍然还是省委委员，省委交给你的任务就是带一带兆林同志。可不能推担子哪！

陶凡明白这是组织上谈话惯常使用的方式。他当然也用惯常的语言来表明自己的态度。说人退休党性不退休，公仆意识不退休，为人民服务的宗旨不退休。只要组织需要，一切听从党召唤。但是工作交接之后，我还是不要插手了。兆林同志与我共事多年，我很了解他，是位很有潜力的同志，政治上成熟，又懂经济工作，挑这副担子不成问题的。

最后，那位领导说句"还是要带一带嘛"，便结束了谈话。谁都知道，这只是客气话。

陶凡清楚自己的政治生涯就此已经结束。头上省委委员的帽子也只能戴到明年五月份了。本届省委明年五月份任期将满。那时替代自己省委委员身份的将是张兆林。自己快要退下来的风已吹了半年，组织部正式谈话也有半个月了，心理冲击早已过去。他仍按长期形成的作息习惯工作着，像这个世界什么事也没有发生过，却不料今天几乎弄得十分难堪。

陶凡想，自己来办公室看看，取些书籍什么的，也算是正常的事，同志们也许不会想那么多。问题是自己全然忘记自己的身份已经变了。他内心那份窘迫，像猛然间发现自己竟穿着安徒生说的那种皇帝新装。

他打了值班室的电话，叫司机小刘十分钟之后在楼下等，他要回家里。十分钟之后，也就是八点二十五，他起身往外走。刚准备开门，又想起自己才说过取书的话，便回到书架前搜寻。他个人兴趣方面的书都在家里，这里大多是工作方面的书籍，都没有再看的必要了。找了半晌，才发现了一本何绍基的拓本，便取了出来。这是关隐达到外地开会带回来的，他很喜欢，可一直无暇细细琢磨。关隐达胸中倒也有些丘壑，同陶凡很相投。从外面带回并不值几个钱的拓本，倒也能让岳父大人欢心，这也只有关隐达做得到。现在陶凡见了拓本，自然想到了关隐达，心中也有了几许欣慰。拓本太大，放不进公文包，这正合他的意，可以拿在手里，让人知道他真的是取书来的。

刘平见时间到了，陶书记还没有下去，上楼接来了。小刘伸手要接陶凡的包，他摆手道："不用不用。"

走出办公室的门，陶凡马上意识到自己出来得不是时候。按惯例，上午开会都是八点半开始。地委的头儿们和地直部门的主要负责人正三三两两地往会议室走。陶凡进退不是，只恨自己没有隐身术。有人看见了陶凡，忙热情地过来握手致好。这一来，所有的人都走过来。陶书记好，陶书记好，也有个别叫老书记好的，楼梯口挤得很热闹。陶凡本是一手夹包，一手拿拓本。要握手，忙将拓本塞到腋下，同包一起夹着。刚握了两个人的手，拓本掉到地上。小刘马上捡了起来。别人多是双手同他握，陶凡想似乎也应用双手。可左手夹着包，不方便。

好不容易应酬完，陶凡同小刘下楼来。刚到楼下，陶凡摸一下左腋，站住了。"拓本呢？"

小刘说："我拿着。"

陶凡连说："糊涂糊涂，刚把拓本交给你，马上就忘了。"

小刘狡黠道："当领导的大事不糊涂，小事难得糊涂。"

陶凡半路上交代小刘，从明天起，不要每天早晨来接了，有事他自己打电话给值班室。小刘说还是照常每天来看看。陶凡说："不是别的，没有必要。"小车很快到了家，陶凡坚持不让小刘下车，小车便掉头下山了。

陶凡按了门铃，不见王嫂出来。他想糟了，夫人上班去了，王嫂可能上街买菜去了。他已有好几年没有带家里的钥匙了。他的钥匙常丢，干脆就不带了，反正下班回来家里都有人在家。

怎么办呢？唯一的办法是打电话要夫人送钥匙回来。可打电话必须下山，显然不合适，而且他根本不知道夫人办公桌上的电话号码。这种事以往通常都是秘书小周代劳的。小周是接替关隐达的第二任秘书，跟他车前马后几年，十多天前被派到下面任副县长去了。小周下去以后，吴秘书长说再配一位秘书给他，要他在地委办自己点将。吴秘书长的态度很真诚，但陶凡明白自己点将，同时也意味着自己可以不点将。就像在别人家做客，主人要你自己动手削梨子。这他很理解，退下来的地委书记没有再带秘书的待遇。

没有秘书在身边，还真的不方便。十多天来，他的这种感觉极明显。就像早些年戴惯了手表，突然手表坏了，又来不及去修理，成天就像掉进了一个没有时间的混沌空间，很不是味道。后来位置高了，任何时间都有人提醒，干脆不戴手表了，也就习惯了。陶凡如今没了秘书，虽然感觉上不太熨帖，但相信还是会慢慢习惯的。他想不带秘书和不戴手表最初的感觉应该差不多吧。

眼下的问题是进不了屋。他左思右想，苦无良策，只有等王嫂回来了。他便在小庭院里踱起步来。走了几圈就累了，正好在那石凳上坐下来。

无事可做，只一心等着王嫂回来。不免想起自己刚才在办公室楼梯口的一幕。双手不空，慌慌张张地将拓本交给小刘，再跟同志们握手，那样子一定很可笑的。事先真应让小刘接过公文包去。想到这一点，很不舒服，就像前年在法国吃西餐闹了笑话一样的不舒服。

当时自己怎么竟冒出了用双手跟同志们握手的念头了呢？长期以来，下级都是用双手同他握手的，而且握得紧。而他不管手空与不空，都只伸出一只手来。有时同这位同志握着手，却掉头招呼别的同志去了。那是很正常的事，也没听人说他有架子。今天怎么啦？见别人伸出双手，怎么竟有点那个感觉了呢？那种感觉应怎么名状，他一时想不起来，叫作受宠若惊嘛，又还没到那种程度。当时只觉得自己不伸出双手有些过意不去。哼！虎死还英雄在哩，自己一下子就这样了？这会儿，他坐在冰凉的石头上，为自己当时不应有的谦恭深感羞愧。难过了好一会儿，才意识到那只不过是自己内心的一闪念，别人不可能看破的，方感安定一些。

可想起那些同志的热情劲儿，心里又不受用了。他知道自己在干部中很有威信，大家尊重他、敬畏他。但他们今天表现得太热情了，那已不是以前感受到的那种下级对上级的热情，而是老朋友见面似的那种热情。热情的程度深了，档次却低了。不同级别、不同身份的人之间，热情有不同的分寸；由不同的热情分寸，又区分出不同的热情档次。这一点，他很清楚，也很敏感。这么说，那些人在心里已开始用一种水平视角看他了。自己的位置这么快就降了一格，那么以后呢？有人干脆称我老书记了，那是有意区别于新书记吧。这些人，何必还那么热情呢？哦，对了对了，我今天倒帮了他们的忙，给他们提供了一个充好人的机会，让他们好好表演一下自己的大忠大义。你看，我可不是那种势利小人，人家陶书记退了，我照样尊重别人。陶凡愤然想道：我可不要你们这种廉价的热情！

刚才办公室楼梯口不到两分钟的应酬，这会儿令陶凡满脑子翻江倒海。不觉背上麻酥酥地发冷，打了一个寒战。座下的石头凉生生地像有刺儿，连忙站了起来。因刚才坐姿不对，双脚发木，又起身太快，顿时头晕眼黑，差点倒下。赶紧扶着石墙，好一会儿，才镇住了自己。这才发现左手被荆棘扎得鲜血淋漓。

秋日的天空，深得虚无。满山桃叶凋零，很是肃杀。陶凡顿生悲秋情怀。马上又自责起来。唉唉，时序更替，草木枯荣，自然而已，与人何干？都是自己酸溜溜的文人气质在作怪！

　　王嫂买菜回来，见陶凡孤身一人站在院中，吓得什么似的。忙将菜篮丢在地上，先跑去开了门，连问："陶书记等好久了吗？"又责怪自己回来迟了。陶凡说："没事没事，刚到家。"进了屋，王嫂才看见陶凡的手包了手绢，问："怎么了？"陶凡只说："没事没事。"头也不回，进了卧室。王嫂是很懂规矩的，主人在家时，她从不进卧室去，只有陶凡夫妇上班去了，她才进去收拾。这会儿她见陶凡有点想休息的意思，就不再多问了。

　　陶凡在床上躺下了。偏头看了一下壁上的石英钟，已是十点半了，这才知道自己独自在门外待了两个多小时。

　　夫人下班回来，见陶凡躺下了，觉得奇怪："怎么不舒服吗？老陶？"

　　陶凡说："没事没事，有点儿困。"

　　他不想告诉夫人自己在屋外冰凉的石头上坐了两个多小时。说了，夫人也只会怪他死脑筋，怎么不知道给她打个电话？他那微妙而复杂的内心世界，没有人能理解，夫人也不可能理解。想到这里，一股不可名状的孤独感浸满全身。

　　陶凡渐渐地觉得头很重，很困，却又睡不着。到了中饭时分，夫人叫他吃饭，他不想起来。夫人说还是吃点东西再睡吧，便来扶他。

　　夫人碰到了他的额头，吓了一跳："怎么这么烫？你不是发烧吧。"又赶紧摸摸他的手，摸摸他的背。"老陶你一定是病了。"

　　陶凡这才感到鼻子出气有热感，背上微微渗汗，心想可能是病了。毕竟是六十多岁的人了，秋凉天气，在石头上坐两个多小时，哪有不病的？

　　夫人和王嫂都慌了手脚。

　　陶凡说："不要紧的，家里有速效感冒胶囊，吃几颗，再蒙着被子睡一觉就好了。"

夫人取药，王嫂倒水。陶凡吃了药，依旧躺下睡。药有点催眠，不一会儿，陶凡竟睡着了。

夫人准备关门出来，又见了满是血迹的手绢，不知发生了什么事。蹑手蹑脚出来问王嫂，王嫂也不知道，夫人越发着急。又不能吵醒陶凡，只有眼巴巴地等。

大概个把小时，夫人听见卧室有响动，知道陶凡醒了。夫人轻轻推门进去，问："感觉好些了没有？"陶凡眼睛睁开马上又闭上了。他觉得眼皮很涩很重，见满屋子东西都在晃晃悠悠地飘荡。"静一，只怕是加重了。"陶凡的声音轻而粗糙。

夫人早忘了血手绢的事，忙问："怎么办？是叫医生来，还是上医院去？"

陶凡只摆摆手，不做声。夫人不敢自作主张，站在床边直绞手。

陶凡想，现在万万不可住院，而且不可以让外界知道他病了。别人生病是正常的事，可他陶凡偏不可以随便生病，尤其是不能在这个时候生病。如今官当到一定份儿上，就有权耍小孩子脾气，有权放赖。一不遂心，告病住院。到头来，假作真时真亦假。他想：我陶凡如今一住院，别人也不会相信我真的病了。即使相信我病了，也会说我丧失权力，郁郁成疾！

陶凡满腹苦涩，却不便同夫人讲。见夫人着急的样子，就说："没事的，不要住院，也不要让人知道我病了。同志们都很忙，要是知道我病了，都赶来看我，耽误他们的时间，我好人也会看成病人的，受不了。真的没事的，只是感冒。"

夫人说："总得有个办法老陶。百病凉上起，你也不是年轻时候了。"夫人想起去年老干部曾老，也只是感冒，不注意，并发了其他病，不得信就去了。她不敢把这份担心讲出来，只急得想哭。

"先挨一晚再说吧。"陶凡说话的样子很吃力。

夫人只得告假护理。

陶凡总是闭着眼睛，却不曾睡去。太安静了，静得让他可以清楚地听见自己脑子里的轰鸣声。伴随轰鸣声的是阵阵涨痛。

夫人从陶凡的脸色中看得出病情在加重。"怎么办老陶？"

陶凡说："好像是越来越难受了。我刚才反复考虑了一下，只有到陶陶那里去，让隐达安排个医生在家里治疗一下。不要地委派车，要隐达来接。也不要司机来，让隐达自己开车来。"

夫人马上挂隐达县里的电话。县委办的说关书记正在一个会上讲话。挂了县工商银行，找到了陶陶。一听说爸爸病了，陶陶听着电话就起哭腔。林姨马上交代女儿："爸爸讲的，要保密，不准哭。"便按陶凡的意思嘱咐了一遍。

那边安排妥当，陶凡让夫人扶着，勉强坐起，喝口茶，清了清嗓子，亲自打了吴秘书长的电话："老吴吗？我老陶。林姨记挂女儿跟外孙了，想去看看，要我也陪去。我向地委报告一声，明天一早动身。不要你派车了，隐达同志有个便车在这里。没事没事，真的不要派车，派了也是浪费。老吴，就这么定了。请转告兆林同志。"

陶凡说是明天一早动身，其实他想好了，隐达一到，马上就走。隐达从他们县里赶到这里最多只要一个半小时。

天刚摸黑，隐达夫妇到了。陶陶快三十岁的人了，在大人面前仍有些娇气。见爸爸病病恹恹的样子，她跪在床边就抹眼泪。陶凡拍着女儿笑了下，就抬眼招呼隐达去了。

关隐达俯身同陶凡握了一下手。他俩见面总是握手，而且握得有些特别，既有官场的敷衍味儿，又有自家人的关切味儿。他俩在家里相互间几乎没有称呼。交谈时，一方只要开腔，另一方就知道是在同自己讲话，从不需喊应了对方再开言。而公共场合，从不论翁婿关系，一个叫陶书记，一个叫隐达同志。久而久之，他俩之间从称谓到感情都有些说不准的味道，公也不像，私也不像。

关隐达说："病就怕拖，是不是马上动身？"

陶凡点了点头。

王嫂已早将衣物、用具清理妥当。夫人望着陶凡，意思是就动身吗？陶凡看了下壁上的钟，说："隐达他们刚进屋，稍稍休息一下吧。"

关隐达望望窗外，立即明白了陶凡的心思。他知道陶凡想等天彻底黑下来再动身。

这个世界上，最了解陶凡的人其实是关隐达。但他的聪明在于把一切看破了的事都不说破。王嫂听说还要坐一会儿，就沏了两杯茶来。关隐达喝着茶，又一次欣赏起壁上的《孤帆图》来。他一直敬佩陶凡的才气。他跟陶凡当秘书的时候，有位老画家来过地区，同陶凡一见如故，竟成至交。据说事后这位老画家谈起陶凡，讲了两个"可惜"。凭陶凡的品格和才干，完全可以更当大任，可惜了；凭他的才情和画风，本可以在画坛独树一帜，可惜了。但是，真正能破译陶凡画作的，唯关隐达一人。就说这《孤帆图》，见过的行家都说好，却并不知其奥秘所在。那些下属则多是空洞的奉承。有几个文化人便用"直挂云帆济沧海"来做政治上的诠释，就像当年人们按照政治气候牵强附会地解读毛泽东的诗词。陶凡却总笑而不置可否。关隐达知道，这其实是陶凡最苦涩的作品，是他内心最隐秘之处的宣泄，却不希望任何人读懂它。这差不多像男人们的手淫，既要宣泄，又要躲藏。关隐达有次偶然想到这么一个很不尊重的比方，暗自连叫罪过罪过。

原省委书记同陶凡是老同事，尽人皆知。书记出山后，带出几位旧部做干将，陶凡又是最受赏识的。那几年时有传言，说陶凡马上要进省委班子。后来，省委书记因健康原因退下来了，只在北京安排了个闲职，却仍住在省城。外面却传说那位省委书记的身体很好，最爱游泳。而他常去的那个游泳馆突然因设备故障要检修，三个多月都没有完工。陶凡便明白自己可能要挪地方了。果然有了风声。偏偏在这时，中央有精神说稳定压倒一切。他便这么稳定了几年，一转眼就到退休年龄了。这几年，他的权威未曾动摇过，但他知道，许多人都在眼巴巴地望着他退休。正是在这种不能与人言说的孤独中，他做了《孤帆图》，并题曰：孤帆一片日边来。帆者，陶凡也。关隐达深谙其中三昧，所以从来不对这个作品有一字的评论。

天完全黑了下来，陶凡说："走吧。"

临行，陶凡又专门交代王嫂，说："明天早晨，地委办还是会派车来的，你就说我们已走了半个小时了。"

县委办王主任同医务人员早在关隐达家里等着了。一介绍，方知医院来的是高院长、普内科李主任和护士小陈。因为发烧，陶凡眼睛迷迷糊糊地看不清人，却注意到了三位医务人员都没有穿白大褂。这让他满意。为了不让人注意，关隐达专门关照过。陶凡本已支持不住了，仍强撑着同人握了手，说："辛苦同志们了。"

诊断和治疗处理都很简单。关隐达夫妇的卧室做了陶凡的病房。李医生说他同小陈值通宵班，其他人都可以去休息了。高院长坚持要留下来。陶凡说："晚上没有别的治疗了，大家都回去。只需换两瓶水，林姨自己会换的。"关隐达说："还是听医生的。"于是按李医生的意见，只留他和小陈在床边观察。

　　关隐达留高院长和王主任在客厅稍坐一会儿。先问高院长："问题大不大？"高院长说："没问题的，只是年纪大了，感觉会痛苦些。但陶书记很硬朗，这个年纪了，真了不起。"王主任也说："确实了不起。"

　　关隐达特别叮嘱："我还是那个意见，请一定要做好保密工作。他老人家德高望重，外界要是知道了，他不得安宁的。高院长你要把这作为一条纪律交代这两位同志。"

　　高院长说："这两位同志可靠，关书记放心。"

　　关隐达又同王主任讲："你们县委办就不要让其他同志知道了。也不用报告其他领导同志。"

　　王主任说："按关书记意见办。但培龙同志要告诉吗？"

　　这话让关隐达心中不快。这个老王，他这话根本就不应该问！到底见识不多。刘培龙同志是地委委员、县委一把手，什么事都不应瞒着他。岳父这次来虽是私人身份，但在中国官场，个人之间公理私情，很难分清。美国总统私人旅行，地方官员不予接待。中国国情不同。所以要是有意瞒着刘培龙同志，就显得有些微妙。副书记同书记之间微妙起来，那就耐人寻味了。关隐达也早想到了刘培龙这一层，他原打算相机行事，但没有必要马上告诉他。可这不该问的尴尬话偏让老王问了。关隐达毕竟机敏过人，只沉吟片刻，马上说："培龙同志那里，我自己会去讲的，你就不必同他提起了。"

　　安排周全后，已是零时。陶陶让妈妈同儿子通通睡，她两口子自己睡客房。临睡，关隐达说："明天告诉通通，不要出去讲外公来了。"陶陶忍不住笑了，说："你比老爸还神经些，他们幼儿园小朋友难道还知道陶书记瓷书记不成？"

　　陶凡这个晚上很难受，一直发着高烧，头痛难支。直到凌晨五时多，高烧才降下来。这时，输液瓶里的药水渐渐让他遍体透凉，竟又发起寒来。护士小陈只得叫醒关隐达夫妇，问他们要了两个热水袋，一个放在陶凡药液注入的手臂边，一个放在脚边。少顷，身子暖和起来，但寒冷的感觉却在脑子里久萦不散。又想起白天，自己在秋风薄寒中抖索了两个多小时。陶凡也清楚，今天的事情，既不能怨天，也不能尤人，只是小事一桩，但内心仍觉苍凉。

天明以后，病情缓解了，陶凡沉沉睡去。所有的人都退到客厅，不声不响地用了早餐。

李医生说："现在没事了，但起码要连用三天药，巩固效果。醒来后，尽量要他吃点东西。还要扶他起来坐一坐。躺久了最伤身子的。"

李医生让小陈上午回去休息，下午再来接他的班。

上午十点多了，陶凡醒来。头脑清醒了许多，但浑身乏力。夫人和李医生都在床边，见陶凡醒了，都问他感觉好些吗？想吃些什么？

陶凡摇摇头。

李医生劝道："不吃东西不行的，霸蛮也要吃一点。"

陶陶这时也进来了，她今天请了假。林姨交代女儿："熬些稀饭，有好的腌菜炒一点儿，你爸爸喜欢的。"

"想起来坐一会儿吗？"李医生问。

"好吧。"陶凡感觉有点奇怪，自己轻轻说了两个字，那声音竟震得脑袋嗡嗡作响。这是他以往生病从来没有过的感受。是老了？是心力交瘁了？也许这次虽然病得不重，却病得很深吧。这个道理西医是说不通的，只有用中医来解释。

依着李医生的意见，先在床头放一床棉被，让陶凡斜靠着坐一会儿，感觉头脑轻松些了，再下床到沙发上去坐。陶凡双手在胸前放了一会儿，便无力地滑落在两边。整个身子像在慢慢瓦解。心想：老了，老了。

陶陶做好了稀饭和腌菜。陶凡下床坐到沙发上。身子轻飘飘的，像要飞起来。

下午，陶凡畅快了许多。躺了一会儿就要求下床坐着。睡不着，躺着反而难受些。

这次跑到县里来，实在是不得已而为之。刘培龙不可能不知道他的到来。他必须马上想个办法同刘培龙见面。时间越拖，尴尬越深。刘培龙是他一手提拔起来的，是县委书记中唯一的地委委员。让关隐达跟刘培龙当副手，陶凡自有他的考虑。可如今，情况变了，刘培龙会怎样？

护士小陈被陶凡热情地打发走了。夫人林姨一再表示感谢。小陈说："应该的，不用谢，每天三次肌注我会按时来的。"

夫人和女儿陪陶凡说话。陶陶尽说些县里的趣事儿，有几回逗得妈妈笑出了眼泪儿，陶凡也打起哈哈来。陶凡听着她们母女说笑话，心里却在想什么时候同刘培龙见面，只怕最迟在明天上午。

关隐达准时下班回来，全家人开始用餐。陶凡的晚餐依旧是稀饭腌菜，还喝了几口素菜汤。陶凡说："明天告诉刘培龙，只说我来了。"陶凡只这么简单地交代一句，没有多讲一句话。关隐达也正在考虑这事，只一时不知怎么同陶凡讲。他担心陶凡不准备见刘培龙，那将使他很被动，不料陶凡倒自己提出来了。他真佩服老头子处事的老到。

第二天上班，关隐达向刘培龙告知了陶凡的到来。刘培龙马上说："刚才兆林同志打电话来，说陶书记来我们县了，要我搞好接待工作。

我刚准备上你家去。"

其实，刘培龙是昨天上午接到张兆林的电话的，可他见关隐达并不同他提起，知道其中必有原因，也不便问了。既然今天关隐达告诉了他，他觉得还是有必要提一下张兆林的电话，一则替张兆林卖个人情，二则也让人知道张兆林同他是经常电话联系的。只是时间上要做点艺术处理了。

刘培龙马上随关隐达到家里去。陶凡正在教小外孙作画。陶陶专门替通通请了假，在家陪外公。陶凡见刘培龙一进门，忙放下笔，摊开双手。你看你看，双手尽是墨，都是小鬼弄的。把刘培龙伸出来的手僵在半路上。

夫人招呼刘培龙坐下，带通通进了屋。陶凡进卫生间洗了手出来，再同刘培龙握了手，一边笑道："培龙同志，你们县里不欢迎我呀！"

刘培龙两耳发热，不知陶凡指的什么，便说："刚才一上班就接到张书记电话，说您来视察了，要我做好接待工作。电话刚放下，隐达同志就来叫我了。"

陶凡一听，便知张兆林的电话只可能是昨天打的。可见刘培龙的确是个聪明人。便哈哈笑道："不是来视察，是来探亲。可这个地方不客气，我一来就感冒了，烧得晕晕乎乎。隐达说去叫你，我不让他去。烧得两眼发黑，同你说瞎话，不合适呀！"

说得大家笑了起来。刘培龙再三讲了张兆林的电话，再三赔不是。

陶凡心想，也许刘培龙也知道他看破了关于电话的假话，但还是照说不误。他忽然像是醒悟了什么哲理似的。是啊，多年来，我们同事之间不都是这样吗？相互看破了许多事，却都心照不宣，假戏真做，有滋有味。这种领悟他原来不是没有，但那时觉得这是必要的领导艺术。今天想来，却无端地悲哀起来。他笑道："兆林同志也管得太宽了。我出来随便走走，要他操什么心？他管他的大事去！"

关隐达刚才没有插嘴。这两个人的应对在他看来都意味深长。因年龄关系，陶凡和刘培龙在官场上比他出道早，经验都比他丰富。但他们的一招一式，在常人眼里也许不露形迹，他却都能心领神会。刚才这几回合，他最服的还是陶凡。几句似嗔非嗔的玩笑，不仅洗尽了自己的难堪，反倒让别人过意不去。微笑着晾你一会儿，再来同你握手，让你心理上总是受制于他。而对张兆林似有还无的愠怒，让你不敢忽略他的威望。

陶凡是一只虎。刘培龙再一次深切地感受到这一点。往常，刘培龙有意无意间研究过陶凡，觉得他并不显得八面威风，却有一股让人不敢造次的煞气。真是个谜。他从不定眼看人，无论是在会上讲话，还是单独同你谈话，他的目光看上去似乎一片茫然，却又让你感觉到你的一言一行包括你的内心世界都在他的目光控制下。前两天，在地委班子工作交接会上，陶凡不紧不慢地讲话，微笑着把目光投向每一个人，这是一个例外。不论是谁，当接触到他的目光时，都会不自然地赔笑。

刘培龙注意到，张兆林笑得最深长，还不停地点着头，似乎要让陶凡对他的笑脸提出表扬才放心。刘培龙早就听到传闻，省委明确张兆林接任地委书记时，他建议将陶凡安排到省里去。说陶书记年纪是大了一点，但把他放到一个好一点的省直部门，挂个党组书记再退休也可以嘛，省城条件还是好些嘛。最后陶凡还是就地退休了。刘培龙本也相信这一传闻，认为张兆林不希望有这么一位老书记在他背后指指戳戳，也是人之常情。那天见了张兆林的笑脸，更加印证了自己的判断。

刘培龙估计，张兆林同陶凡的关系会越来越微妙的。这将使他不好做人。按说，张兆林同他都是陶凡栽培的，依旧时说法，同是陶凡门生。现在，张兆林因为身份的变化，同陶凡很可能慢慢沦为一种近似政敌的关系，而自己同陶凡仍是宗师与门生的关系。显然，自己同张兆林的关系就值得考虑了。那天散会后，他马上赶回了县里。刚过一天，张兆林来了电话，告诉他陶凡来了，要他热情接待老书记。他相信张兆林的嘱咐是真心实意的，都这个级别的干部了，怎么会小家子气？但犯得着为此亲自打电话来吗？他摸不透张兆林是否还有别的暗示。更让他担心的是陶凡的到来。工作刚移交，急匆匆地跑到这里来干什么？来了，又不马上露面，真让人觉得有什么阴谋似的。直到刚才，方知陶凡原来偶感风寒，昨天不便见面。了解到这一点，又放心些。但眼前的陶凡谈笑风生，并不显病态。昨天他是不是真的病了？也不知他到底是来干什么的。依陶凡素来的个性，不会专程来探亲的。

　　"弄不好，陶凡此行将使我与张兆林的关系马上复杂起来啊！"刘培龙无可奈何地思忖着。

　　这时，陶凡又是那种放眼全世界的目光了，笑着说："把你们两位父母官都拖在这里陪我这老头子闲扯，不像话的。培龙同志，我来了，就见个面，不要有别的客套了。你们上班时间陪我，算是旷工。这不是玩笑话。我也不会打扰县里其他各位领导了。你林姨记挂外孙，硬要把我拉着来，反正我也没事。大家对我出来随便走走，要慢慢习惯才好，不然，老把我当作什么身份的人，一来大家就兴师动众，我就不敢出门了。那不一年到头把我关在桃岭？我可不想过张学良的日子哪！好，你们忙你们的去吧。"

　　刘培龙又客套一番，同关隐达一道出去了。

　　二人一走，夫人从里屋出来。陶凡长长地舒了一口气，身子软了下来。夫人见他倦了，服侍他吃药躺下。他想晚上回去算了，夫人不依，说起码要等三天治疗搞完，也得恢复一下精力和体力。陶凡只得听了。

当天晚上，刘培龙觉得应同张兆林通个电话才是，他知道张兆林一定想知道陶凡在这里的活动，但陶凡在这里确实没有什么活动。那么打电话讲什么呢？绝对不能讲陶凡纯粹是来探亲，在这里什么也没干，这样讲就是此地无银三百两了。怎么办呢？最好绝口不提活动不活动的话。考虑好怎么讲之后，他拨通了张兆林的电话。

"张书记吗？我是培龙。陶书记我们见过了。他来的路上着了凉，有点感冒，昨天不肯见人。今天我们匆匆见了一面。他不让我搞任何方式的接待，也不准通知其他同志。所以你交代要热情接待，这个任务我只怕完不成了。再说这几天我也实在太忙了。"

张兆林说："你就那么忙吗？陶书记来了你都脱不了身，我张兆林来了不是连面都不见了吗？"

刘培龙忙说："情况不同。陶书记个性你也知道的，他说现在是私人身份，说我上班时间去陪他是旷工。是的是的，张书记你别笑，他可是一本正经说的，我还真的怕骂，不敢旷工。"刘培龙隐去了"你张书记来就不同了"的意思，他觉得这么讲明就庸俗了。

张兆林说："你刘培龙旷工也要陪陪他。陶书记你我都清楚，这样的老同志不多！你没有时间陪他不会怪你的，可别人背后要讲你的，知道吗？"

刘培龙说："那好吧，明天再去试试。"

打过电话，刘培龙轻松了许多。他还说不清刚才的电话有什么收获，只是隐约觉得自己同张兆林玩哑谜似的沟通了一次。

三天后，陶凡返回地区。小刘开车接他来了。临走时，陶凡嘱咐关隐达,要配合好刘培龙同志。这话让关隐达心里微微一惊。是不是陶凡预见到了什么?他知道,陶凡有些话的真实意义并不在字面上,需要破译。有时候,陶凡的风格像太极拳,看上去慢慢吞吞,不着边际,却柔中有刚,绵里藏针。似乎这个级别的干部都有点这个味道。他早就发现,张兆林任地委秘书长时,还发一点脾气,后来是地委副书记、地委书记,性子就一天天平和起来,说话便云遮雾罩了。

不久,地区召开老干部工作会议。这次老干部工作会议,可以说是西州历史上最有规格的一次。张兆林同志始终在场,并做了重要讲话。他说:"老同志对革命和建设事业做出了巨大贡献,他们丰富的经验永远值得我们吸取。我们一定要尊重他们,关心他们,更重要的是学习他们。我们民族自古有尊老美德,《礼记》上说,年九十,天子欲问其事,则至其室。我们作为共产党人,应该把传统美德发扬光大。"

陶凡始终被尊在主席台上。他知道因为自己的缘故,老干部工作被空前重视起来。他觉得滑稽,却又是很正常的事。依这么说,他陶凡若是女同胞,妇女工作就会受到高度重视了;他陶凡若是残疾人,残疾人也会搭着享福了。而他影响力的时效一过,一切又将是原来的样子。

陶凡神情专注,心思却全在会外。这类会议,他根本不用听主题报告,也不愁编不出几句应景的话。陶凡过去同老干部打交道,很有一套办法。他刚到这个地区时,知道这里干部很排外,要想站稳脚跟,光有上头支持还不行,还得争取本地每一部分力量。而老干部,尤其是这个大院内的老干部,是万万忽视不得的。但是,凡事都有惯例,轻易突破不得的。一旦突破了,人们就神经兮兮起来,生出许多很有想象力的猜度。人们很习惯琢磨领导人的言行,所以官场行为的象征意义远远大于实际意义。有人说，中国的政治最像政治，中国的官员最像官员，也许原因就在这里。陶凡深悟此道，同老干部相处，做得很艺术。当初人人都说陈永栋不好办，弄不好就会坏大事。可他出任地委书记后，亲自拜访了陈老，发现这位老人并不那么可怕。他挨家挨户上老干部家聊天，既得了人心，又不违惯例。

陶凡感觉张兆林做得太露了，分明是在向他暗送秋波，明白人一眼就能看破玄机，会背后笑话他的。不过陶凡也理解张兆林。老干部们一天到晚舞着剑，打着门球，下着象棋，哼着京戏，似乎也成不了什么事。但他们要败一桩事，倒一个人，也不是做不到的。陶凡当初就特别注意这点。他看上去威严得叫人难以接近，却有个原则，就是不忽视任何人。按他的理论，越是小人物，自尊心越易满足，也越易伤害。当一个卑微的生命受到侵害时，他可以竭尽潜能实施报复，直至毁灭别人。老干部们因为往日的身份，或许有过大家风度，但退下来之后，他们心理的脆弱超过任何普通的小人物。

陶凡想到这些，觉得张兆林小觑了自己。他相信自己将是超然的一类，只会优游自在地打发时光，不会对任何人施加影响。有人讲他有虎威，可他觉得那是天生虎气所致，自己从来没有逞过威。他想，张兆林或许还忌着我的虎威？你们说我有虎威，那是你们的感觉，关我什么事？难道要我成天对你们扮笑脸？可你张兆林的确没有必要有意同我扮笑脸。陶凡觉得虎威之说，对自己不利，也让张兆林难堪。

张兆林请陶凡同志做重要讲话。陶凡并不起身到前面的发言席上去，只摇摇手，仍坐原位。张兆林便将话筒递到他面前。陶凡慢条斯理开了腔。讲话的大意是，老同志退下来了，最大的任务，就是休息，颐养天年。这同张兆林讲的请老同志发挥余热，支持工作的思想暗相抵牾，又不露声色。陶凡只讲了短短几分钟。这几分钟内，会场上的目光和注意力都越过前面的张兆林，集中在陶凡身上。这场面给张兆林留下了铭心刻骨的印象。

桃岭上，像陶凡家这般式样的房子共二十来栋，布局分散，让桃树遮隔着。住户都是地委、行署的头儿。他在这里当了两年地委副书记，十年一把手，影响力超过任何一位前任。一些很细小的事情，似乎都有他的影子闪烁其间。这座小山上的桃树是他让栽的，桃岭这个山名是他起的，桃岭西头的桃园宾馆是他命名的，桃园宾馆四个字当然也是他题的。渐渐地，桃岭成了这个地区最高权力的象征。下面干部议论某些神秘事情，往往会说这是来自桃岭的消息。

陶凡从自己家步行到桃园宾馆只需六七分钟。地区的主要会议都在那里召开。现在地区召开全区性重要会议，陶凡都被请了去，坐在主席台上。每次都是张兆林事先打电话请示，临开会了，步行到陶凡家里，再同陶凡一道从桃岭上小道往宾馆去。陶凡一进入会场，张兆林就在身后鼓掌，全场立即掌声如雷。陶凡当然看得出张兆林的意思。张兆林一则明白自己资格嫩，要借他压阵，二则亦可表明对他的尊重，争取他的支持。

陶凡内心也不太情愿到会，又不便推辞。他在会上从不发表同张兆林相左的意见，他的讲话都是对张兆林讲话的肯定和更深意义上的阐述。他那次在老干部会上讲话暗藏机锋，只是个例外。他既想表白自己不再过问政事的超然态度，又的确对张兆林出乎寻常地重视老干部工作有些不满。

一天，夫人同陶凡讲："以后尽量不要去参加会议了，退休了就要退好休。"

陶凡说："我哪愿意去？张兆林总要自己来请。"

陶凡感觉到了夫人的某种弦外之音，但他没有表露出来。夫人从不平白无故地干涉他的事，她一定是听到什么议论了。但他不愿闻其详情，只要明白这个意思就行了。这也是他一贯的风格，需要弄清楚的事情，他不厌其烦；而有些事情，他不问，你提都不要提及。

夫人的确听到了一些话。外人也不敢当她的面讲什么，是陶陶昨天回家时，趁爸爸不在，讲了几句。也不讲什么细枝末节，只讲爸爸退休了，你别让他替人家去操心，还正儿八经坐在主席台上做指示，到头来费力不讨好的。她不敢同爸爸讲，只好让妈妈转达意见。

陶陶的话还能让人感觉一种情绪，林姨听了也吓了一跳，知道外面肯定有不好的议论了。她也像丈夫，不追问详情。但话从她嘴里出来，却很平和了，只是一种很平常的规劝，像任何一位老伴劝导自己的丈夫。

真正亲耳听到议论的是关隐达。认识他的人也没有谁讲什么，他也是偶然听见的。上个星期他去省里开会，卧铺车厢里有几个人吹牛，吹到了陶凡。这节车厢基本上是本地区的旅客。他们说陶凡现在是地区的"慈禧太公"，垂帘听政。张兆林拿他没办法，凡事都要请示他，开个大会也要请他到场才开得了。张兆林本也不是等闲之辈，只是暂时威望不够，也需借重陶凡。以后张兆林硬起来了，吃亏的还是关隐达。关隐达你不知道？陶凡的女婿，在下面当县委副书记，同我是最好的朋友，我们见面就开玩笑，我说你不叫关隐达，应叫"官瘾大"。

自称是他朋友的那位仁兄，关隐达并不认识，不知是哪路神仙。不管怎样，关隐达知道这议论并不是没有来历的。他也早就觉得奇怪，精明如陶凡，怎么也会这般处事？有回，一位副县长到地区开乡镇企业会议，回来同关隐达讲："你老头子讲话的水平真叫人佩服，短短十几分钟，讲的东西听起来也都是张书记讲过的，就是让人觉得更深刻，更有说服力。"关隐达清楚，这位副县长的话，自然有奉迎的意思，但确实又不是假话。凭这位老兄的水平，都能感觉出陶凡的讲话高出一筹，其他人当然也感觉得出，张兆林就不用说了。这就不是好事情了。

关隐达当然不便直接同陶凡申明自己的看法。他同陶陶之间讲话，比陶凡夫妇要直露些。他告诉了陶陶外面的大致议论。陶陶说："爸爸也真是的。"但她也只能委婉地同妈妈讲。

这样，关隐达听到的是尖刻的议论，经过层层缓冲，到了陶凡耳中，莫说详情，就连一丝情绪色彩都没有了。而陶凡却像位老到的钓者，从浮标轻微的抖动中，就能准确判断水下是平安无事，还是有多大的鱼上钩，或者翻着暗浪。

陶凡有点身不由己。他知道张兆林现在是需要他，当不需要他的时候，又会觉得不怎么好摆脱他的。他自己就得有个说得过去的借口摆脱目前的尴尬局面。议论迟早会有的，这他也清楚。现在夫人终于提醒他了。

有回，又是一个全区性会议，张兆林照例来请陶凡。陶凡打了个哈哈，说："兆林，我是个退休的人了，不能再替你打工了。我这个年纪的人，坐在主席台上，要做到不打瞌睡，很难啊！幸好你的报告精彩，不然，我会出洋相的。"张兆林客气几句，再不说多话了。

陶凡总算推掉了一切俗务，安心在家休闲。日子并不是很寂寞，本是一介书生，读读书，写写画画，倒也优游自在。同外界沟通的唯一方式是看报。天下大事时刻掌握，身边事情却不闻不问。夫人很默契，从不在家谈及外面的事情。夫人一上班，家里只有他和王嫂。王嫂做事轻手轻脚，陶凡几乎感觉不到她的存在。一时兴起，竟书写了陶渊明的"结庐在人境，而无车马喧；问君何能尔？心远地自偏"，俨然一位隐者了。身居闹市，心若闲云，才是真隐者。

但隐者心境很快又被一桩俗事打破了。老干部局多年来都打算修建老干部活动中心，陶凡在任时，一直不批。他争取老干部的主要策略是为他们个人解决一些具体困难，说白了，就是为人办些私事。而修老干部活动中心之类，虽然事关老干部切身利益，却是公事，他不批准，并不得罪哪位具体的老干部，他在老干部中的形象丝毫无损。摆到桌面上，大家也理解。财政不富裕，修学校都没有钱，还花五六百万修老干部活动中心，群众会有意见的哪！如今他卸任了，老干部局又向地委、行署打了报告。因物价上涨，现在预算要七八百万了。张兆林接到这个报告很不好处理。不批吧，老干部局反映多年了，其他各地市都修了。批了吧，又有违陶凡一贯的意见。他的本意是想批了算了，原因却与重视老干部的意思无关。原来，新提的几位地委、行署领导现在都还住着县处级干部的房子。想修地厅级干部楼，却又碍着老干部活动中心没有修，不便动作。张兆林左右为难，便同老干部局向局长讲："我们地区财政穷，不能同别的地市比。艰苦一点，相信老同志也会理解的。依我个人意见，可以缓一缓。你请示一下陶凡同志，要是他同意修，我会服从的。老向，陶凡同志那里，你要注意方法哪！"

向局长领会张兆林的意图，跑去给陶凡请示汇报。陶凡一听便知道是张兆林推过来的事，心中不快，打断了向局长的话头："不用向我汇报，我现在是老百姓了，还汇什么报？我原来不同意，现在自己退了，也是老干部了，又说可以修，我成了什么人了？老干部的娱乐活动设施要建设，这上面有政策，是对的。可也要从实际出发呀！我们老同志也要体谅国家的难处，不要当了干部就贵族气了。我们还可以打打门球哩，还有那么多老农民、老工人，他们打什么去？"

陶凡很久没有这么发火了，心里竟有些过意不去，便很客气地将向局长送到小院外的路口，握手再三，安抚了一阵。

没想到第二天上午，陶凡接到一个莫名其妙的匿名电话，叫他放聪明一点。声音凶恶而沙哑，一听便知是伪装了的。陶凡气得涨红了脸，倒并不害怕。

此后一连几天都这样，陶凡怎么也想不出这电话的来头。那完全是一副黑社会的架势，可他从来没有直接招惹过什么恶人。他的电话号码也是保密的，一般人并不知道。夫人吓得要死，问是不是让公安处胡处长来一下。陶凡说不妥，那样不知会引出多少种稀奇古怪的说法来，等于自己脱光了屁股让别人看。他想来想去，只有打电话给邮电局，换了一个电话号码。

可是清净了几天，匿名电话又来了，更加凶狠恶毒。这回真让陶凡吃了一惊。这电话号码，他只告诉了地委、行署的主要头头和女儿他们，怎么这么快就泄露出去了？这个小小范围同匿名电话怎么也牵扯不上呀。

关隐达同陶陶回家来了。关隐达断定那电话同修老干部活动中心的事有关。"怎么可能？"陶凡一听蒙了。关隐达分析道："明摆着的，要修老干部活动中心的消息一传出，建筑包工头们就会加紧活动。有人以为这一次肯定会批准的，就收了包工头的好处。您现在一句话不让修，包工头白送了礼是小事，要紧的是损失了一笔大生意，怎么不恨您？"

陶凡听着关隐达的推断，气得在客厅走来走去，嚷道："难道这些人就这么混蛋了？"

关隐达明白陶凡讲的这些人指谁，便说："也不能确定是谁收了包工头的好处，查也是查不出来的。但可以肯定，打匿名电话的并不是受了谁的指使。那些包工头都是些流氓，没有人教他们也会这么做的。"

陶陶吓得全身发抖，跑去拉紧了窗帘，好像生怕外边黑咕隆咚地飞进一条彪形大汉。她劝爸爸："就让他们修吧，难道怕用掉了您的钱不成？"夫人也说："是呀，本来就不关你的事了，顶着干吗呢？"

陶凡自打从政以来，从来还没有人这么大胆地忤逆过他，他觉得蒙受了莫大的羞辱，愤愤地说："本来我就不想管，他们要这样，我坚决不让修，看把我怎么样？"

关隐达很少像今天这样直来直去同陶凡讨论问题的。一般事情，凭陶凡的悟性，一点即通，多讲了既显得累赘，又有些自作聪明。但陶凡这几年是高处不胜寒，外面世界的真实情况他是越来越不清楚了。关隐达便觉得有必要讲得直接一些。

陶凡在客厅来回走了一阵，心情稍有平息，坐回原位。关隐达劝道："爸爸，其实您只一句话，让张兆林自己处理就得了。他无非是不便拧着您的意思办，您说了这话，他就好办了。"

陶凡听着，一言不发。窗外寒风正紧，已是严冬季节了。

次日，陶凡拨通了张兆林的电话，说："这几天同一些老同志扯了扯，他们都要求把活动中心修了算了，老同志也体谅财政的困难，说预算可以压一压。我看这个意见可以考虑。这是我欠的账，现在由你定了。"

张兆林说："我原来也是您那个意思，缓一缓，等财政状况好些再搞。可这一段我老是接到老干部的信，火气还很大哩。都是些老首长，我只有硬着头皮受了。好吧，地委再研究一下，争取定下来算了。"

打完这个电话，陶凡有种失魂落魄的感觉。他想身经百战的将军第一次举起白旗，也许就是这种滋味。

陶凡很安逸地过了一段日子。一日，偶然看到《西州日报》上的一则有奖征字启事，他的心情又复杂起来。原来地区工商银行一栋十八层的大厦落成了，向社会征集"金融大厦"四字的书法作品，获征者可得奖金一万元，若本人愿意，还可调地区工商银行工作。

其实，这则启事夫人早看到了，她觉得蹊跷，便藏了起来。可陶凡看报一天不漏，几天都在问那天的报纸哪里去了。夫人不经意的样子，说不知放在哪里去了。偏偏王嫂很负责，翻了半天，硬是找了出来。陶凡看到了那则消息，便猜到报纸是夫人有意收起来的。想到夫人用心良苦，可见自己很让人可怜了。往常，那些稍稍认为自己有些脸面的单位，都跑来请他题写招牌。他明白有些人专门借这个来套近乎，也并不让他们为难。只要有空，挥笔就题，当然不取分文。也有个别人私下议论，说地委书记字题多了，不严肃，他也不在乎。说郭沫若连北京西单菜市场的牌子都题，我陶凡还没有郭老尊贵吧。后来，他越来越看出些别的意思来，就再不肯题字了。他最后一次题字是图远公司的招牌。可是，直到他卸任前不久，仍不断有人要"请陶书记的墨宝"，他都回绝了。如今工商银行搞起有奖征字来，不是很有些意思了吗？

老干部老沈，处事糊涂，人称老神，神经病的意思。老神老来涂鸦，有滋有味。一日，跑到陶凡那里，鼓动陶凡参加有奖征字。老神偏又是个爱理闲事的人，不知从哪里听说了征字活动的来龙去脉。原来，工商银行李行长去请张兆林题字，得到的答复是："金融大厦是百年大计，最好不请领导题字，也不请名人题字，干脆搞改革，来一次有奖征字。"

陶凡自然不会去参加这个活动。知道了事情原委，他也表示理解，就是心里不好受。这天晚上，工商银行李行长登门拜访来了。坐下之后，讲了一大堆这么久没有来看望之类的话。

陶凡印象中，这位老李一直还是不错的。他是否为征字的事过意不去？闲扯了半天，李行长果然讲到了这件事。他说："我碍于面子，去请张书记题字。原以为张书记肯定会谦让，推给您陶书记题的。但张书记这么一定，我事先没有料到。"

陶凡朗声笑道："老李呀，可不准在我面前告兆林同志的状哪！兆林同志的意见是对的。依我看，这还不只是一次简单的征字活动，在我们这闭塞的山区，可以算是一次不大不小的思想解放运动哩！您向报社转达我的建议，可以就这次有奖征字组织一次讨论，让全区人民增强尊重知识、尊重人才、尊重智力劳动的意识。"

李行长点头称是："陶书记看问题的角度总比我们要高些，领导就是领导。"

征字活动原本只是芝麻小事，但因陶凡发了话，银行又出得起版面费。《西州日报》便专辟了一个"征字擂台"栏目，每次登出入围作品数副，并配发一两篇讨论文章。陶凡很留神那些书法作品，却并不在意那些讨论文章，尽管是按照他的意思弄的。搞了一个月的擂台，终于评选出了一副最佳作品。获征者为一中学教师。陶凡仔细看了此人的简介，似曾相识。回忆了好一阵，才想起同这位教师也算打过交道。原来，陶凡在任期间，有些涂得几笔字的人总想借切磋书道之名同他交结，用意不言而喻。有回，一位乡村中学教师给他写信，要求调进城来，陈述了若干理由，信中附了一副"翰墨缘"中堂，旁书"敬请陶凡先生雅正"。字倒有些风骨，陶凡暗自喜欢，但"陶凡先生"四字让他觉得特别刺眼，便在信上批道：乡村中学教师队伍宜稳定。转教委阅处。

现在这位中学教师既得奖金又调工作，双喜临门了。世界上的事情真是有意思。

征字的事在陶凡的心里掀起了一点波澜，很快也就过去了。可张兆林的一些话传到他的耳朵里，让他有些起火。据说，张兆林在一次会上讲到提高领导水平问题，要求各级领导干部加强学习，更新知识，既要有一定专长，更要争取做个通才，特别是要懂经济工作，不要满足于自己的一技一艺。张兆林的这番话本也无可挑剔，但陶凡把它同征字的事联在一起一想，怎么也觉得是影射他。

陶陶这一段三天两头往爸爸妈妈这里跑，独个儿来，一住就是几天。陶凡两口子感到奇怪。妈妈说："你要注意影响，老不上班，隐达在县里不好做人的。"

陶陶说："我请了事假休病假，休了病假还有公休假，关谁的事？"

妈妈见女儿讲话这么陡，猜想他们小两口可能是闹矛盾了。一问，陶陶更加来气："我累了想休息有什么不对？他公务繁忙，还有时间同我闹矛盾？"

陶陶在父母面前平时最多撒撒娇，从不这么说话的。今天弄得陶凡夫妇面面相觑。

一家人正不愉快，老神跑了来，告诉陶凡，说他发现有几家单位把陶书记题的牌子换掉了，很义愤的样子。陶凡笑呵呵地说："老沈呀老沈，什么大不了的事，我还以为发生地震了。"

老神走后，夫人很不高兴，说："这个老沈真是老神！"

陶凡一言不发，只是喝茶。夫人知道他心里不好受，却不知怎么开导。屋子里静得似乎空气都稀薄了。

陶陶突然在一旁发起议论来："爸爸您也别在意。您还算是有德有才的人，做了十几年官也问心无愧。其实老百姓看待当官的就像看待三岁小孩一样。三岁小孩只要能说几句口齿清楚的话，做一件大人意想不到的事，立即就会得到赞赏，被看作神童；当官的也只要会讲几句话，字只要不算太差，大家就说他有水平。其实在平头百姓中，能说会道、书法精湛的太多了，水平也都在那些当官的之上。官场，就那么回事！"

夫人脸色严肃起来，叫住女儿："你太不像话了！"

陶凡朝夫人摆摆手，说："别怪陶陶，她讲得很有道理。特别是她那个三岁小孩的比方，真叫我振聋发聩！要是早几年听到这样的话，我会受益匪浅的。"

陶陶流露的是对官场的鄙夷，而陶凡得到的却是另一种感悟。是啊，我们的人民确实太宽宏了，他们对我们领导干部的要求并不高。但我们有些人，对人民并不算高的期望都不能满足啊！陶凡想到这些，似乎个人的委屈并不重要，暂时不把题字被换的事放在心上。

晚上关隐达来接陶陶回家，说："通通在家吵着要妈妈，我又忙，没法招呼儿子。"

陶陶说："爸爸退休了，闲着没趣，你又忙，只有我多回来看看。才回来几天，你就急着来接了。"两人见面，也都平和，看不出什么破绽。二老也不好相劝，只招呼关隐达吃了饭，叙了一会儿，便让他们走了。

原来，关隐达近来一直情绪不好。刘培龙马上要调任行署副专员，按常规，应是关隐达接任县委书记，但传出的消息对他不利。他心情不好，在外强撑着，回家难免有些脸色。陶陶便以为丈夫怪她父亲影响了他的前程，心里有火。关隐达怕添误会，索性懒得解释。于是双方都闷在心里生气。

陶陶回家后，陶凡这里清静了好些时日。太清静了，又有点发慌，便常到桃岭上散散步。走着走着，竟鬼使神差地往桃园宾馆方向去了。一见那粉红色的楼房，便酣梦惊回一般，马上掉头返家。

不知怎么外面就有议论，说陶凡总傻傻地往桃园宾馆张望，也许还在回想往日的虎威吧。这话传到陶凡耳中，气得他无话可说。心想我陶凡真的成了张学良了？散散步的自由都没有了？

不想再招致这类议论，又只好蛰居在家，涂涂抹抹，聊以自慰。一日备感孤寂，想到一句"秋风庭院藓侵阶"的词，记不起是谁的了，只是感慨系之。于是因其意境，作画一幅：庭院冷落，秋叶飘零，藓染庭除。夫人下班回来，见陶凡正提笔点着稀稀落落的枯枝败叶。她感觉丈夫的笔意有几分苍凉。当天晚上，夫人说："我想提前退休算了。"

陶凡看出了夫人的心思，很是感动，轻叹一声："好吧。"

刘培龙调任行署副专员了。这本来只是迟早的事，陶凡却因事先一丝风声都没听到，心里便梗梗的，又说不出口，自然马上想到了关隐达的安排。按原来的盘子，县长年纪大了，调到地区来，由常务副县长接任县长，关隐达接任县委书记。现在看来，关隐达只怕接不到一把手了。过了几天，得到准确消息，果然从外县调了一位任书记。他想，为了让新去的书记便于开展工作，关隐达还会挪地方的。这又应了他的猜测，关隐达被平调到麻岗县。这是西州最偏远的县，山高水险，地贫民弱。陶凡看得很清楚，像关隐达这般，一旦好的势头折了，今后的历程，很可能便是在各县市之间调来调去。全区的十几个县市差不多轮遍了，年纪也一大把了。到头来，空落一张满是脂肪的大肚皮，一双酒精刺激过度的红眼睛。宦海沉浮，千古一例啊！

夫人终于沉不住气了，说："你就不可以同张兆林讲几句话？"

陶凡反问："讲？讲什么？"

夫人无言。默然一晌，叹道："隐达要不是你的女婿就好了。他是成也陶凡，败也陶凡啊！"

陶凡知道夫人只是感叹世事，决无怪他的意思，便苦笑相报。难怪他们小两口前段不愉快。陶凡现在心里明白一二了。

关隐达到新的地方上任前，全家三口回来了一次。大家对关隐达调动的事只很平淡地讲了几句，就避开这个话题了。一家人都围着通通寻乐儿。

夫人退休了，王嫂便辞了。王嫂走时，同夫人一起抹了一阵子眼泪。这让陶凡大为感动，想这年头真正的感情还是在最普通的人身上。

王嫂走了，女儿他们因路途遥远，也不便经常回来。老两口的日子过得懒懒的。食欲又经常不好，陶凡就说："想吃就弄些，不想吃就不要白忙。"家里便常常冷火秋烟的。夫人说："老陶我们一天天就这么过，不好的。"陶凡问："那怎么过？"夫人说"可以找些别的事做，天气好就到外面钓鱼去。"

陶凡摇头不语。他也萌发过钓鱼的念头，但细细一想，自己没有钓鱼的命分。他想，自古钓者之意，并不在鱼。姜太公钓官，柳宗元钓雪，只有村野老者妄念俱无，才是钓闲。如今有权有钱者，钓的是派。我陶凡去钓鱼，属于哪一类？别人眼里看来，他钓的当然派。我才不想混迹到这一群中去。

　　有天，一位特别客人上门探望陶凡来了。此人姓唐，原是下面粮站的职工，五十多岁了。早年因经济问题挨了处分。心里憋着气，就专门盯着他的领导，粮站主任的大小问题，他桩桩件件都暗自记录下来。他认为时机成熟了，就跑到县纪委和监察局告状。没有告出结果，就跑到省里，跑北京。一年四季班也不上，一会儿北上，一会儿南下，落得个外号"告状专业户"。单位奈何不了他的泼劲，工资却不敢少他的。陶凡闻知后，亲自接待了他。当时反腐败风声正紧，陶凡便批示地纪委成立专案组调查。一查竟然也查出了大问题，粮站主任伙同会计、出纳一道贪污五万多元。省报对这个案件进行了公开曝光。因为检举揭发者姓唐，记者先生灵感一来，凑出一个有趣的新闻标题："'唐老鸭'叼出了'米老鼠'"，副标题是某某粮站主任一伙集体贪污被查处。文章当然不提唐老鸭自己的前科劣迹，只把他作为痛恨腐败的好职工表扬了一番。老唐事后逢人就说陶书记是个好官，不知内情的还以为他同陶凡有什么私交。后来他还专门跑到地区看望了陶凡。陶凡鼓励他回去好好工作，欢迎他继续对干部作风问题提出意见，不过一定要讲程序，不要越级跑省里上北京。陶凡和蔼可亲的样子让老唐大为感动。在他印象中，县里那些头儿个个都神气活现，而陶书记这么大的官，竟这么平易近人，大领导还是大领导啊！老唐觉得应听陶书记的话，回去好好工作，后来真的还踏踏实实了，其实陶凡内心对老唐这类人物是厌恶的。陶凡憎恨腐败，也恼火纪检、监察部门办案不力。但他不喜欢老唐这样的人把什么事都搞到上面去，弄得地委很被动。干部有问题就内部查处，不要张扬出去。那样大家脸上都不好过。

　　今天老唐突然来访，不知又有何事。其实老唐这次来并没有什么事。他不知在哪里听到，陶凡不当书记了，连上门的人都没有了，所以专程跑来看望看望。

老唐一副抱不平的样子，说："现在的人心都坏了。陶书记这样的好领导，哪里还有？不像现在台上的，嘴上讲得漂亮，个个都一屁股屎揩不干净！还搞什么同企业家交朋友、结对子，讲起来堂而皇之，这中间的事情哪个晓得？"

陶凡不想让老唐讲下去，怕他再讲些出格话，自己不好应对，便说："老唐啊，我给您提个意见看对不对，不要跟着别人瞎议论，掌握真实情况就按程序反映。"

老唐看来，陶凡这样大的官，不管怎么批评自己都不该有怨言，人家还这么客客气气地给自己提意见，那还有什么讲的？便不再抨击朝政，说了一些奉承和感激的话就走了。

老唐的来访，又叫陶凡感慨良久。他想自己竟让这种人怜惜起来了，真是荒唐！

陶凡听了老唐那些言论，又想起修老干部活动中心的事，郁愤难平。过了几天，心血来潮，作了一幅《唐寅落拓图》，引画中人诗句于左：闲来写就青山卖，不使人间造孽钱。老神见了这幅画，连连称好。老神走后，夫人怪陶凡手痒，别的不画，便画这个，老神到外面一传，别人会说你老不上路。听夫人这么一讲，陶凡也觉得不该画。但画都画了，管他那么多！

几天后，张兆林在一次会议上严肃指出："广大干部，特别是各级领导，一定廉洁自律。我们对廉政建设一定要有一个正确的估价，要看到绝大多数干部是廉洁奉公的，腐败分子只是极少数极少数。决不允许把干部作风看成一团漆黑，决不允许不负责任的瞎议论、瞎指责，那样只会涣散人心，影响工作。这是极其有害的。"

夫人叫陶凡把那幅《唐寅落拓图》取下来，陶凡佯装不懂："干吗要取？"

　　这年初春，桃岭上的桃树突然被砍光了。陶凡好生惊奇，问砍树的民工怎么回事。民工说："领导讲桃树光只好看，桃子又不值钱，要全部改栽橘子树。"

　　夫人没想到陶凡会这么生气，劝道："砍了就砍了吧，有什么大不了的事？"

　　陶凡生气不为别的，只为那些人问都不问他一声。自己喜欢桃树，只是个人小兴趣。他们要经济效益，改种柑橘也未尝不可，但也要礼节性地问一声呀！

　　陶凡愤然想道：无锡有锡，锡矿山无锡。这桃岭无桃了，还得叫桃岭！

　　关隐达偶然听说，桃岭要改种柑橘了，觉得这对陶凡是件大事，就对陶陶讲："过几天我们回去看看爸爸，他肯定会不舒服的。"

　　陶陶说："也早该回去看看了，只是不明白砍了桃树，爸爸会那么伤心？"

　　关隐达说："你对爸爸并不太了解。他老人家还有典型的中国旧文人的情结，这是不是他退下来心理老不适应的根源，我也说不准。柳宗元谪贬永州，最喜欢栽柳树、棕树和柑橘。我想这三种树暗寓柳宗元三字。我这是瞎猜的，没有考证。爸爸姓陶，自然喜欢栽桃了。现在砍了桃树，肯定又不会同他通气，他当然不舒服的。"

　　陶陶还是不懂，说："爸爸是不是迷信，把桃树看成自己的风水树了？"

　　关隐达说："那也不是。"

　　他不再同夫人探讨这事。不过他早就思考过一种现象，认为柳宗元也好，陶凡也好，栽些自己喜欢的树，看似小情调，其实这是他们深层人格的反映。中国文化人，遵从的是治国平天下的经世大道，潜意识里往往又自命清高。他们栽几棵树，下意识里是为自己的人格竖起物化标志。但他们往往同现实不相容，甚至自己的内心同自己言行也相矛盾。所以官场上的人，文气越重，仕途越难。关隐达把自己这种分析同陶凡一对照，有时觉得铆合，有时觉得疏离。

过了几天，关隐达一家三口回到桃岭，却再也没有看到一株桃树。柑橘树还没有栽上，山上光秃秃的。进了屋，关隐达马上注意到壁上新挂了一幅《桃咏》的画，旁书"桃花依旧笑春风"，这让关隐达感到突兀。他知道陶凡喜欢桃树，却从来不画桃花。花鸟鱼虫不是他的长处。琢磨那诗句，竟是男欢女爱的，自然也不是陶凡的风格。思忖半天，才恍然大悟。原来陶凡是苦心孤诣，反其意而用之，潜台词是"人面不知何处去"。人面都哪里去了？都向着新的权贵们去了。而他陶凡却"依旧笑春风"。

这画也只有关隐达能够破译得了。望着壁上这些画，关隐达难免不生感慨。在他看来，《孤帆图》和《秋风庭院》还有些孤高和凄美，而《桃咏》则只剩下浅薄的阿Q精神了。也许又是他想多了，老爷子只是随手画画而已。

关隐达想自己将来的结局也不可能好到哪里去。他并不留恋官场。官场上人们之间只剩下苍白的笑脸和空洞的寒暄了。他考虑过下海，生意场上的朋友也鼓动他下海去。但他顾虑重重。他知道，自己一旦真的下海了，也将是"人面不知何处去"了。有些朋友将不再是朋友，他还得经常同公安、税务、工商等等部门的人去赔笑脸，用自己的血汗钱去喂肥他们。这是他接受不了的。没有办法，只有这么走下去了。他已不止一次想到，自己走的是一条没有退路的路。李白"人生在世不称意，明朝散发弄扁舟"。不知这位谪仙人吃什么？

关隐达他们住了一晚又回到县里去了。屋里热闹了一天又冷清下来。陶凡简直不敢把目光投向窗外。风姿绰约的桃岭消失了。没有桃树的映衬，屋前小院的石墙顿失灵气，成了废墟一般。在这里住下去将度日如年啊！

他最近有些厌烦写写画画了。把爱好看作工作，最终会成为负累；而把爱好当作唯一的慰藉，最终会沦作枷锁。百无聊赖，反复翻着那几份报纸。偶尔看到一则某地厅级干部逝世的讣告，仅仅火柴盒大小的篇幅，挤在热热闹闹的新闻稿件的一角。这是几天前的旧报纸，翻来翻去多少遍了，都不曾注意到。一个生命的消逝，竟是这般，如秋叶一片，悄然飘落。陶凡细细读了那几十个字的讣告，看不出任何东西，是不是人的生命本来就太抽象？他不认识此人，但他默想，人的生命，不论何其恢弘，或者何其委琐，都不是简简单单几十个字可以交割清楚的啊！而按规定，还只有地厅以上干部逝世才有资格享受那火柴盒讣告。陶凡感到从来没有过的悲怆。他对夫人说："我若先你而去，千万要阻止人家去报纸上登讣告。那寥寥几十个字，本身就是对神圣生命的嘲弄。我不怕被人遗忘。圣贤有言，'君子之泽，五世而斩。'我陶凡又算得上何等人物？不如一个人安安静静地上路，就像回家一样，不惊动任何人。"

夫人神色戚戚地望着陶凡："你今天怎么了老陶？好好地讲起这些话来。"夫人说了几句就故作欢愉，尽讲些开心的话。其实她内心惶惶的。据说老年人常把后事挂在嘴边，不是个好兆头。

陶凡终日为这里的环境烦躁，又没有别的地方可去。年老了，本来就有一种漂泊感。这里既不是陶凡的家乡，也不是夫人的家乡。两人偶尔有些乡愁，但几十年工作在外，家乡已没有一寸土可以接纳他们，同家乡的人也已隔膜。思乡起来，那情绪都很抽象、很缥缈。唉，英雄一世，到头来连一块满意的安身之地都找不到了！陶凡拍拍自己的脑门，责备自己：不能这么想，不能这么想啊！

他们的人生各有其必然

——《秋风庭院》创作谈

　　我二十二岁参加工作，开始见识各类官员。当时，有位极可爱的退了休的南下干部，给我的印象特别深刻。这位老干部姓任，北方人，一字不识，很小就是孤儿。他不知道自己父母的名字，也不知道自己是哪个地方的人。只知道自己是北方人。我们单位领导经常说，任老党性最强，要我们向他学习。每到发工资那天，任老就选几张最新的票子，跑到组织委员那里去交党费。任老最痛恨年轻小伙子的头发长得像女人，他每次参加组织生活会都要为这事发脾气。有位年轻党员说，头发长短同思想觉悟没关系。毛主席头发长，蒋介石是个光头，结果怎样？任老这下可气坏了，一定要求组织上处分那位党员，说要是在文化大革命，光凭他把毛主席和蒋介石放在一起说，就该枪毙！那位年轻党员马上以牙还牙，说你刚才也把毛主席和蒋介石放在一起说了！任老气得差点儿背过气去。任老的思想很有代表性，有那么一些人潜意识里很怀念文化大革命，很希望像文化大革命那样可以狠狠整一整那些他们看不惯的人。

任老还爱讲一件事，就是他当公社书记时，为了不让倒春寒冻坏秧苗，带领社员群众扯着棉被，把秧田团团围住，一站就是通宵。哪像现在的年轻人，没有半点儿革命斗志！有个年轻人笑着问他，那不是做蠢事吗？这又把任老气坏了。听说任老曾给某中央领导牵过马，谁也没有看过他的履历，无法证实。任老却很愿意别人提起这件事，他不置可否，只是骄傲地微笑。但你千万不能说他当过某位领导的马夫，只能说他当过某领导的勤务员。他听见"马夫"二字就火冒三丈，只说我们干什么工作都是人民的勤务员。

有一回我亲眼目睹了任老的一件小事。菜市场里，任老买了菜之后，还要捡走菜摊上的碎菜叶子。菜农不肯，也许是人家自己想留着喂猪。任老同菜农冲突起来。任老穿得像个叫花子，菜农哪里知道他的身份？任老就用一口难懂的北方土话叫骂起来：你知道老子是谁吗？老子身上有五处伤疤，天下是老子打下来的！没有老子流血牺牲，你还想在这里卖菜？你得给地主当长工、做短工！菜农说，你怎么牺牲了？牺牲了还能在这里做鬼叫？围观群众哄然大笑。任老更加气愤了，说，我是为你们服务的，你们还要笑话！

我当初只是觉得任老有些不合时宜，人还是蛮可爱的。可是，恰恰是这些鸡毛蒜皮的小事，说明了生活本身的无聊。任老代表某个时代某类官员的形象。荒诞无处不在，已经让我们习以为常。那会儿敢到政府门口示威静坐的群众并不多。有一回，几个群众因为一桩凶杀案没有得到公正处理，跑到县政府门口喊冤。任老从政府大门口经过，吓唬群众说：你们有问题可以打报告反映，喊什么冤？要是被美蒋特务拍了照，就给社会主义脸上抹黑了！喊冤群众看看他的穿着，听他讲话牛头不对马嘴，只当他是疯子，根本不理他。任老十分气愤，跑到县领导那里大摇其头：不得了啦，现在老百姓没有半点儿惧怕了！跑到政府门口闹事，吓都吓不走！原来在任老这样的老干部看来，老百姓理所当然是要怕政府的。

回想我小时候见过的干部，任老讲的话大有来历。我记得二十世纪六七十年代以前，群众对干部的基本感觉就是一个字：怕。村党支部书记算是最小的干部了，严格说来还不算国家干部，但老百姓对他们也是害怕的。我们村当时的党支部书记正好是我们生产队的，成天黑着脸，从不正眼看人。村里群众遇上他，恭敬地叫声"书记"，他总是鼻子里哼一声。他的工作主要是开会，一般不参加劳动。偶尔，他扛着锄头，出现在地头，气氛就紧张起来。我现在还很清楚地记得有一回锄油菜地里的草，社员们边干活边说笑，地里热火朝天。快收工的时候，忽然有人轻声说道：书记来了。地里马上安静下来。书记横扛着锄头来了，慢条斯理地脱下棉衣，取下手表放在棉衣上面。全村只有他有一块手表。太阳一寸寸靠近山头，社员们早就想收工了，可是没人敢吭声。大家都自觉地同书记拉开距离，让他像个孤家寡人，独自在田角里锄草。书记威严地劳动了大约四十分，看看手表，没有同任何人打招呼，穿上棉衣走了。生产队长这才喊道：散工了，散工了！社员们如获大赦，扛起锄头回家。

上中学时，我们冬天必须经过一片密密的甘蔗地。有调皮的学生会偷甘蔗吃。有一回，有个同学刚扳断一根甘蔗，忽然甘蔗地里闪出一个人。我们都吓坏了，原来是公社书记。那个偷甘蔗的同学魂飞天外，拔脚就跑。公社书记逮住我们几个无辜的学生，要我们供出那个同学的名字。我们谁也不肯说，就像电影里看到的宁死不屈的共产党人。偏偏有个同学顽皮，说：他叫向天问。意思是叫公社书记去问老天爷。公社书记火了，吼道：我就抓你这个向天问！这个同学很机灵，身子一闪，一溜烟跑了。公社书记追"向天问"去了，我们几个同学也得救了。我永远忘不了公社书记那张胖脸，脸上的肉是横着长的。多年后，我一位大学同学正是这位公社书记的女儿，当他以叔叔身份出现在我面前时其实也是非常和蔼的。

我家请过一位保姆罗姐，五十岁上下，乡下人。她家里很穷，男人比她大二十多岁，长年虐待她。照罗姐的说法，那男人手里抓着什么就拿什么打她，不管是扁担或是凳子。有一回，她说起了自己的身世。她原先有过一次婚姻，因为不育，就被她男人休弃了。这时，一个比她大二十多岁的男人热心地照顾她，说想娶她。她家里穷，没有依靠，就答应了。可是过了几天，她发现这个男人很坏，就反悔了。那男人就威胁说，他已经用掉他二十块钱了，一定要拉她到公社去讲理。罗姐就怕了，只好嫁给他。罗姐说，她一听说公社干部就怕。她说自己还有一个怪毛病，平时只要看见穿黄衣服的和穿制服的人，心里就怦怦地跳。

我见过的村支书、公社书记和南下干部，可以说是上世纪八十年代以前各个时期的官员典型。《秋风庭院》写的是九十年代的退休官员。这篇小说于一九九五年发表在《湖南文学》七、八月合刊上，被《小说选刊》选载，并被评为优秀小说。当时全国优秀中短篇小说评奖中断，鲁迅文学奖尚未设立，《小说选刊》奖也是在全国范围内评选的，评奖质量不低于后来的鲁迅文学奖。当然，它毕竟不是鲁迅文学奖。

领奖的时候，有位老作家看见我说：小王，你怎么这么年轻啊？我开玩笑说：我不可以年轻吗？他说：不是啊，我看你写退休老干部的那种心态，捉摸得那么透，以为你至少是一个五十岁以上的老作者。

我当时三十三岁。

我很尊敬的陈建功先生第一次见到我就说：跃文，像《秋风庭院》这样的小说只要写上十个，你就是著名作家了。我很认真地回答：那我就努力吧！那是1996年在石家庄开青年作家会，我的记忆很深刻。

这篇小说的灵感来自于我同一位退休地委书记的一次目光碰撞。这位书记在位的时候，他从机关大院里走过，背着手，头微微地昂着，目光一片空蒙，眼睛不会注视任何一个人。但所有的人见了他，赶紧喊道书记好。没有人说他目中无人，因为这位书记政声很不错，能力也很强，受人敬重。他退下来以后，仍然住在那个机关大院里。这时，他走在外面总是一种探寻的目光，希望有人跟他打个招呼。我当时刚刚调进那个机关，跟他并不熟。有一次，我在机关食堂门口看见他了，望了他一眼。我面带着微笑。他马上加快脚步，双手伸过来同我握手。我赶紧说：书记您好！当然，他也没问我是谁。我当时就想：这位老人退下来，他的心境是怎样的呢？

一次目光的交汇，触发我写了中篇小说《秋风庭院》。小说里有个细节我是听地委一位副秘书长说的。过去，那位小说原型的书记长年习惯每天清晨起来，吃过早点就夹着一个包，从小山上的家里抄近路往办公室去。结果，他退下来之后，很长时间不适应不习惯，每天清早还夹个包去办公室。等走到半路，才突然想起来：我已经退休了！又折回来。当然，《秋风庭院》主人公陶凡的塑造并不是描着这位生活中的地委书记去的。但坊间流传，都说陶凡就是这位老地委书记。此言不实。

这篇小说写的就是所谓"官场人生"，即官场中人的特殊生存方式与生存处境。陶凡是深受儒家传统文化熏陶的知识分子，他想在官场独善其身。可他一旦从权力位置上退下，才蓦然发现自己早已失去了独善其身的能力和条件。这不仅仅是因为外在条件的缺乏，更由于漫长的官场生涯已不知不觉间将他作为正常人的很多元素慢慢侵蚀和淘空了。一旦他作为"官"的身份不复存在，他已是一具"空心人"了。即使有一方故土可以让陶凡游子回乡，他也不可能有那种归隐后的宁静和满足。

中国当代许多官员退下来后都面临这个问题。我们或许会问：为什么中国封建时代许多官员致仕之后，却能够安然归隐林泉，重新拾回被官宦生涯中断的田园生涯呢？我想这是社会形态变化使然吧。当代中国最大的特征是活生生扯断了农业社会中人与自然、人与传统的血肉联系。清代规定，凡官员致仕，必须在五个月之内回原籍。但现在乡村里的读书人只要考上大学走向城市就回不去了，他们在故乡已无家可归，也找不到归家的路了。乡愁在中国传统知识分子心目中并不仅仅是故乡，更是向着田园和自然的内在的人性回归。这篇小说里最悲凉的即是现实环境中"官性"对"人性"的暗中掏空与置换，现代社会对人们故乡之路的剥夺。这也是官场人生里最可悲悯之处。孟繁华先生对我的小说有过这样的评价："王跃文的官场小说写作中，既有对官场权力斗争的无情揭示与批判，也有对人性异化的深切悲悯与同情；调侃中深怀忧患，议论处多有悲凉。"

多年后，我同流传中的《秋风庭院》原型人物在长沙成了邻居，他儿女们都说老爷子看过我的小说，非常喜欢。但是，老人家每次见了我都微笑着点头致意，从来没有提及过我的小说。我非常敬重这位老人，他同这部小说其实没有任何关系，虽然这部小说源于他的那个眼神。

我的堂兄

一

舒通是我的堂兄，我叫他通哥。通哥喜欢把绿军帽做成工帽的样子，低低地往前压着，快盖住鼻子了。我看不见他的眼睛。工帽是我后来才晓得的叫法，当时我们都叫它鸭舌帽。我平常只在电影里见特务和上海滩的阿飞戴这种鸭舌帽。通哥戴着这种军帽做成的鸭舌帽，在村子里走过，小伢儿们都很羡慕。

通哥的帽檐压得太低，走路时自然得使劲儿昂着头，看不清脚下的路，腿就抬得高高的。当时我才八九岁，并不晓得这个样子就是趾高气扬。村里女儿家背地里说通哥很朽，极看不起的样子。"朽"是我的家乡方言，不晓得怎么翻译成普通话，大概意思是得意、臭美、忘乎所以。

女儿家纳着鞋垫，嘴里总得说些事的。她们最喜欢说的就是通哥，常常都是不屑的口气。她们说通哥的近视，就是戴帽子戴成那样的。成天拿帽子盖着眼睛，哪有不近视的？近视就是书读得多？就有文化

122

了？真是个活宝！

舒家祠堂是大队部。有个春天的晴日，舒家祠堂前围满了许多人。我钻进人墙去，见通哥正在八仙桌上写毛笔字。这张八仙桌原是地主舒刚廷家的，四周都有抽屉，据说是打麻将用来装钱的。现在抽屉斗早不见了，只有四个空空的洞。记得每回斗争舒刚廷，大队干部就会说到这张八仙桌，它是地主分子花天酒地的罪证。万恶的旧社会！

我头回看见通哥的帽檐没有压着鼻子，而是翻转过去，翘在后脑勺上。通哥歪着头，舌头伸出来，左右来回滚动，似乎他不是用毛笔写字，而是用舌头。我这时已是小学二年级了，晓得通哥是给大队出墙报。正在批林批孔哩。

通哥对面站着阳秋萍。阳秋萍双手扯着纸角，望着通哥写字。通哥写完一行，就直起腰来，眯着眼睛打量刚写好的字，脑壳往左边歪一下，又往右边歪一下，就像栽禾时生产队长检查合理密植。阳秋萍看看通哥的眼色，再小心地把纸往下拉拉。

"孔老二四体不勤，五谷不分……"我吃力地念着通哥写的字。

"呀，六坨才二年级哩，抄字都认得！"马上就有大人夸我。村里人把正楷以外的行、草之类潦草的字都喊作抄字。

通哥望着我笑笑，说："六……六……六坨是块读……书读书的……料子！"

通哥是我的语文老师，他说话结巴得嘴角鼓白泡，读课文却很流利。我受了夸奖，就有些忘乎所以，钻到阳秋萍前面，想帮通哥扯纸。阳秋萍啪地拍了我脑壳："六坨，快过去，别把纸扯坏了！"

"六坨，人家哪要你扯？"

大家都笑了起来。我不晓得刚才是哪个说了这话，只听见是个女儿家说的；也不晓得他们为什么会大笑。

通哥抬起头来，样子很生气："我和……和阳秋萍出墙报，是……是……大队支书安……安排的，哪个有意见……就就去找……支书……"

"哪个有意见？扯纸只有阳秋萍会，我们又不会！"

这回我看见了，说话的是腊梅。大人们都说腊梅长得像李铁梅，眼睛大，辫子长，偏又嗓子好，最喜欢唱"我家的表叔数不清"。

阳秋萍听着脸一红，说："腊梅你莫这么讲，我是服从组织安排。"

通哥说："是是……是嘛，我们都是服从……从……安排……"

腊梅笑笑，说："是啊，你是革命的螺丝钉，组织上要你在哪里钻，你就在哪里钻！"

通哥听出弦外之音，沉了脸："腊梅，你……你……这是什么意……意思！"

有人故意想把话儿挑明白，便说："腊梅，你一个黄花闺女，怎么说得出口！"

腊梅说："我说什么了？我又没有说哪个是螺丝帽！"

阳秋萍低了头，钻出人群，飞跑去了。

通哥瞪了眼睛："腊梅，你……真……真过分！阳秋萍……父母有……问……问题，她是可以改造……造的！周总理讲……的，有成分……论，不唯成成……分论！"

腊梅不等通哥说完，哼了声鼻子，也走了。通哥说到后面两句，只能望着她那条长长的大辫子，李铁梅式的。

通哥继续写字，围观的人仍看着热闹。我趁机捡了阳秋萍的差事，给通哥扯纸。通哥没有骂我，准许我替他扯纸。我像受了奖赏，居然有些不好意思。

"用心……何……何……其……其其……毒也……"通哥字有些草，

我又是反着看，念得结结巴巴。

通哥却以为我在学他结巴，突然抬头望着我："六……六坨！你顽……顽……皮啰！"

围观的人哄笑起来。通哥气恼，发起无名火："有有什么好……好看的，又不是杀……杀……年猪！"乡下没什么好看的，过年杀年猪，补锅匠补锅，剃头匠剃头，都会围着许多人看。

快黄昏了，通哥才写好那些字，一张张贴到墙上去。墙报贴好了，大家围着看了会儿，都说字好，字好，渐渐散去。似乎没人在意上面写了些什么，更在乎的是通哥写的字。能把这么多字用毛笔写好，贴到墙上去，村里找不出第二个人。村里人嘴上不怎么说，心里还是佩服通哥的，也有人嫉妒。

只有福哥一直站在圈外，冷眼看着。福哥名叫幸福，外号王连举。等到通哥开始往墙上贴纸了，福哥却装着什么也没看见，吹着口哨走开了。我听到有人吹着郭建光的"朝霞映在阳澄湖上"，就晓得是福哥。我抬头看看，果然是福哥，正拿手摸着他的西式头。

福哥是大队支书俊叔的儿子，一年四季拿手摸着他的西式头，把自家摸得像个王连举。叫他王连举，算是我的发明。有回放学的路上，我和同学们没有马上回家，坐在稻草垛上晒太阳。那是个初冬的星期六，学堂只有半日课。还有半日，我们在外面疯。稻草被晒得暖暖的，香香的，我躺在上面，闭上眼睛。我故意朝着太阳方向，眼前血样地红，然后变黑、变绿、变灰、又变黑。脑壳开始嗡嗡作响，仿佛是太阳的声音。这时，听得有人吹着口哨，调子是"朝霞映在阳澄湖上"。我仍闭着眼睛，说："肯定是福哥，他那样子就像叛徒王连举，还吹英雄人物郭建光的歌哩！"

"王连举！王连举！"同学们高声喊了起来。

　　我忙睁开眼睛，眼前漆黑一片。半天才朦胧看见福哥的影子，他正摸着自家的西式头。福哥起先并不在意，仍只顾吹着郭建光调子。他突然发觉不对劲，回头一看，见同学们正朝他喊得起劲。福哥瞪了眼，骂了句娘，朝我们猛跑过来。同学们哄地作鸟兽散，边跑边喊"王连举"。福哥不知抓哪个才好，哪边喊声大就朝哪边张牙舞爪，结果哪个也没抓住。我幸好早早睁开眼睛了，不然准被他抓住。福哥站在草垛边骂几句娘，回去了。可是从那以后，他在村里就有了个外号：王连举。乡下人并不忌讳外号，人家叫他王连举，他也答应。不过，地富反坏右不能叫他王连举，辈分小的不能叫他王连举。我就不能叫，只能叫他福哥。可我有回叫他福哥，却被他瞪着眼睛骂了："你还晓得叫我福哥？叫王连举啊！"原来，不知哪个告诉福哥，他那个王连举是我叫开头的。

　　通哥有回问我："六坨，王连举……是……是你叫出来的？"

　　我不敢承认，也没有否认，只是望着通哥。通哥说："幸福真像……像死了王连举。要是真的打……打起仗来，他说……不定就……就是叛徒。"

　　人都走完了，通哥自家望着墙报，摇摇头说："写字就是上……上不得墙，放在桌……桌上好看，贴上去就像……像鸡……鸡抓烂的。"

　　我随了通哥去溪边洗毛笔。他把毛笔一支支洗干净，一支支递给我。通哥说："古……时候有个人字写……得好，你晓得人……家费了多……少功夫吗？"

　　通哥这会儿又像老师了，我便紧张起来，摇摇头。

　　通哥说："他家门前有个水……水塘，他每回写……写完字，就在水塘里洗……洗笔洗砚。天……天长日久，水塘里的水都变……变成墨，可以拿去写……写字了。"

通哥说："这就叫……有志者，事……竟成。"

通哥又说："这个古人的名字叫……王……王羲之。"

通哥说着，就拿湿毛笔在干石板上写了个大大的"羲"字，正楷的。"这个字很难……难写，很……很难认，读……西，东西的……西。"通哥严肃地望着我，就像平日在教室里。

我就是那回认识这个字"羲"的，再也没有忘记过。事后我还拿这个字去考同学，没有人认得。倒是有同学说是马列主义的"义"字，繁体的。村里墙壁上、田垅里的土坎上，尽是石灰写的标语，也有些"义"被写字的人故意写成繁体，显得很有学问。

通哥接过毛笔，走在前面。已是黄昏，蛙鸣四起。通哥问："六坨，你晓得孔老二是……是什么人吗？"

我说："你在墙报上都写了。"

通哥说："你是……是说批林批孔啊。林彪肯定是……是坏人，他想谋害……毛……毛主席。但……但是孔老二都死了两……两千多年了，他是我们老……师的祖……宗……"

通哥并没有说孔老二是好人，可他说了"但是"，我就听出些意思来。这时，迎面碰见阳秋萍。她站在路中间，望着通哥。天已擦黑，我看不清楚她的眼神。

通哥还没说完孔老二，喊道："阳……"

没等他喊出人家的名字，阳秋萍返身跑了。我弄不明白，通哥同阳秋萍就像闹了意见。

回到家里，我问妈妈："孔老二是好人吗？"

妈妈吓死了，忙问："你听哪个说的？"

我说："通哥说孔老二是老师的祖宗。"

妈妈说："六坨，这句话你千万不要再说！"

二

通哥要上大学了，我是听别人说的。听说这回上的大学，不是社来社去，回来是要吃国家粮的。有人不信通哥会上大学，说肯定是幸福上大学，人家是大队支书的儿子。俊叔听到了这些闲话，很生气，说：哪个上大学，又不是我舒象俊说了算，大队上头有公社领导，公社上头有县里领导！

晚饭后，我去了通哥办公室。通哥叫我去的。当时我并不晓得他的房子应叫办公室，只叫老师房。每间教室的栋头，都有间老师房，只容放张办公桌，一张小床。学堂有十来间这样的老师房，只有通哥晚上住在那里。学堂就在村后，从前是坟地。建学堂的时候，挖出很多人骨，吓死人了。这里不知埋葬过好多先人，坟重着坟。有回，我们教室的地面突然陷进去一块，有个同学连人带桌椅掉进坟坑里。我们好久都不敢碰那个同学，总觉得他身上有股死尸的气味。

我趁天没黑，飞快跑到通哥那里。通哥正在看书。灯光有些灰暗，通哥眼睛不好，就像拿鼻子在闻。通哥并没有回头，只说："六坨吃……过饭了？"

"吃过了。"我问通哥，"通哥，你真的要上大学吗？"

"你是小……小孩子，问……问这些做什么？"通哥望着我。

我说："应该是你去上大学，福哥字都不认得几个，你还会写毛笔字。"

通哥笑笑，说："上大学又……又不考毛……笔字！"

我问:"那考什么?"

通哥说:"就是几……个干部,一个……一个叫我们进去问……话。"

"问什么?"我很好奇。

通哥说:"问我什么叫儒……法斗争。"

我隐约晓得儒法斗争的意思,却说不清楚,有些紧张地望着通哥,生怕他考我。

通哥说:"儒……法斗争,报纸上天……天讲,魔……芋脑壳都……晓得。"

魔芋是地里长的一种块根植物,大如人头。我们那儿笑话别人蠢,就说他是个魔芋脑壳。我正想象那魔芋的样子,真的很像人头,却见通哥笑了起来。

我以为通哥笑我,忙逞能,说:"通哥,儒家的代表人物是孔子和孟子,法家的代表人物是荀子和韩非子,是吗?"

通哥摸摸我的脑壳,说:"六坨真的很……聪明,比……比幸福强。幸……福二十几岁的人了,闹了个天……大的笑话。"

通哥没有说幸福闹了什么笑话,我也不问。通哥笑得直揪肚子,我猜他笑过之后,会告诉我的。果然,通哥笑过之后,长长地喘了几口气,说:"幸福说,儒……法斗争,就是日……日本和法……国两个帝……国主义之间狗……咬狗的斗争。"

我没想到幸福这么蠢,笑得眼泪都出来了。我们那儿土话,"儒"跟"日"同音,都读成"日"。我脑子里立即想起广播里天天喊的那句话,说林彪是不读书、不看报的大军阀、大党阀。我想不出幸福是什么阀,心想他应该叫作大蠢阀。我只闷在心里想,不敢说出来。通哥尽管还没有去上大学,我却感觉他的学问好像比平日大了许多,不敢在他面前出丑。

"通哥，你看什么书？"

"牛……虻，小……说。"

通哥拿起桌上的书，瞟了眼封面，并没有把书给我看。我听成了"流氓"，觉得很奇怪。通哥大概看出我的心思，说："你还……小，这是长篇……小说，长大了再……看。"

我暗自害羞，心想我永远不会看流氓小说。可是，我看通哥脸上没有半点不好意思，他居然满面微笑，望着我。心想，难道大人就可以看流氓小说了吗？

"六坨，我想同……阳秋萍谈……心，写……了封信。她老娘太……厉害了，我不敢到……她家里去。"通哥脸上突然通红起来。

我忙说："通哥是要我送鸡毛信吧？"

通哥说："六坨就……是聪明。"

我拿了信，走到门口，却不敢出门了。

"怎……么了，能……完成任务吗？"通哥突然像个解放军首长。

我说："外面黑了，我怕。"

通哥说："你真……的怕鬼？世上是没……有鬼的。好……吧，我送……你出校门。"

学堂其实没有校门，大家习惯把操场外面进村的口子叫作校门。我走到村口就不怕了，说："通哥你回去吧，我保证完成任务！"

从通哥像解放军首长那刻起，我就觉得自家像小兵张嘎了。解放军跟八路军我分得并不太清楚。我脑子里响起冲锋号的旋律，都是电影里的。我走到拐弯处，忍不住回头望望。只见通哥站在操场中间，朝我挥手。但他挥手的动作并不像电影里面那样，手举过头顶，慢慢的左右摆动。通哥挥手的动作很快，就像赶蚊子。我明白他赶蚊子的意思，就是叫我快去。

我飞跑起来，惊得村里的狗狂叫。我马上想起妈妈的话，狗叫的时候，千万别跑，不然狗会追着你咬的。我只好慢下来，警觉地看看四周，再从容前行。狗叫声渐渐平息下来。我慢慢走着的时候，感觉自家就像深入敌后的地下工作者，正机警地走在大街上。大街上满是特务、宪兵。

快到阳秋萍家的时候，我步子更慢了。阳秋萍家其实就是我三伯父家，分出两间，供他们家住下。记得有一年，突然有辆卡车拉来些箱子、柜子和桌椅板凳。卡车停在祠堂前面，车上下来一个中年妇女，一个女儿家。那个女儿家脸比所有人都白，嘴巴闭得紧紧的，眼睛不望人。

"长得像一朵花！"有人悄悄儿说。

那朵花就是阳秋萍。很快，附近十几个村子都晓得舒家坳有个阳秋萍，城里下放的。有人背地里不叫她名字，叫她阿庆嫂。舒家坳的毛泽东思想文艺宣传队远近闻名，阳秋萍演阿庆嫂。阳秋萍其实也演过李铁梅，但人们只叫她阿庆嫂。铁梅是腊梅的外号。

阳秋萍家在我三伯父家西头搭了个棚子做厨房。我猫腰进了她家厨房，想先侦察情况。灯光从木板缝透过来，照进厨房里。我趴在木板缝处往里看，见阳秋萍正对着镜子，往脸上涂雪花膏。她左右看着自家的脸，又咧开嘴看自家的牙。正在这时，听得她妈妈的声音："一天到晚只晓得照镜子！"

阳秋萍忙收起镜子，低头坐着。她妈妈我叫向姨，听说原是在城里当老师的。向姨说："幸福有什么不好？人家马上就是大学生了。"

阳秋萍说："他上大学又怎么了？箩筐大的字，认不得几担！像个王连举！"

"王连举怎么了？人家长在乡下，梳个西式头，就说人家像叛徒。

明天他上大学了，那样子就是知识分子！”向姨说话间，手在女儿头上不停地戳着。

阳秋萍说：“你真以为他会变成知识分子？亏你自家还是知识分子！”

“死鬼婆，你是越来越胆大了！”向姨说，“俊叔要是不照顾我们，我们永远回不了城！”

“回不了就回不了！住在乡下，我还少几个人欺负！”阳秋萍说着，屁股一蹦，转过身去。我只能看见她的背了，弯着，像半边月亮。

向姨大声说道：“我已答应俊叔了！”

“你答应俊叔了你就自家……”

我没来得及听清阳秋萍说什么，只听得啪的一声脆响。阳秋萍挨打了。我吓着了，不小心碰着什么，哐的一声响。

“哪个？”向姨厉声喊道。

我忙学着猫叫：“喵……喵……”

我学猫叫几可乱真。

向姨骂道：“回不了城，你就天天同猫呀、老鼠滚在一起吧！”

听得门哐的一声，向姨出去了。阳秋萍趴在桌子上，肩膀耸动着。这时，我才想起如何完成任务。向姨那么凶，我也不敢进她家去。

我继续学猫叫：“喵……喵……”

阳秋萍仍趴在桌上哭泣。

“喵……喵……”我边学猫叫，边学猫抓着壁板。

阳秋萍终于回头望望，很怕的样子。后来我晓得她真的很怕猫。我把通哥的信悄悄地从木板缝里塞进去。阳秋萍先是吓了一跳，忙望望四周，悄悄儿走上前来，抽走了信。大功告成，我躬着腰摸出她家厨房，飞跑。

三

老师不要下地出工。也有老师星期天出工的，会得到俊叔的表扬。通哥教书之外从不出工，除非大队安排他写毛笔字。通哥星期天会躲在老师房看书，从早看到晚，中饭都不吃。

这是暑假，老师房热得要命，通哥跑到村头的大樟树下看书。我打猪草回来，路过樟树下，通哥喊我："六……坨，来！"

我背着猪草走到他面前，晓得他又会问鸡毛信的事。鸡毛信送出去十多天了，可通哥还老是问我。

"六……坨，信真……是阳……秋萍拿……走的吗？怕……不是她老……娘吧？"

我说："真是阳秋萍拿走的。要是向姨拿走了，不找你来了？"

通哥脸刷地红了，说："她找……我做什么？我是找……阳秋萍谈……心。"

我说："谈心你怕什么？"

通哥笑了起来："六坨可……能知……事了。"

我顿时脸上发烧。我们乡下说哪个伢儿知事了，就是懂得男女了。我当时才八岁多，这话听来很丑。

"把猪……草放下，坐……会儿。"通哥说着，他手里拿的仍是那本我听成"流氓"的小说。

我放下背猪草的竹篓，坐了下来。树下清凉，头顶早禾郎吱吱长鸣。早禾郎就是城里人说的蝉。

通哥说："六坨，你知……道什……么是恋……爱吗？"

我不晓得什么是恋爱，懵懂地摇摇头。通哥笑笑，莫名其妙地说："不……晓得，不晓得就……好。"他再往下说的话，我一句也听不懂了。他抬头望着空中的白云，一会儿说天上的太阳、月亮、星星，一会儿说大海和大海里的石头。我从未见过大海，任他怎么讲都不明白。

"长……大了，你就会……晓得的。"通哥突然摸了摸我的脑壳。

这时，队上收工了，社员们扛着锄头进村子。通哥收起书本，往村头张望。有人从樟树下走过，说："舒通，你会享福啊！跑到樟树下面坐着！"

通哥嘿嘿笑着，眼睛却朝村口的溪边望去。社员们出工回来，都会在那里洗洗脚。"城……里人，就……是讲究些。"我听通哥这么一说，晓得他说的是阳秋萍。原来大家洗完脚，裤腿依旧高高卷着。只有阳秋萍把裤腿放下来，左右看看身上是否还沾着泥。

阳秋萍原本低头走路，她突然看见了通哥，马上闪进旁边岔路去了。阳秋萍闪进岔路的那一瞬，斗笠下面那张雪白的脸，唰地红了。岔路并没有马上拐弯，可以看见她飞快地走着碎步，腰肢一扭一扭的，很好看。阳秋萍消失在拐弯处的时候，我听得通哥叹息了一声。

"通哥，阳秋萍不愿意和你谈心？"我问。

通哥低声骂道："莫……乱讲！"

我不敢乱讲了，同通哥招呼一声，准备回家去。我刚背上猪草篓子，通哥说："六……坨，吃过晚……饭跟我到河……里洗澡去！"

我们那儿，游泳就叫洗澡。那条河叫溆水，汇入洞庭湖，再到长江。长江的水是要去东海的，从小我听老人讲东海龙王的故事，就感觉自家像溆水里的一条鱼，紧贴着河底往下游，游往东海去。河离家三华里左右，得走过一片田野和沙滩。没有大人陪伴，我们小伢儿是不准去河里洗澡的。其实我们平时也偷偷儿去，只是不敢让大人晓得。热天在外混了半日回来，爸爸或者妈妈会用指甲在我手臂上划一下，如果留下白色的痕迹，就会挨打。无可抵赖，肯定是下河洗澡了。今日妈妈听说我跟通哥去洗澡，就答应了。通哥是大人，又是我的老师。

那天晚饭吃得早，我同通哥穿过甘蔗林和橘园，爬上河堤，只见河面闪着金光。落日正衔在我们身后的山口上。

"通哥，风篷，风篷！"我指着河的上游。

通哥问："六坨，你知……道风篷在书……上是怎么说……的吗？"

我摇摇头："不晓得。"

通哥说："叫帆，这么……写的。"

通哥说着，就拿脚尖在地上写了个大大的"帆"字。

"为什么船上要扯帆？"我问。

通哥说："借助……风力，船就不……用撑竹篙，自家会……走。你……看看，船越来越……近了。"

船近了，可以看见船尾冒着炊烟。一个女人从河里舀了一瓢水，倒进锅里，顿时热气腾腾。女人后面有个光着上身的男人，端着碗喝酒。

"通哥，他们在河里做饭吃，几有意思啊！"我很是羡慕。

通哥说："是有……意思。我哪天也过……过这种日子。"

下了河堤，踩过松软的沙滩，再走过一片鹅卵石，就可下河了。河水先是浅浅的，越到中间越深。通哥说："六坨，我到中……间去了，你只能在浅……水里玩，千……万莫到深水去。"

我说："我会游泳了。"

通哥说："会游也……不行。我不晓……得你是在塘里游？那是死……水，这是活……水，水急，还怕有流……沙。"

通哥独自到深水里去了，我只好在齐腰深的水里扑腾。扯着白帆的船渐渐远去。

我多次试图往深水里泅，都被通哥严厉地喝住了。

"六坨，你不……听话，我下……次就不带你来……洗澡了。"

我生怕通哥不带我下河洗澡，只好回到浅水里。我不停地潜水，每次都憋得脑壳发涨，才猛地跳出水面。

我再次从水里跳出来，猛然间发现天已漆黑了。我朝深水里望去，不见通哥的影子。

"通哥，通哥！"我大声叫喊。

不见通哥回答。

"通哥，通哥！"仍不见通哥答应。

我害怕起来，全身发麻。我怕通哥淹死了。想起平时听过的很多流沙和落水鬼的故事，我忙往岸上跑。鹅卵石顶得我的脚板心生生地痛。

"通……哥……"我边喊边逃，忍不住哭了起来。

这时，突然听见对岸有人大喊："捉贼啊！捉贼啊！"

我猛地一惊，反而不怕了。我朝对河望去，只见浓黑一片。我晓得那浓黑处是甘蔗地，属于对河李家村。

"捉贼啊，捉贼啊！"叫喊声没有歇下来。

星空之下，河水泛着点点白光。河中央的白光激荡着，发出响声。一定是那贼逃过河来了。贼我也是害怕的，转身继续往岸上跑。

"六坨！六……坨！"我突然听见通哥叫我。

我回头一看，见通哥手里举着东西，在水里朝我招摇。我不敢相信，惊疑地望了会儿，才回到河里去。

原来通哥跑到对岸偷甘蔗去了。这时，对岸捉贼的人也不叫喊了。

"通哥，吓死我了！"

通哥递给我一根甘蔗，说："怕什……么？他……们抓……不住我的!"

"我怕你淹死了……"

"真……是小伢儿,通……哥那么容……易淹死?"通哥笑笑,"吃……甘蔗要从尖尖吃起,越……吃越甜。"

通哥是我的老师,竟然当着我的面偷甘蔗,真是好玩。李家村的甘蔗好吃,我顾不上说话。通哥却不停地说话:

"我偷李家村的甘蔗,没有偷自家队上的。"

"口……渴了,吃根甘……蔗,不算偷。读书人偷书也……不算偷。"

"他喊捉……贼,怎么捉得到……我呢?我光……着身子,他抓了我一下,一……滑,我就下……河了。他穿着衣……服,还是个老……头子。"

通哥边吃甘蔗边说话,突然问我:"六坨,你不会到学……校去说吧?"

我说:"不说。"

通哥又问:"我要你给阳秋萍送……信,你也没有告诉别……人吧?"

我说:"没有。"

通哥说:"那好,你当……得地……下党员。"

通哥这么一说,我立即觉得庄严起来,似乎他刚才是缴获敌人武器去了,而不是偷甘蔗。我把吃剩的甘蔗比画成枪,朝空中啪啪地扫射。甘蔗兜子弯弯的,正像手枪把儿。通哥笑笑,说:"你拿的是左……轮手枪。"

听说是左轮手枪,剩下的这节甘蔗我舍不得吃了。往回走的时候,我边听通哥说话,边拿左轮手枪往四周瞄着,就像夜间警戒。

通哥说："河里的水越……来越浅了。我小时候，水比现……在深半个人。古时候，这里的水只……怕还深些。"

"什么是古时候？"

通哥说："古时候？就是很久……很久以前。很久很久以前，有个……诗人，叫屈原，他被国王赶……出来，就坐船到……了这里。他在诗里还写……到我们溆浦……"

通哥念了两句诗，我听不明白。直到上了大学，我才晓得那是屈原《涉江》里的两句：入溆浦余僔徊兮，迷不知吾所如。

通哥念这两句诗的时候，正好站在河堤上。河风吹起他的头发，样子很水。当时讲的水，相当于现在讲的酷。

通哥站着望了会儿河面，突然说："六坨，你把左……轮手枪吃了，不然碰……着大队禁长，以为你偷……队里甘蔗吃。"

通哥等我吃完左轮手枪，才领着我继续往回走。走在甘蔗林的小路上，我想起电影里的青纱帐，胸中又涌起了战斗激情。我同通哥就像两位八路军战士，在青纱帐里穿梭，寻找战机打日本。通哥没有说话，我也不作声，就更像执行任务了。

我俩默默走了好一会儿，突然听到有女人骂道："你流氓！"

通哥马上拉住我，停了下来。

"你妈妈答应的！"我听出是福哥在说话。

"我妈妈答应，我又没答应！"原来是阳秋萍。

福哥语气很恶："你不答应，约我出来做什么？"

阳秋萍："我想同你说清楚，让你死心！"

福哥大声说："我今日就是要搞你！"

"流氓，流氓，我告你强奸！"阳秋萍厉声叫喊。

"你喊，你喊破喉咙都没人听见！"

通哥突然甩开我，飞跑过去，大喊："王连举……你不……是人！"

我也跟着跑了过去，那里已是橘林了。橘林里很黑，两人黑影呆立在那里。福哥说："栾平，管你卵事！"

我头回听说通哥的外号叫栾平，那是革命现代京剧《智取威虎山》里的土匪，一个说话结巴的联络官。

通哥说："管我卵……事？你这是犯……罪，告了你，你就要坐……牢！"

福哥说："你想吓我？我要让你成为反革命！我要让你坐牢！"

通哥说："我是人……民教师！"

"人民教师？你说孔老二是好人，你说孔老二是人民教师的祖师爷，你还看流氓小说！公社早就对你有看法，你好逸恶劳，从来不在生产队出工。"福哥说。

"你造……谣！你……你……你……"通哥气得更加结巴。

阳秋萍跑过来说："通哥，我们回去！他敢乱说，我就告他！"

通哥走在前面，阳秋萍走中间，我走在最后。路上谁也没有说话。月光很亮，阳秋萍衣上的碎花点我都看得清清楚楚。我想起那天她收工回来，见通哥坐在樟树下，她突然闪进岔路里，那腰肢一扭一扭的，很好看。

四

吃过晚饭，爸爸妈妈在场院里歇凉。饭吃得很晚，月亮已在屋顶上了。姐姐和哥哥在屋里没出来，奶奶早睡觉了。我想跑出去玩，不敢马上就走。爸爸躺在竹靠椅上，摇着大大的蒲扇。妈妈坐在矮凳上，也摇着蒲扇。妈妈把我拉近些，就便给我赶蚊子。我却想找机会溜出去。爸爸同妈妈很少说话的，除非有事要说。我和爸爸妈妈就在月光下静静地坐着，萤火虫在夜色里低低地飞舞。

爸爸突然说："舒通可能出事了。"

妈妈忙问："出什么事？"

爸爸说："公社来人把他带走了。"

"舒通就是有些懒，人很老实，他会出什么事？"妈妈问。

我说："今日通哥还上我们的课哩！"

爸爸严厉地说："大人的事，你不要乱讲！"

我就不敢乱讲了，傻傻地坐着。没多时，爸爸开始打鼾，妈妈手里的蒲扇也慢慢停止了摇摆。趁爸爸妈妈都瞌睡了，我溜了。

我跑出没多远，听妈妈在后面喊道："眼睛管事些，别踩着长的！"

原来妈妈醒了。长的，指的是蛇。家乡的人对蛇有着莫名的敬畏，不敢随便直呼其名。老辈人讲，祖先总是化作蛇回家来看望后人，屋前屋后看见蛇是不能打的。我夜间走路，突然想起蛇跟祖先的传说，背脊骨立即凉飕飕的，脚下似乎扫过一阵冷风。

我循着小伢儿的喧闹声走，晓得他们在那里玩打仗。还没吃晚饭的时候，三猴子就跑到我家门口，偷偷儿朝我招手。我跑去一问，他说晚上打仗，司令叫他来邀我。司令就是喜坨，福哥的弟弟。我俩说得很轻，妈妈却听见了，喊道："不准去！"

猴子吓得一溜烟跑了。猴子跑到屋角，快转弯了，朝我大喊："怕死不当共产党！"我觉得很没面子，自家成了怕死鬼。上回打仗，我头被瓦片砸了，流了很多血。我没有哭，坚持战斗到最后。回家妈妈一边给我上草药，一边骂着说再也不准我出去玩打仗，我竟哭了。

我听出战斗声在队上仓库那边，就朝那边飞跑。我跑着跑着，就感觉自家像离开战场多日的战士，马上就要回到战友们身边了。我会跑到喜坨面前，立正向他报到："报告首长，我回来了！"

突然，我被人从后面扑倒，膝盖摔得青痛。

"抓了个俘虏！"我听出是猴子的声音。

我大喊："猴子，我是去向司令报到的！"

猴子说："司令正等着你哪！"

猴子推着我走，真像他抓着了俘虏。

我说："猴子，你诬蔑自家的战友！"

猴子冷冷一笑："你是敌人派来的间谍！"

我说："你才是间谍哩！"

仓库后面就是草树塬。草树是我家乡的风物，通常是选高爽之地，立起高高的树桩，把干稻草往上码起来，像个竖起来的巨大纺锤。埋草树的地方，就是草树塬。现在快到早稻收割季节，干草没剩下多少，十几根杉树桩高高地耸立着。

司令站在一棵草树下面，双手叉腰，威严地望着我。

"报告司令，猴子诬蔑我，说我是间谍！"我大喊着。

司令不说话，目光严厉地逼视着我。猴子望望司令的表情，立即叫道："把间谍绑起来！"

几个战士拥上来，真把我绑起来了。原来他们早搓好了稻草绳子。我的手被粗糙的稻草绳绑得刺痛，骂了起来："喜坨，我不玩了！"

"革命不是请客吃饭，玩不玩不由你！"司令喜坨背对着我。

我被绑在扯完稻草的草树桩上，敌人的子弹在我耳边嗖嗖作响。想起上回被瓦片砸破头的事，我有些害怕。这时，阵前杀声震天。瓦片好几次落在我身边，可我没法躲藏。

喜坨掩护在前面的草树边，审问我："栾平都同你说了些什么？"

我说："我们在玩打日本鬼子，怎么会有栾平？又不是剿匪！喜坨你这个都不晓得！"

"我是司令！不准喊我喜坨！"喜坨说，"我是问你，舒通都同你说了什么反动话？"

我很恼火："喜坨，你说栾平……通哥，那是真事，我们这是在玩，假的！"

"报告，敌人冲上来了！"一位战士跑到喜坨面前敬礼，立正。

司令大手一挥："同志们，我们弹尽粮绝，冲上去，打肉搏战！"

战友们喊道"冲啊"，奔向仓库前面的晒谷场。敌我双方叫骂、拉扯、推搡、摔跤。有人哭喊，那是真的哭喊。晒谷场硬得像石板，摔上去痛得要命。玩是玩假的，痛却是真的。

喜坨仍躲在草树后面，密切注视着战况。猴子跑了过来："报告司令，敌人不肯假装打败仗，把我们八路军战士摔伤了。四毛头上摔了好大一个包，他在哭！"

喜坨说："摔个包还哭，算什么八路军战士！下回叫他做日本鬼子！警卫员！"

猴子马上跑到他前面立正："到！"

喜坨说："你去把麻雀叫来！"

麻雀今夜又是扮作山田。只要玩打仗，喜坨总是八路军司令，麻雀总是日本鬼子的小队长山田。不一会儿，麻雀来了，话也不说，很不服气的样子。

喜坨说："说好了的，打肉搏战，日本鬼子都要倒下装死！"

麻雀说："回回我都是日本鬼子，我不玩了！"

喜坨说："不玩了就不玩了！猴子，我们回去！"

麻雀朝晒谷场大喊："战斗结束了！"

没人理他，八路军同日本鬼子还在肉搏。麻雀又喊道："不玩了，喜坨讲不玩了！"

晒谷场慢慢安静了，八路军同日本鬼子混在一起，聚到草树塬来。八路军指责日本鬼子说话不算话，讲好要倒下去的，不肯倒下去，还同八路军硬拼，还把四毛头上摔了个包！

我喊道："喜坨，快把我放了！"

八路军同日本鬼子见我仍被绑在树上，哈哈大笑。笑声仿佛让他们回到现实，便开始恶作剧。有人从后面封住我的眼睛，有人朝我哈痒痒，有人拿稻草探我的耳朵。我大骂起来，骂的尽是粗话，对他们祖宗三代女人不客气。我的眼睛仍被人封着，看不清整我的人，我就骂喜坨家的三代女人。封我眼睛的手终于松开了，也没有人哈我痒痒了。我的眼睛刚被开得金花四溅，这会儿仍黑云密布，看不清任何东西。我脸上被人打了一拳，我猜肯定是喜坨。我慢慢看清眼前的人了，果然是喜坨。

"你这个间谍，敢骂我娘？"喜坨歪着头，凶狠地望着我。

我说："就骂你娘！你家王连举耍流氓！"

喜坨说："你乱说，我告诉我爸爸！要你像栾平一样，抓到公社去！"

"哪个打的？哪个打的？"突然见四毛妈妈拖儿子来了，"喜坨，你少家教的！"

司令喜坨嘴里很硬，骂着脏话，却闪身跑了。八路军同日本鬼子立即溃逃，只剩我还被绑着。四毛妈妈骂骂咧咧给我松绑："六坨，你同四毛都是猪，只有让人家欺负的份！"

五

我放学回家，妈妈朝我招手："六坨，你过来。"

妈妈语气平淡，脸色却不好。妈妈这种脸色我很熟悉，胸口就怦怦跳，低头走了过去。妈妈突然抓住我，狠狠地打我屁股。妈妈打得气喘，才停了手。我没有哭，妈妈更加气愤，又重重打了几板。

打过之后，妈妈把我往后一推，盯着我："和你讲过的，大人的事，你不要乱讲，就是不听！"

我根本不晓得自家乱讲什么了，不过也没多大委屈。妈妈打儿子，天经地义。

"人家杀人放火都不关你的事，你好大的人？关你什么事？"

"栾平还在公社关着，你也想进去？"

"阳秋萍自家都不讲，你讲什么？哪个相信小伢儿的话？"

妈妈不停地嚷，嚷了老半天，慢慢我才听明白。

"王连举强奸阿庆嫂，我和通哥看见的！"我大声喊道。

妈妈慌忙望望门外，扑向我，捂着我的嘴巴，狠狠打我。我被打得两眼发黑，妈妈才放手。我不敢再嘴硬，呜呜地哭。

"你说护着通哥，你是在害通哥！"

"公社定他的罪，我都听你说过。"

"我听你说过，你说通哥说，孔老二是个好人。"

"你说通哥看流氓书籍。"

"你说通哥同阳秋萍乱搞男女关系。"

"我交代过你，不要乱说大人的事。"

"我交代过你，一传十，十传百，好话都会变坏话。"

"我交代过你，你就是不听！"

……

听妈妈不停地嚷着骂着，我真感觉到自家害了通哥。妈妈说的通哥这些事，有些是我自家晓得了同妈妈说的，有些是我听别人说了告诉妈妈的。

我挨打的第二天，碰到腊梅。腊梅笑眯眯的，叫我过去。我就过去了，抬头望着她。腊梅脸格外地红，她鼻孔里呼出的气格外热。她摸摸我的脑壳，问："六坨，你真的看见了？"

"看见什么了？"我问她。

腊梅又问："福哥同阳秋萍，你看见了？"

我听不懂腊梅的话，摇摇头。

腊梅急了，说："你看见福哥强奸阳秋萍了？"

我记住了妈妈的话，忙说："我没有看见，没看见！"

腊梅说："就是嘛！福哥怎么会是这样的人？人家是大学生了。说通哥还差不多。"

我说："通哥也没有！"

腊梅笑笑，说："你晓得什么？人家就是当着你的面，你也不晓得是做什么！"

我听得糊里糊涂。腊梅不再问我什么，只是望着我笑。我就走了。路过阳秋萍家门口，见福哥在她家外的柿子树下，低着头来回走着。乡下像这么来回走动的人见不着，我就多看了几眼。福哥猛一抬头，看见我了。福哥凶狠地瞪我一眼，咬了咬牙齿。我忙掉头跑了。我跑到家里，还在想福哥来回走动的样子，真像电影《大浪淘沙》里的那几个革命青年。可是福哥有些坏，我不愿意把他想成好人，就觉得他像里面的叛徒余宏奎。再想想，还真有些像，长长的头发。王连举也好，余宏奎也好，都不会有好下场。

没过几天，通哥回到了村里。不像发生了什么大事，还有人同他开玩笑，说："栾平你招了没有？"

通哥说："我又……没犯法，招……招什么？"

"没犯法，公社请你去做客？"

通哥说："哪个……讲孔子是好……人？我讲……的？证……明人在哪……里？"

围着许多人，像看新媳妇。"是啊，哪个敢讲孔老二是好人？吃了豹子胆！"有人说。

"说我看流氓书，屁……话！我看的小……说，叫……《牛虻》！"通哥说着，无意间瞟了我一眼。我脸上火辣辣的。

有人说："我们只晓得流氓，没听说过牛氓。"

通哥笑笑，说："什么牛……氓？牛虻！你们天天看见……牛氓，还不晓得什……么是牛虻！"

"我们天天看见牛虻？在哪里？"

通哥说："就是叮在牛背上吸血的麻蚊子！"

看热闹的人更加热闹了。"麻蚊子就麻蚊子嘛！麻蚊子有什么好看的？你不说看牛虻，只说看麻蚊子，公社哪会捉你去？"

通哥立即瞪圆了眼睛，说："话要说……清楚啊！我不是公社捉……去的啊，我是公社打电话喊……我去的啊！电话打到俊叔……屋里，俊叔可以……做证。"

说到俊叔，就没人答话了。俊叔是支书，大队电话装在他家里。我经常去俊叔家里玩，喜坨是我们的司令。我很少听见电话响过，也很少看见哪个打过电话。只有一回，三麻雀妈妈哭哭啼啼跑来，说快打个电话，要救护车，三麻雀得急症了。俊叔忙丢了烟屁股，使劲地摇电话把手，摇上几圈，就拿起听筒，喂喂地叫唤："喂，喂，总机吗？"然后再摇，再喂喂叫喊。如此再三，才听得俊叔开始说话："总机吗？请接公社卫生院！"

电话响起来，总不会是太好的事。要么就是公社开紧急会议，无非是中央又出问题了；要么就是哪个在外面的人得了急病，遇了车祸之类。乡下人没有天灾人祸，绝不会打电话的。

电话在乡里人脑子里是这么个玩意儿，通哥说自家是公社打电话找去的，也不见得就好到哪里去。有人就开玩笑："公社伙食好吗？是钵子饭吗？"

这话又把通哥惹火了。我们乡下，吃钵子饭，就是坐班房的意思。通哥脸红脖子粗："哪个乱讲，我要骂娘了！"

六

通哥并没有坐班房，福哥也没有上大学。听大人们说，通哥坏了福哥的事，福哥也坏了通哥的事。通哥肚子里书多，福哥家庭背景好。本来他们俩总有一个会上大学的，现在哪个也上不了。

不见通哥有什么不高兴，福哥也没有脾气。夜里宣传队在祠堂排节目，通哥和福哥都会去。通哥是宣传队的，福哥是看热闹的。福哥的口哨一年四季吹着革命现代京剧，宣传队却不要他。腊梅也夜夜去大队部看热闹，她喜欢唱"我家的表叔数不清"，宣传队里也没有她。

宣传队里，通哥是领头的，阳秋萍是主角。放暑假了，通哥白天打禾栽秧，晚上排节目。

祠堂里有个戏台，平日开会就是主席台，闲着不用就是我们小伢儿玩的地方。戏台两边各有一根大木柱，我们男伢儿显本事，总喜欢顺着柱子爬上爬下。经常有小伢儿从戏台上摔下来，直挺挺地躺在天井里。天井地面是青石板，人摔在上面头破血流。大人总是过了很久才晓得出事了，脸色铁青地跑进祠堂，哭喊着把小伢儿抱了回去。我们就不玩了，各自跑回家去。可是过不了几天，这个小伢儿又跑到戏台上打打闹闹来了。从来没有听说哪个摔死过，真是奇怪。老人家就说，祠堂本来供着祖宗牌位的，破四旧的时候被砸掉了。老祖宗不计较，照样保佑着子孙们。

公社李书记就在我们大队蹲点，住在腊梅家里。腊梅家是大队最穷的，她爸爸是个瘫子。上头下来的蹲点干部，专选家里穷的住，同贫苦农民打成一片。腊梅的妈妈做得一手好菜，村里哪个屋里有红白喜事，都是她去掌勺。

有天夜里，公社李书记来到祠堂，召集宣传队的人说话："你们村的毛泽东思想文艺宣传队，在全公社是有名的。你们要百尺竿头更进一步，不满足于只演革命现代京剧，要争取自编自演一些群众喜闻乐见的节目。"

阳秋萍说："舒通会编，就让他编。"

通哥说："试试，我……试试……"

李书记说："舒通，任务就交给你，公社就看你的表现了。"

通哥说："我争……取把任务完成好。李书记，我有个……请求。宣传队排节目不……比出工轻松，能不能宣传队的人白天只……出上午工，下午休……息，晚上排……节目？不然，人受……不了。"

李书记问俊叔："我看可以，支书同意吗？"

俊叔说："李书记同意了，我没意见。"

宣传队员们高兴极了，都笑眯眯地望着通哥。俊叔仍有些可惜，喃喃道："都是些青壮劳力啊！"

李书记说："毛泽东思想宣传很重要，革命生产两不误！群众的精神被调动起来，就会转变成巨大的物质力量！"

俊叔说："我没意见，只是说说，说说。"

腊梅悄悄儿对福哥说："什么了不起的！戏子！"

福哥点点头，偷偷儿拉了拉腊梅，两人出了祠堂。大家都在说排节目的事，没人在意福哥同腊梅。我见福哥想拉腊梅的手，腊梅把手甩开，往前跑了几步。福哥学郭建光出场，比画了几个动作，就追上腊梅了。我看得出，福哥和腊梅其实都很想演戏的。

李书记同俊叔走后，宣传队又开始排节目。通哥自家上不了场的，坐在那里看别人排节目。演出的时候，若是革命样板戏，通哥就蹲在戏台角上提词。宣传队的人都笑话他，说他只演得了栾平。可是没有他这个栾平，什么节目都演不成。我后来晓得，通哥这个角色，其实就是导演、编剧和总监，反正是灵魂人物。

阳秋萍自己跳着，不时停下来教别人。同样一个动作，别人摆出来，就是不如她好看。我想来想去，就因为阳秋萍的腰比她们好看。我这么想着的时候，眼前浮现出的景象，又是那次在樟树底下，她突然闪进岔路里，腰肢一扭一扭地远去。

我正看得入迷，头被哪个拍了一下。一看，正是通哥。通哥轻声问我："你看见……福哥同腊梅出……去了吗？"

"看见了。福哥还学着郭建光。"我说。

"我也……看见了。"通哥说着，嘿嘿地笑。

我问："通哥你笑什么？"

通哥说："没笑什么……说了……你也不懂……"

我觉得通哥这种笑脸同腊梅那天的笑脸有些像，她也说我不懂。这时，看热闹的小伢儿追打起来，嘻嘻哈哈。通哥站起来，大吼："你们……出去！搞得不……成名堂！"

通哥毕竟是老师，小伢儿都是他的学生，怕他，都出去了。通哥回头望望我，说："六坨你……也出去！今后排……节目，不准你们小……伢儿进……来！"

小伢儿是闲不住的，我们出来玩"藏喏聑"，就是城里人讲的捉迷藏。划了几轮拳，正好是我倒霉：他们藏，我捉。我面朝墙壁站好，隔会儿喊声"成了吗？"，直到有人高声回答"成了"，我就开始捉人。

今晚的月亮很圆，地上明晃晃的。屋子、树木和远处的山峦都显出黑黑的轮廓，贴在青色的天光里。每个黑暗的角落似乎都藏着我要捉的人。可我四处寻找，都扑了空。我高声喊道："打个喏聑！"

藏着的人要打"喏聑"，这是规矩。没听见"喏聑"，我又喊道："不打喏聑我就不玩了！"

"喏聑！"立即有人回道。

"喏聑"声短促而隐秘，此起彼伏，好像每个地方都藏着人。我只需捉住一个人，他就得顶替我，我就可以躲在一处打"喏聑"去了。

我仿佛听见樟树洞里有人打"喏聑"，麻着胆子朝那里走去。那是棵千年古樟，十几个人手牵手才能围住。树根下面有个高大的空洞，可容二十几人。这樟树是成了精的，哪个孩子生了病，大人都会跑到这里烧香。据说很灵验。我小时候，凡是大人们认为神圣的地方，都十分害怕，比如寺庙、土地庙和这个樟树洞。我就连自家屋里的中堂都害怕，晚上根本不敢进去，因为那里有神龛，家里老了人那里就是灵堂。

我离樟树洞越来越近，胸口跳得越是厉害。我给自家壮胆，有人敢藏到里面去，我就敢爬进去捉他！

临近樟树洞，有股古怪的气味随风而来，我几乎想吐。我不喜欢这种气味，那其实就是寺庙里常有的气味。那会儿虽说破四旧，可村后山上早没了和尚的破庙里，常有人偷偷儿烧香。我不爱去破庙里玩，就因为闻不惯那里的气味。

我听得樟树洞里有人说话，说明里面藏着至少两个人。我高兴坏了，放慢了脚步。樟树洞很多出口，我怕他们逃走，就学解放军匍匐前进，然后一跃而起，扑了进去。

我扑住人了。可是，我刚扑着热乎乎的身体，猛地被人踢了出来，听得一声怒喝：出去！

我顾不得屁股痛，连滚带爬跑掉了。我慌乱中还是看清楚了，藏在樟树洞里的不是小伢儿，而是大人，福哥和腊梅。他俩搂在一起，腊梅把脸藏在福哥背后。

我有了上回的教训，决定闭口不提自家见到的事。回到家里，妈妈见我满身泥土，裤子屁股破了个洞，问是怎么回事。我说不小心摔的。妈妈骂我没长眼睛，撕扯着脱下我的裤子。我被弄痛了，哎呀叫唤。妈妈本来不在意，听我喊痛，扯我到灯光下细看，见好几处青紫，就厉声问道："身上怎么弄的？哪个打的？"

我说："没有哪个打。"

"你是猪？挨了打回来还不敢说？"

"被福哥踢了一脚……"妈妈逼问之下，我不得不说了。

"他为什么踢你？啊？"妈妈问。

"我们藏喳咟，我又不晓得他躲在樟树洞里，我摸了进去，他就踢我一脚。"

妈妈可气坏了，立即背诵毛主席语录："人不犯我，我不犯人；人若犯我，我必犯人！"

我光着身子，让妈妈拉着，飞快地跑。妈妈是快步走，我就是跑了。妈妈骂着嚷着，碰上别人问，就停下来，说："你看看你看看，王连举那么大的人了，把我六坨打成这样！他是二十多岁，又不是二十多斤！"月光虽然很好，但还是看不清我身上的伤。别人就说几句王连举要不得，摇头走了。

俊叔家黑着灯，妈妈把他家门擂得嗵嗵响。听得俊叔在里面高声问道："哪个？三更半夜的？"

门开了，俊叔披衣出来："啊，嫂子，你……"

妈妈把我往他面前一推，说："你看看我六坨身上！"

俊叔反手拉亮了灯，把我拖进屋里，说："啊？我喜坨今夜没出去呀？"

妈妈说："不是喜坨，是你家王连举！"

"福坨？他都是做得爹的人了！"俊叔回头喊道，"福坨！幸福！福坨！幸福！幸福！"

俊叔母出来，说："幸福做什么了？幸福还没回来哩！"

妈妈说："你看看六坨身上，青一块紫一块，幸福踢的！"

俊叔母说："小伢儿讲话要信半不信半，你讲是喜坨我还相信，你讲是幸福，我不信。幸福都做得爹了……"

妈妈更加气愤："要不你把幸福找回来对场！说是喜坨我没意见，小伢儿不懂事。我气就气在幸福，他好大？六坨好大？"

俊叔低头问我："六坨，你讲真话。"

我说："我讲的是真话！我听见樟树洞里好像有人打喏耵，我跑进去捉人，我不晓得福哥同腊梅躲在里面。"

"啊？"三个大人都大吃一惊，一时说不出话。妈妈本来还站在门外，马上进了屋。俊叔母忙关了门，望着我说："六坨，你不要乱讲。"

"我没有乱讲，他俩就是躲在樟树洞里，抱在一起！"我的声音很大。

"你不准说话了，听我们大人说！"妈妈猛地拉我过去，抱着我，抬头同俊叔和俊叔母说，"六坨是不会乱讲的。他在家里只说被幸福踢了，我听着好气，就拖他来了。你想幸福好大？六坨好大？早晓得是这样，我就不带他来了。"

俊叔仍不相信，问我："六坨，真的吗？"

我说："真的！"

俊叔一拳砸在桌上，骂道："报应！出报应了！"

报应，就是别的地方讲的孽障。福哥同腊梅都姓舒，按族规是不能在一起的。他们居然不规矩，就是报应。当时我并不晓得问题有多严重，只觉得自家看见了不该看见的事。

妈妈他们三个大人把我放在一边，去了里面。好一阵，他们才出来。妈妈不再说话，拖着我回去。俊叔母轻声对妈妈说："嫂子，你就不要生气了。这个报应！这里有点风药，拿去和酒磨，给六坨揉揉。"

"风药我屋里有，屋里有。"妈妈拖着我回来了。

爸爸找了个土钵碗，往里面倒了些酒，取来风药慢慢地磨。那药是种淡黄色的根块，治跌打损伤的，被乡里人笼统地叫作风药。

爸爸边磨药边问我："他俩穿了衣服没有？"

我说："好像穿了，好像没穿，没看清楚。"

妈妈问："他俩是坐着呢？还是怎样？"

我说："坐着，好像福哥坐在腊梅身上，腊梅藏在福哥背后面，我认得她的裤子，就是腊梅。我看见他俩从祠堂出去的。"

爸爸望望妈妈，妈妈摇摇头。爸爸妈妈就不问我了。我当时并不晓得爸爸妈妈为什么问得这么细，硬要问福哥同腊梅穿了衣服没有。过了些年我才晓得，我们乡下人以为撞见了男女之事会倒霉的，须得当着他们的面脱脱裤子才能消灾。乡下人把男女之事讲得隐晦，叫蛇相缚。

"不准出去讲啊！"妈妈冷着脸。

"我不讲。"

"听到你在外头讲，打死你！"妈妈又说。

"我不讲。"我低着头，就像做错了事。

药磨好了，爸爸替我搽药，说："六坨，以后要是看见男人和女人……没穿衣服……你就脱一下裤子，反身就跑，不要回头。"

"我为什么要脱裤子？"我听得懵里懵懂。

妈妈说："听大人的，叫你脱，你就脱。俗话说，蛇相缚，快解裤！"

七

下午，祠堂里只有通哥和阳秋萍两个人排节目。其实他们是在编节目，我当时并不晓得这同排节目有什么不同。通哥哼着曲子，阳秋萍跳舞。阳秋萍跳着跳着，就笑了起来，笑得弯腰捶背的，说："通哥，你还是拉二胡吧，你五音不全，你哼曲子我就跳不出了。"

通哥抓耳挠腮地笑，拿起二胡，说："曲子是我自……己编的，还说我五……音不全！"

通哥拉着二胡，舌头就吐了出来，头不停地晃动。我觉得奇怪，通哥写毛笔字的时候吐舌头，拉二胡也吐舌头。突然，通哥停了二胡，走上前去，说："这个动作要改……改。这……样，这样……好……些。"

通哥比画几下，阳秋萍又笑了，说："好了好了，你意思一下，我就懂了。你自家跳起来，丑死人了。"

阳秋萍按照通哥的意思再跳，果然好看多了。真是怪事，曲子是通哥编的，他唱不好；舞也是通哥编的，他同样跳不好。

日头快落山了，通哥说："秋……萍，要……得了。晚上可……以排了，你来……教。"

阳秋萍笑笑，说："曲子和舞都是你编的，还是你教吧。"

通哥说："你要出……我……丑啊！你教……你教。"

通哥那天发脾气，说不准小伢儿晚上去祠堂，哪里禁得住！晚上祠堂里照样尽是小伢儿，通哥最多大吼一声："不……准吵！"因为结巴，"不"字拖得老长，意外地增添了威严。

我吃了晚饭，早早地跑到祠堂去了。有些小伢儿比我还早些，已在里面台上台下飞窜了。只是再也没见福哥和腊梅来过祠堂。

通哥来得早，坐在那里独自拉二胡。他闭着眼睛，舌头吐出来，头一晃一晃的。他那样子很好玩，就有调皮的小伢儿站在他面前，学他的怪样子。通哥眼睛是闭着的，不晓得有人在学他。学他的人越来越多，很快就在他面前站了一排，都闭着眼睛，吐着舌头，脑壳一晃一晃的。很快，没有人打打闹闹了，都学着通哥拉二胡。祠堂里突然安静下来，我晓得出麻烦了。通哥突然睁开眼睛，见几十个小伢儿在学他，一跳而起："你们……少家……教的，不成……名堂了！"

小伢儿一哄而散。通哥见我仍坐在他身边，没有学他，就指着其他小伢儿："你们都……出去！六坨……一个人可……以在里面！"通哥操起一根鼓槌，做出打人的样子。小伢儿像赶飞的小鸡崽，在祠堂里面乱窜了几圈，都跑出去了。

通哥坐下来，问我："六坨，你看见蛇……相缚了？"

我说："没有，我没看见。"

"只有我们……两个人，你讲没……事的。"通哥说。

我说："我妈妈不准我讲，要打人。"

通哥就笑了，说："是……啊，不……要讲，讲出去不……好。王连举不……管他，腊梅还要嫁……人的。"

我听不懂，想着妈妈讲的那句话，就笑了起来，说："蛇相缚，快解裤。"

通哥说："那是迷……信，没有那……回事。"

我问："那我今后要是看见蛇相缚，不用解裤？"

"你相信就……解，不相……信就不解。"通哥像是没了兴趣，心不在焉地回答我，又开始拉二胡。通哥像是刚才受了刺激，舌头也不吐，眼睛也不闭，头也不晃。可他拉着拉着，舌头又吐出来了，头也晃起来了，只是眼睛没有闭上。

宣传队的人慢慢到齐了。突然，有人问我："六坨，你看见蛇相缚了？"

我立即红了脸，说："没有，我没看见！"

女的就躲得远远的抿嘴笑，男的全围过来问："都说你看见了蛇相缚了，真的吗？"

我说："我没有看见！"

通哥突然红了脸喊道："好了！你们不……成名堂！六坨几……岁的人？你们问他这……种事！六坨，不理……他们！"

他们都不好意思了，嘿嘿地笑。通哥喊道："正经事……正经事！我们今日排个新……节目，叫……《插秧舞》，再现我们农民……社员的劳动……场面。舞我和秋萍编……好了，她……来教！"

阳秋萍说："舞是通哥一个人编的，编得很有意思。我先跳一下。"

通哥说："大家边……跳边改，看看行……不行。"

这时，妈妈突然来了，喊道："六坨，回去！"

我在外头玩，妈妈从来不会出来找我的。今日她找到祠堂来了，肯定有什么事了。我有些害怕，忙跟着妈妈走了。刚走出祠堂门，妈妈猛地揪了下我的耳朵，说："你这耳朵就是不听话，回去整你的风。"

我一路上心惊肉跳，真不晓得自家又闯了什么祸了。我从早上起床想起，就是想不起自家做了什么错事。越是这样，我越是害怕。

一进门，爸爸先扇过一耳光来，打得我晕头转向，我立即哭了。妈妈又在我屁股上加了几掌，嚷道："哭哭哭，哭个死？叫你不要出去讲，你就是不听话！"

"我讲什么了？"我边哭边问。

妈妈说："现在村里人都晓得你看见蛇相缚了！"

真是天大的冤枉！我越发哭得厉害，大声喊道："我又没有讲！我就是没有讲！"

爸爸问："你没有讲，人家怎么晓得的？"

妈妈问："有人问过你吗？"

我说："只有通哥问过。"

妈妈又问："你怎么说的？"

"我说妈妈不准我讲，要打人。"我哭泣着。

爸爸怒道："蠢猪！你不等于说了？"

那个晚上，我几乎没有睡着。我不停地流泪，冤枉死了。上回通哥同阳秋萍的事赖我说的，这回福哥同腊梅的事又赖我说的。我真的没有说过。我也不晓得说得说不得，只是怕挨打，就不敢说。那个晚上，应该是我平生头回失眠。

<h1 style="text-align:center">八</h1>

那个夏天，通哥的宣传队很风光，三天两头都去别的大队演出，最受人喜爱的节目就是《插秧舞》。阳秋萍是领舞的，她的名字红了半边天。远近都晓得我们村有个阳秋萍，城里妹子。方圆几十里的地方，阳秋萍在哪里演出，后生家就往哪里跑。北方话叫小伙子，我们那里叫后生家。

宣传队要是不出去演出，天黑以后，舒家祠堂前面就会聚集很多外村的后生家。他们都认得我们村的舒五或舒六，说是来找他们玩的。其实，他们是想碰运气，看能不能遇着阳秋萍。但他们哪个也没有在村里碰见过阳秋萍。

晚上要是没有演出，阳秋萍就同通哥沿着村后的小溪慢慢地走。那条路很僻静，尽是参天古树，夜里很少有人去。溪边也有好几棵成了精的树，树上经常贴着红条子，上面写着四句口诀：天皇皇地皇皇，我家有个夜哭郎；过路君子念一遍，一夜睡到大天光。我从小就晓得那是个可怕的地方，不是说哪个树上吊死过人，就是说哪个夜里在哪处遇上过鬼。通哥胆子大，不怕鬼，晚上只有他敢带着阳秋萍去那里。通哥告诉我，他每天晚上都同阳秋萍在村后的溪边散步，真把我吓得两腿发麻。那是我头回听说散步这个词，记得非常清楚。我还问了通哥："什么叫散步？"通哥张张嘴，像是不晓得怎么同我说："啊……啊……散步，就……是没事慢……慢地走，城里人才……散步。"我说："那我不天天散步？我老喜欢慢慢地走，妈妈总是怪我走路太慢，说我不把路上蚂蚁全部踩死不甘心。"通哥无可奈何的样子，望着我摇摇头，笑着。

有个下午，我手里拿着弹弓，在村里转悠着打麻雀。突然狂风大作，电闪雷鸣，天黑了下来。我晓得要下大雨了，连忙就近往学堂里跑。我还没跑进学堂，雨就倾盆而下。我脱了衣，只穿着短裤，站在学堂走廊里躲雨。

雨太大了，几米之外看不清东西。这时，一只麻雀飞过来，站在窗台上。我瞄准麻雀，啪地打了过去。只听得哐的一声脆响，窗玻璃碎了。麻雀自然飞走了。

"哪……个"听得有人大喊。

我刚想跑掉，听得是通哥的声音："六坨！"

我跑不掉了，站在那里等着挨骂。"你怎么打……玻璃？损坏公……物，照价……赔偿！"通哥目光严厉。

我说："我打麻雀，除四害。"

"你打麻雀就打……麻雀，打玻璃做……什么呢？"

我低着头，光脚丫在地上乱划。通哥说："莫鬼……画符了，到我房……里去。"

我跟着通哥走，准备到他房里去再挨骂。没想到阳秋萍在里头坐着，笑眯眯地望着我："是六坨啊！六坨不顽皮的啊！"

通哥并没有再骂人，好像完全忘记了我打碎玻璃的事，望着窗外高喊："让暴风雨来得更猛烈些吧！"通哥高喊之后，哈哈大笑。

阳秋萍笑着，说了句广播里经常听见的话："你用心何其毒也！"

通哥说："雨不停……地下，下午就不……要出工了。"

阳秋萍说："你不想出工，就说还要排节目不就要得了？"

"老是说……排节目，也……不好。"通哥又喊道，"那些海鸭呀，享受不了战斗的欢乐，轰隆隆的雷声就把它们吓坏了！"

通哥高喊的时候，讲的是普通话，也不结巴。怪就怪在通哥平日讲话结巴，课堂上念课文的时候不结巴，蹲在戏台角上提词的时候不结巴，这会儿高声喊着普通话也不结巴。我当时并不晓得高尔基和《海燕》，只觉得通哥真了不得，高喊起来就像电影演员。

暴风雨并没有像通哥说的越来越猛烈，而是越下越小；但时间也不早了，等雨慢慢停下来，已近黄昏了。阳秋萍说要回去了。通哥叫她先回去，他等会儿再走。

阳秋萍出门前，站在那里拿双手理了理头发，昂着头甩了甩。她甩头发的时候，腰肢随着扭动了几下。真是奇怪，见着阳秋萍的腰肢，我就会想起那次在樟树底下见到的情景：她飞快地迈着碎步，扭着轻盈的腰肢，消失在拐弯处。

阳秋萍走了，通哥望着窗外出神。西边山头上，云慢慢淡去，渐渐露出阳光。这是今日的最后一丝阳光。没过多久，天就暗下来了。

"六坨，你晓……得什么是爱……情吗？"通哥问。

我摇摇头。

通哥仍是望着窗外，说："男人和……女人，两个人好……了，就有爱……情，今后就生活在……一起。"

我还是听不懂，只是望着他。通哥回过头，也望着我，说："你还……小，同你说没……用。你快长大，就晓得什……么是爱情了。"

我要回去了，通哥让我先走，他还要独自待会儿。我出门的时候，回头望望通哥，他的目光仍在窗外。

回到家里，我问妈妈："妈妈，你和爸爸是爱情吗？"

妈妈脸色都变了，问道："哪里学来的痞话？"

我说："通哥说男人和女人好了，就有爱情，就在一起生活。"

妈妈说："你老是跟着他做什么？他是书读到牛屁股上去了！"

妈妈边忙着做饭菜，边嚷着通哥太不像话。这时，听得通哥高声唱着革命样板戏："共产党员，时刻听从党召唤……"

妈妈锅铲都没放下，跑到门口，大声喊道："舒通！"

"叔母……"通哥停住，笑着。

妈妈说："你时刻听从党召唤？党叫你当老师，教学生，没叫你教他们讲痞话！"

通哥肯定觉得莫名其妙，眼睛睁得老大，问："叔……母，我哪……里告诉学生讲……痞话了？"

妈妈说："你要同哪个爱情是你的事，不要讲给六坨听！"

通哥不服气："叔母，你这是封建思想。爱情是纯……洁的，高……尚的……"

"你别给我扣帽子，还不就是男女关系！"妈妈闻得锅里的菜煳了，跑进屋里去了。

九

开学那天，通哥在班上讲："这个暑……假，你们过得有……意义吗？劳动充……满快乐。我们宣传队天……天排节目，夜……夜演出，很……辛苦，但是很快……乐。"

我晓得通哥总是想办法躲避出工，打禾栽秧太辛苦了。听他说劳动快乐，我觉得很好玩。通哥说着说着，就点了我的名字，说我爱思考，肯学习，别的同学放假就野了，只有我像在学堂一样遵守纪律。通哥表扬我的时候，我想到的是自家打烂了学堂的玻璃，还想到通哥呼唤让暴风雨来得更猛烈些，就不要出工了。

"你们要好……好读书。不是我在表……扬自家，我要是不……肯读书，就编不出……好节目，宣传队就不会有……《插秧舞》。我们现在开……学了，但是宣传队的演……出还忙不开。今日晚上，我们还……要出去演……出哩。"通哥说着说着又说到宣传队了。

同学们很佩服通哥，觉得他是学堂最厉害的老师。老师们围在一起，也都说通哥有才，说《插秧舞》不光在全公社有名，在县里都有名了。老师们说着说着，话题就到通哥和阳秋萍身上去了。

"舒通，你自家承认，你们俩是在恋爱吗？"有老师问。

通哥笑笑，说："人家是城……里妹子，迟早要回……城里去的，我算……什么？"

"还不承认，村背后那条路，叫你们俩踩矮三寸了。"又有老师说。

通哥笑着说："你们未……必跟踪？"

"哈哈哈，承认了嘛！要晓得，群众的眼睛是雪亮的！"

老师们以为我们听不懂，他们说着大人的事，并不回避。我也不晓得怎么就叫鬼摸了脑袋，莫名其妙地喊了句："男女关系！"

我的声音很响亮，震得自家耳朵嗡嗡响。老师们都回头望着我，哈哈大笑。通哥黑了脸，瞪着我："我还表……扬你哩，这么顽……皮！"我一溜烟跑了。

有桩喜事儿在村里传着，说是公社要成立铁姑娘拖拉机队。村里女儿家都想去开拖拉机，她们只要凑在一起，就说这事儿。有的家里大人就上俊叔家说，让他帮忙。俊叔说这是公社管的，他说不起话。公社李书记就住在村里，夜夜睡在腊梅家。可是没有哪个敢去找李书记说。慢慢地，女儿家们发现，只有腊梅从来不同她们说开拖拉机的事儿。她们就猜，肯定是腊梅去开拖拉机了。

她们猜对了。有天，腊梅突然打上背包上县城去了。俊叔说派腊梅去学拖拉机，生产队和大队都盖了章，公社批准的。哪个也说不上意见。

冬天快到的时候，腊梅开着红色的拖拉机回到了村里。拖拉机没有棚，老远就见腊梅身子一跳一跳，就像骑马。她戴着乳白色草帽，肩上搭着条白色毛巾，很像村里墙上到处可以看见的邢燕子画像。

腊梅开回来的只是拖拉机头，后面没有拖斗。拖拉机停在祠堂前面，围着很多人看热闹。正好是放学的时候，学生们都往拖拉机跟前凑。腊梅笑着同所有大人打招呼，那神气就像从部队回家探亲的军人。好像她的口音也有些变了，有些城里人讲话的味道。有人就说，腊梅出去学开拖拉机，人都学漂亮了，有些像街上的人了。

"腊梅，怎么只开个脑壳回来？"有人问。

腊梅说："运输的时候挂拖斗，耕地的时候挂犁和耙，我是回来取衣服，就什么都不挂。"

这时，通哥腋下夹着课本，挤了进来，说："腊梅要是挂……个拖斗回来，夜里就拉……我们去野鸡坪演……剧。"

腊梅说："我就是挂拖斗回来了，也不敢送你们去。要节约柴油！"

通哥笑笑，说："哦，铁姑娘……拖拉机队的，思想都蛮……好的。"

"通哥你莫挖苦我。"腊梅跳下拖拉机，拿白毛巾在脸上擦擦，其实她脸上什么也没有。

通哥说："我哪敢挖苦……铁姑娘！你思……想好，怎么不自家走……路回来呢？开空车回……来，也浪费柴……油啊。"

腊梅说："我开空车回来，李书记批准的。李书记明天去县里开会，我顺便送他去县城。"

"李书记今……后有拖拉机坐了，不要骑……单车了。"通哥说着，抬手摸摸拖拉机。他手上的粉笔灰没有洗，一摸一个印子。腊梅很心痛的样子，忙拿起座位上的抹布擦擦。

通哥就说："腊梅你硬……是对我有……意见，粉笔灰未必比……泥巴还脏？你怎么……不把拖拉机上的泥……巴都擦……干净呢？"

腊梅说："通哥你莫这么说，我们拖拉机是天天要擦的，就像解放军擦枪。"

大人和学生伢儿都往里面挤，我不晓得怎么就被挤出来了。我刚从人缝时探出头来，就见福哥从祠堂南边的屋角走过来。福哥见很多人在看拖拉机，身子闪了一下，就往回走了。他动作很快，就像电影里面躲避敌人跟踪的地下工作者。

通哥也从里面挤了出来，拍了一下我的脑壳。我就跟在通哥后面，一起回家。

"只是开……个拖拉机，要是从部……队回来，那还了……得！"通哥自言自语。

我说："福哥看见拖拉机，脑壳一缩就跑掉了。"

"他不是怕……拖拉机，他是怕……"通哥话没说完，咽回去了。

"他怕什么？"我问。

通哥说："大……人的事，你莫……要多问。"

第二天一早，我去学堂的路上，见公社李书记推着单车，走在腊梅背后。腊梅说："李书记，要是公路通到我屋里，就不要你走路了。"李书记笑笑，说："我一步路都不走，那不白修了？"

走到拖拉机旁，腊梅取下摇把，准备发车。李书记突然严肃起来，说："腊梅，幸好摇把还在这里！你要汲取教训，摇把要随身带。万一阶级敌人搞破坏，把摇把偷走了，往水塘里一扔，拖拉机就动不了。"

腊梅脸马上红了，说："李书记革命警惕真高，我记住了。"

李书记把单车扛上拖拉机，先爬了上去。腊梅爬上拖拉机的时候，突然看见我站在下面看稀奇，马上铁青了脸，喊道："六坨快走开！"

我忙闪到墙角，望着拖拉机在崎岖的公路上马一样地跳着远去。拖拉机在村里停了一夜，村里人已经晓得它叫铁牛55，我也晓得了。

十

通哥常常在阳秋萍房里坐到深更半夜，向姨都不晓得。每次通哥走的时候，怕向姨听出两个人的脚步声，就背着阳秋萍出来。阳秋萍送走通哥，独自回房间，故意弄得很响。向姨听见脚步声出去了，又回来了，以为阳秋萍上茅厕，仍是安心安意睡觉。

只是通哥同阳秋萍两个人的事，不晓得怎么就传到外面去了。不管男人女人，他们凑在一起，就说通哥同阳秋萍的风流事。人们添油加醋的，越说故事越多。

有些话终于传到向姨耳朵里去了，气得她嘴唇发紫。向姨脾气不好，可她想着女儿这么大了，打骂都不是办法，就好言相劝："秋萍，你要爱惜自家前程！你迟早是要回城的，进了城当个营业员，哪怕是饮食店端盘子抹桌子，也比在农村强。你同舒通好，同他结了婚，就回不了城了！"

阳秋萍说："舒通聪明，人也好。"

向姨说："聪明？他会编几句戏就算聪明？聪明怎么大学都考不上？"

"大学又不兴考，你不是不晓得。"阳秋萍说。

向姨骂道："你听也得听，不听也得听！我不能让你永生永世跟着个粪佬儿！"

城里人叫乡下人粪佬儿，乡下有脾气的人听见了就会骂娘。哪个也不晓得向姨骂粪佬儿的话是怎么传出来的。别的城里人说了这话，乡下人拿着没办法。向姨是下放改造的，她说了，麻烦就大了。通哥的妈妈二伯母晓得了，气呼呼跑到向姨家门，高声喊道："向玉英，你出来！"

向姨出来，问："二嫂，什么事？"

二伯母骂道："我舒通是粪佬儿怎么了？我们村里几百老老少少都是粪佬儿！你干净，你是城里人，你回去呀！你们家回去，我们村里还节约几个人的口粮！"

向姨先是吓着了，脸红一阵白一阵。她听二伯母气势不饶人，也就硬了起来："粪佬儿粪佬儿，你们就是粪佬儿，怎么样？"

听得吵架了，立即围过好多人。大家都很愤怒，说向姨太要不得了。这时，俊叔来了，指着向姨骂人："向玉英，你要老实点！"

"我怎么不老实？"向姨昂头望着俊叔。

俊叔眼睛睁得鸡蛋大，说："你诬蔑贫下中农！你不好好改造，我叫你全家永世回不了城里！"

向姨说："她先惹我的！"

俊叔说："我正要找你哩！早有群众揭发，说你诬蔑贫下中农，说我们是粪佬儿！人家勇敢地站出来批评你，做得对！"

向姨辩解道:"我哪里讲贫下中农是粪佬儿了?哪个听见了?站出来做个证明人呀!"

俊叔说:"全村人都晓得了,未必全村人都冤枉你了?你是想在全村人面前认罪,还是在第九生产队社员面前认罪?"

向姨软下来了,低着头,哭了起来。

俊叔当即宣布:"晚上第九生产队开社员大会,斗争向玉英!"

向姨哭着跑进屋里。看热闹的人还没有走,围在一起骂向姨,说她不老实,太猖狂。"看她自家养的那个女儿,像个妖精,不是个正经货!还赖人家舒通!"

"第九生产队全体社员,吃了晚饭,到仓库开会!"我正在家吃晚饭,听得生产队长海波吹着哨子,高声叫喊着。俊叔是第九生产队的老队长,他当了大队支书,他的侄儿舒海波就当队长。

"向玉英是自找的!"妈妈说。

爸爸说:"向玉英脾气太坏了,她全家下放,只怕就怪她这张嘴巴。"

"第九生产队全体社员,吃了晚饭,到仓库开社员大队!"

海波吹着哨子,一遍一遍叫喊着开会。晓得今晚是要斗争向姨,我听着这哨子声,胸口就怦怦跳。向姨那人我也不喜欢,可见她哭的样子,又有些可怜。大人们都说阳秋萍的坏话,可我喜欢她。阳秋萍每次见到我,总是笑眯眯的,有时还摸我的脑袋,说:"六坨是个聪明伢儿。"

不管大队开会,还是生产队开会,最高兴的仍是小伢儿。我们会去凑热闹,看稀奇。吃过晚饭,我嘴都没抹,就往仓库跑。老远见有个黑影,挑着粪桶,往仓库里去。那黑影走到仓库门口,昏暗的灯光下,我认出那正是向姨。

等我进入会场的时候，向姨已低头站在粪桶前面了。会场里臭烘烘的。社员们还没有到齐，小伢儿在会场里追打。海波厉声喝道："出去疯！把粪桶打泼了，要你们在地上滚干净！"

小伢儿们都出来了，在晒谷坪里玩。三猴子说会议室里臭死了，喜坨马上骂他，说你还敢讲大粪臭，就把你押到台上去，同坏分子向玉英一起挨斗！喜坨骂着人，突然像是发了傻，翻了下白眼，说："三猴子，我左边脚后跟痒，你给我抠抠。"三猴子忙蹲下去，帮喜坨抠痒痒。三猴子正蹲在喜坨屁股底下，喜坨的脸似笑非笑地紧紧绷着，然后慢慢张嘴笑了，笑出了声。三猴子忙掩了鼻子，站到一边去了。原来喜坨故意骗三猴子蹲下去，放了个臭屁。臭屁不响，响屁不臭。我们都没听见响声，却都闻到了恶臭，掩着鼻子一哄而散。小伢儿们边跑边吐口水，骂喜坨的屁比狗屎还臭。

我又回到会议室，会议已经开始了。俊叔站在向姨跟前，指着她骂道："你身上的臭知识分子气硬是改不了！大粪你闻着是臭的，我们贫下中农闻着是香的！没有我们这些粪佬儿，你们城里人连粪都没吃的！你们臭老九才是真的臭，我们贫下中农比鲜花还香！"

向姨低着头，一声不吭。我眼睛在会议室扫了好几圈，没有看见通哥和阳秋萍。不知怎么回事，我怕看见阳秋萍。想着阳秋萍会伤心，我就难受。我想要是我的妈妈站在台上挨批斗，我会非常难受的。

"要向玉英低头认罪！"

"问她粪是臭的还是香的。"

"要向玉英把头埋进粪桶里去！"

…………

社员们叫喊着，很是激愤。俊叔扬扬手，叫大家停下来，然后说："向玉英，你自家说说，粪是臭的还是香的？"

"粪肯定是臭的，但是……"社员们不容向姨说下去，又喊叫起来。

"向玉英死不认罪！"

"把向玉英吊起来！"

这时，妈妈走过来，黑着脸对我说："六坨你快回去睡觉了！"

我说："我还不困。"

"听不听话？这种热闹你不要看！"妈妈扬手要打人了。

我忙飞跑着出了仓库。回家躺在床上，老睡不着。想着向姨会被吊起来，我就害怕。爸爸妈妈回来得很晚，听见他们的脚步声，我就假装睡着了。妈妈走进我的房间，看看我蹬了被子没有。见我睡得很死，妈妈就同爸爸轻声说话。

"也太不像话了，不就是讲错一句话吗？硬要把人吊起来？"妈妈说。

爸爸叹了一声，说："有人喜欢多事，坏。"

妈妈说："向玉英肯定伤了。上次六坨用过的风药放在哪里了？"

"你送去？怕人家讲闲话啊！"爸爸说。

妈妈说："怕什么？向玉英又没犯死罪！"

爸爸可能是找着风药了，听见他说："酒也带去，她家男人不在，不会有酒的。"

几天以后，我放学回家，碰着向姨在我家堂屋里同妈妈说话。向姨眼睛有些红肿，像是哭过，她说："自家女儿不争气，我也没办法。我骂她几句，他两个人干脆就睡到一起去了。我挨斗争、挨吊，都是为这个不争气的！"

妈妈说："舒通是我自家侄子，不是我护着他，他人倒是个好人。"

向姨说："我也不是说舒通人不好，只是……政策你是晓得的，秋萍在农村结了婚，就回不去了。"

妈妈叹道："要是我，也不会同意女儿嫁在农村，太苦了。农村人都讲，要是到城里去，扫街都愿意。"

妈妈不想让我偷听，不是要我喂鸡，就是叫我扫地。我扫地的时候，故意在堂屋里磨蹭。可是向姨要走了，说："四嫂，你真是好人啊！"

"向姨莫讲莫讲，你家现在是落难了，今后会好的。"妈妈说。

向姨摇摇头，叹息着走了。妈妈把用剩的风药小心包好，藏了起来。

十一

有天放学，喜坨说晚上出来玩打仗。我说装敌人我就不玩。喜坨说让你装解放军侦察兵。我就答应了。

吃过晚饭，我趁妈妈没在意，偷偷跑了。妈妈现在不准我夜里出去，她说我老是挨欺负。我跑到学堂操场，喜坨已等在那里了。他说我不遵守纪律，执行任务不能迟到。我没看见几个人，就说："同志们都还没有到呀！"

喜坨说："今日就是我们几个人，深入敌后去侦察。我带队，你们只跟着我走，不准说话！"

"是！"我同三猴子等几个人齐声回答。

"我们行动吧！"喜坨把大手一挥，转身就走。

我们跟着喜坨，一声不响。操场坪对面就是我们的教室，青砖砌的平房。夜里学堂没有人，漆黑一片。我们悄悄儿绕到教室后面，小心往前走。突然发现前面有个窗户透着灯光，喜坨抬手往后压压，自家就猫下了腰。我们也赶紧猫下了腰，继续前行。到了有灯光的窗下，喜坨递个眼神，就坐了下来。我们也都靠墙坐了下来。这时，听得屋子里面有人说话，原来是通哥。这间老师房的灯光从教室前面是看不见的。

通哥说："《插秧舞》要到省……里去演……出！"

"通哥，你真厉害！"阳秋萍说。

通哥说："我编……是编，不……是你跳得好，也枉……然了。秋萍，你应该……进县文工团。"

阳秋萍说："我哪里还进得了县文工团？我妈妈顽固不化，一家人都回不了城的。我就跟着你，生几个农民出来算了。"

通哥哈哈大笑，说："秋萍你开始老……是脸红，现在比我脸皮还……厚了！我要你明天就生个农……民出来！"

阳秋萍说："明天就生呀？催豆芽菜都没这么快啊！"

"来，现在下……种，明天就……生！"通哥说。

阳秋萍尖叫一声，说："通哥，你没有戴帽帽，怕出事啊！"

喜坨忍不住笑了起来，拔脚就跑。我们几个也忙跑了。听得通哥隔着窗户骂人："是哪……个？少家……教的！"

我们一直跑了老远，才停下来。三猴子问："司令，舒老师怎么不戴帽子呢？他一年四季戴帽子啊。"

我也说："是啊，通哥大热天都戴帽子，人家说他朽。"

喜坨笑着说："舒老师白天戴帽子，晚上弟弟要戴帽子。"

我说："讲鬼话，通哥哪有弟弟？"

"你不是他弟弟？"喜坨把我的脑壳摸得生痛。

我说："我又不是他亲弟弟！"

喜坨大笑起来，做了个下流动作。我这回听明白了，他说是通哥同阳秋萍正在蛇相缚。可是这同我戴不戴帽子有什么关系呢？

十二

我们乡下人对上头大干部十分敬畏，背后称他们大老官。听说县里来了个大老官，专门审查《插秧舞》。晚上，村里老老少少好多人，都跑到祠堂去了，想看看大老官，也想再看看《插秧舞》。村里人不晓得看过了好多遍《插秧舞》，可这回听说要送省里演出，好像更加发现了这个节目的稀奇。

社员们三三两两来到祠堂，有搬凳子来的，有空手来的。小伢儿来得更早，却不准上台去玩。"等会儿大老官要来！"大队会计三番五次拿这句话吓唬小伢儿。

通哥他们来了。通哥同几个拉琴的、敲锣打鼓的人坐在台角试着乐器，阳秋萍她们跳舞的全部进了后台。

过了好久，那个大老官才进来，后面跟着公社李书记和俊叔、腊梅，还有好几个像干部的人。俊叔快步走到前面，招呼大家让路。社员们忙闪开一条路，大老官同李书记几个走到天井中间，那里的凳子空着。不用哪个告诉，我也认得出哪个是大老官。只有他披着件军大衣，像电影里面的解放军首长。他要是把双手叉在腰上，就更像大老官了。大老官的双手不在腰上，他的左手插在裤兜里，右手的小手指正翘着，剔着牙齿。

大老官坐下，架起了二郎腿，嘴巴动了几下。俊叔忙双手做成喇叭，朝台上喊道："开始开始！"

场面马上安静下来了。尽管隔得远，我还是隐约听见通哥喊声"三二起"，乐队就演奏起来。一段过门之后，阳秋萍领着女儿家载歌载舞出来了。台下的脸都是欢快的，他们悄悄议论哪个的扮相好，哪个的腰身好，哪个的歌喉好。我想腰身最好的当然是阳秋萍，她摆出的动作最漂亮。俊叔那样子，好像台上跳舞的尽是他的女儿，他喜滋滋地笑着，望望台上，又望望大老官。

突然，大老官站了起来，大喊："算了算了！"

台上的人听到喊声，停了下来。他们不晓得发生了什么事情，都站在台上。大老官走出观众席，上了戏台。他拿起话筒，先拍拍，试试声音，说："不要演了！党中央、毛主席说了！一九八零年农村要全面实现机械化！你们这个《插秧舞》还在表现原始的人工插秧！这是开历史倒车！这是给社会主义脸上抹黑！"

大老官的声音特别洪亮，他说的每句话都应该打惊叹号。台上台下鸦雀无声，宣传队的人悄悄儿退到后面去了。大老官独自站在台上，威风凛凛。这时候，他一手拿着话筒，另一只手是叉在腰间的，但我觉得他不像解放军大首长，倒是像《闪闪的红星》里的胡汉三。

大老官说："这个节目，原来只是听说好，就往省里报了。幸好我亲自来审查，不然要犯政治错误！听说这个节目还在全公社各个大队演出，流毒不浅！"

社员们哪个也不敢多嘴，都紧张地望着大老官。

"这个戏是哪个编的？"大老官逼视着台下，好像编戏的人坐在下面。

"是……我。"通哥从戏台后面走了出来。

通哥仍是平时的模样，帽子低低压在鼻子上，他要望着大老官，头自然就高高昂着了。大老官受不了他这副傲慢相，喝令："把帽子取下来！"通哥没有取帽子，只把帽檐转了个向，拉到后面脑勺上去了。

大老官望望通哥，问："你是干什么的？"

通哥说："教……书……"

"你这么结巴还教书？不要把学生都教成结巴？"大老官说。

通哥说："我教……好多……年书了，还没教出一……个结巴。"

大老官很不高兴："你严肃点，不要油腔滑调！"

通哥说："我结……巴，想油腔滑……调都不……行。"

俊叔走上台来，说："报告首长，舒老师只是说话结巴，念书一点儿不结巴。"

大老官笑笑："俊生同志，你是支书，不要有封建宗法思想。你们大队全是姓舒的，好坏你都得护着？说话结巴念书不结巴？鬼才相信！"

通哥不等大老官批评完，突然流畅地背起了毛主席语录："毛主席教导我们说，知识分子如果不和工农民众相结合，则将一事无成。革命的或不革命的或反革命的知识分子的最后的分界，看其是否愿意并且实行和工农民众相结合。"

大老官吃惊地望着通哥，点点头，说："果然是怪事啊！好，你也算是知识分子吧，回乡知青。舒腊梅同志上来一下！"

台下叽叽喳喳起来，不明白大老官的意思。腊梅从人群中挤了出来，昂首走上戏台。腊梅毕竟没上过台的，亮堂堂的灯光一照，手脚就没地方放了。

大老官说："腊梅也是回乡知青，她学会了开拖拉机，以实际行动同农民群众相结合了。舒通，我看你是有才气的，这个《插秧舞》仍要上省里演出，但是要改，改成机械化插秧。"

"这……个怎……么改？"通哥问。

大老官说："这个就不要问我了。舒腊梅同志是开拖拉机的，有这方面的生活，她配合你改吧。这是政治任务！"

大老官说完，扯着军大衣往胸前拢拢，下了戏台，走了。他刚要下楼梯，突然转身对通哥说："你戴帽子的样子，像个二溜子！人民教师，不许这个样子！"

通哥在村里就有些抬不起头了。我父母辈以上的人几乎都不识字，但他们都会讲些广播里的话。他们说通哥现在是立功赎罪，以观后效。通哥成天也是罪人的样子，走路低着头。他以往都是高高昂着脑袋的，帽檐压着鼻子。他现在帽子也没压得那么低了，不然就是二溜子。正好很快学堂放寒假了，通哥天天同阳秋萍、腊梅几个人在祠堂改节目。腊梅的铁牛55天天停在祠堂门口。李书记不去公社，蹲在大队搞三同，与贫下中农同吃、同住、同劳动。改节目是件大事，李书记晚上没事也在祠堂陪着。

几天几夜过去了，节目仍不让人满意。通哥说："李……书记，人插……秧表演起来还……好看，机……械插秧，怎么表……演呢？未必我……们还要弄几台插……秧机到戏台……上去？"

李书记还没开口，腊梅早把这几天学到的一句话抛了出来："艺术源于生活，高于生活。"

通哥听了很不满，冲着腊梅说："县里领导说你有开拖拉机的生活，你来编算了。"

腊梅脸落了个通红，白眼瞟着通哥。李书记批评通哥："舒老师你要谦虚，腊梅的意见是对的。"

阳秋萍几乎不说话，通哥同大家商量会儿，叫她怎么跳，她就试着跳。跳过之后，她又坐在那里不动。我每天晚上都去看热闹，发现节目真的越改越不好看。有个动作是李书记的主意，让女儿家排成一排，侧着身子，手上下抽动，说这像插秧机。我看了怎么也觉得像开火车。

正月初三，县里来了辆大客车，把宣传队的人全部接走了，说是进省城汇报演出。腊梅没有去，她要开拖拉机。

正月初七，大客车把宣传队送回了村里。宣传队的人个个胸前戴着红花，喜气洋洋。原来，《插秧舞》跳得好，获奖了。通哥的帽子仍旧低低压在鼻子上，头昂得高高的。同样戴着大红花，偏是阳秋萍格外显眼。俊叔拍着通哥的肩膀："舒通，你为我们大队争光了！"通哥昂着头说："好节目走到哪里都是好节目！"

真是天大的喜事！整个正月间，村里人都在说这件事，越说越神。有人甚至说，弄不好这个节目会上北京去演，哪天让通哥他们跟随周总理出国访问都说不定。这些话传到别的地方，都是说周总理接见通哥他们了。

我总觉得原先那个《插秧舞》好看些，就偷偷儿问通哥："《插秧舞》丑死人了，还戴大红花？"

"那个大……老官，他晓得……个屁！"通哥说着，取下帽子，哈哈大笑。我不晓得他笑什么，听他骂大老官，有些害怕。

十三

老人们都说，解放二十九年，村里就出了三个有名人物，幸福、舒通和腊梅。舒通领着宣传队跳舞跳到省里去了，腊梅一个女儿家开拖拉机了，幸福上大学了。

幸福是突然接到大学录取通知的，他们全家人都说事先不晓得，原以为事情早就黄了。送幸福上大学那天，俊叔请了桌饭。公社李书记自然去了，俊叔还请了通哥和腊梅。俊叔敬着酒，老是讲："李书记晓得，幸福也是才接到通知，原先早以为没有戏了。"李书记就应和说："是是，都是县里定的。舒通你文化好，好好教书，今后县里招工，要是有机会，我推荐你。腊梅也是一样的，我也推荐！"

通哥越来越听出些味道来，就怀疑幸福上大学，肯定是搞了名堂。事先怕社员告状，就说幸福上不了大学了。快开学了，突然来了通知，哪个想告状也来不及了。通哥把眼睛藏在帽檐下面，偷偷儿看着酒桌上的人。他发现俊叔老是同李书记递眼色，李书记老是同腊梅递眼色，腊梅望着幸福和李书记就不自然，幸福老想同舒通说话却看不见他的眼睛。

这场饭局多年之后通哥同我说起过，我当时只是在家里听爸爸妈妈说到过幸福上大学的事。爸爸说俊生这个人也不是太坏，就是关键事上有些自私，幸福比舒通差远了，还送去上大学。妈妈说哪个当支书都会这样，有意见也没用。

正月刚过，那个大老官又到村里来了。因为《插秧舞》在省里获奖，我们大队被定为县里学习小靳庄的点。大老官是下来蹲点的。他坐在祠堂戏台上讲了一个晚上，就是要社员群众都写诗，都当诗人。有人笑了起来，说自家名字都认不得，哪里写得出诗？大老官说当诗人未必就要文化，小靳庄的农民也是农民，他们可都是诗人。大老官举了个例子，说有个八十岁的老太太，钞票都不认得，却写了首好诗：队上养猪大如牛，队上养牛像条龙；八十老太饲养员，夕阳敢比朝阳红。通哥在下面悄悄儿同别人说："吹……牛皮，后……面那句，肯定是读书……人改的。八十……岁老太太，哪晓得什么夕……阳朝阳！"

台下说话的人很多，祠堂里闹哄哄的。大老官很没面子，脸上不好看了。公社李书记望望俊叔，俊叔忙从戏台角上走到前面，大声喊道："不要讲小话！"

大老官目光逼视着通哥："舒通，我刚才看见，你在下面说得最起劲。你不要翘尾巴，你的《插秧舞》，不是我们及时发现问题，还想获奖？那是大毒草！"

台下哄堂大笑。大老官不明白下面为什么会笑，甚至怀疑自家讲错了话。他停顿片刻，想想自家并没有说错话，就问："你们笑什么？有什么好笑的？要分清香花和毒草，这对于我们开展学习小靳庄运动，非常重要！"

台下又笑了起来。大老官非常恼火："我发现，你们大队有股邪气，甚嚣尘上！这股邪气是从哪里来的？我们要追查到底！舒腊梅同志，你上来一下。"

大家都回头，四处寻找腊梅。腊梅好像有些不好意思，低头扭捏一下，走向戏台。她上了戏台的时候，头昂起甩了几下，就像刘胡兰要英勇就义了。大老官问："舒腊梅同志，你站在群众中间，听见了群众呼声。你告诉我，大家笑什么？"

腊梅说："在省里获奖的《插秧舞》，不是我们改过的，是人工插秧的老《插秧舞》。社员们都晓得这个事，他们就笑。"

大老官猛地站了起来，拍着桌子："我晓得了，晓得了，你们大队这股邪气是从哪里来的，我晓得了！"

社员们不禁把目光投向通哥。通哥像被几百瓦的灯光照着，无处躲藏，低下了头。大老官说："群众的眼睛是雪亮的，也都晓得这股邪气是从哪里来的了。把舒通带上来！"

不知哪个应该去带舒通，祠堂里没半点声音。舒通自家走了上去，站在戏台角上。他头不再低头，脖子直直地昂着。因为帽檐压得低，他直着脖子正好看清台下的社员。大老官说："舒通，你自家向社员群众交代清楚！"

舒通到戏台中间拿过话筒，仍旧走到台角，站着说："获奖的……的确是老……《插秧舞》，我怕出你们领……导的丑，交代宣传队的人不……准讲出来，不晓得哪……个嘴巴痒，讲出……来了。"

"出我们的丑？这是丢我们县里的脸！"大老官叫喊着。

通哥说："我们到……省里以后，发现外地有个……《采茶舞》，就是演的人……工采茶，很……漂亮，省里领导说很……好。我就灵……机一动，叫宣传队改跳老……《插秧舞》。"

"好，你改得好哇！"大老官忍不住怒火。

"也不是演机械化就一……定得奖，有个节……目叫《火……车向着韶山跑》都没有得奖，火车比插秧机还……高级些。"通哥说。

大老官站起来，抢过通哥的话筒："社员同志们，你们要提高觉悟，心明眼亮。这说明什么问题？说明资产阶级文艺黑线仍然还有市场！我们学习小靳庄，就是要朝这条黑线开火！舒通，不要以为你在省里得奖了，就怎么样了！我们会把情况向上级反映，我们照样整你的材料！"

"我祖宗八……代都是贫农，清……水岩板底子，你整……吧！"通哥撂下这么句话，自家下来了。

十四

从祠堂里回来，二伯母跑到我家，同爸爸妈妈商量如何救通哥。二伯母哭着说："这回舒通完了，只怕要坐班房啊！"

"嫂嫂你莫急，没有那么大的事，最多就是在大队开个斗争大会。"妈妈劝道。

二伯母说："开了斗争会，他的民办老师肯定就当不成了。"

爸爸说："是啊，斗争了，民办老师只怕就当不成了。"

二伯母焦急万分："我叫他写个检讨给人家，舒通就是不肯。"

"检讨没用，"爸爸说，"除非全大队人出面保他。"

"哪个肯出这个头？"二伯母问。

爸爸说："只有请俊生出面。话讲在明处，俊生肯的。"

二伯母说："俊生平日人也还好，人心隔肚皮，晓得到这个时候他肯出面吗？"

妈妈说："管不了那么多，嫂嫂你自家去请一下俊叔，六坨去把你通哥喊来。"

二伯母说："我叫他一起来，他就是不肯。他整天同那个狐狸精搞在一起，人家要整他，多桩事，说他流氓阿飞，这是钉子钉的，跑不脱啊！"

我摸着黑去了学堂，推开教室门，看见通哥房里透着光亮。我碰着了桌椅，响声弄得很大，通哥在里面问："哪……个？"

"通哥，是我！"我说。

通哥开了门，说："六坨，你……来做什么？"

我说："二伯母叫你到我屋去。"

通哥没有戴帽子，上身穿着棉衣，下面只穿着里裤，站在门口，没有让我进去的意思。我透过通哥和门框间的缝儿，看见阳秋萍坐在床上，拿被子盖着脚。阳秋萍说："快进来，外面冷哩！"通哥进去，我就跟了进去。通哥仍坐到被窝里，问："叫我去做……什么？"

我说："二伯母同我爸爸妈妈商量，叫全大队人保你。"

通哥不做声，把头偏向一边。阳秋萍说："通哥，你还是听大家的，回去一下。人家是上面来的官老爷，莫要硬顶着来。"

通哥说："我不……怕！我又没……犯法！"

阳秋萍说："人家是县里工作组的组长，就是代表县里的。你大丈夫能屈能伸，退一步天宽地阔。"

房里没有烧火，我站在那里冷得打颤，就说："我回去了，通哥你快来。"听得阳秋萍在说话："通哥你莫太犟了，回去吧。你莫让六坨自个儿来自个儿回去，外头漆黑的。"

我回到家里，俊叔已到了，听他正说道："事情这样办，保书让舒通自家写，大队也只有他写得好。出面还是二嫂自家出面，挨家挨户上门讲好话，要人家签名盖章。我呢？只装着不晓得这个事。"

二伯母见通哥没跟我来，问："他没来？"

"他不肯来。"我说。

二伯母骂了起来："他想坐班房，叫他去坐好了，我们都不要管了。"

俊叔说："二嫂莫急，再去喊一下。"

这时，通哥推门进来了。二伯母骂道："大人急得要死，你自家还雷打不动！"

通哥说："我又没……有犯法，我怕……什么？"

"没有犯法？光是你同那个狐狸精乱搞，就可以抓你流氓阿飞！"二伯母点着通哥的鼻子骂着。

通哥说："我们是自……由恋爱，宪法上都写……了的。"

俊叔说："舒通，你妈妈说你几句，你还顶嘴，你不是个孝儿。宪法也没有写着不结婚可以睡在一起啊！"

"俊叔，我没……犯法，不……怕他。这个姓刘的，还是文……化局副局长，我说他懂……个屁！"通哥把帽子取下，捏在手里，我看见他的眼睛从来没有睁得这么大过。

俊叔说："舒通，你硬来是不行的！工作组在通夜整你的材料！我是支书，本来不该护着你说话。我们关起门讲，都是一个祠堂的人，你赶快写个保书。"

几个大人劝了好久，通哥没法，只好说："我去学……堂写！"

二伯母气不过，骂道："你就一时半刻都离不开那个狐狸精？"

通哥也火气冲天："莫一口一个狐……狸精好不好？笔和纸都……在学堂……"

通哥说完就摔门出去了。我不晓得什么时候睡着的，肯定是睡着了让妈妈抱上床的。第二天才晓得，通哥写好了保书，马上送了回来。俊叔一直等着，听通哥自家念了一遍，才放心回去。二伯母就让我妈妈陪着，挨家上门去。除了大队的地富反坏右，家家户户都跑了，也都签了名盖了章。

吃过早饭，二伯母匆匆往祠堂去。祠堂东西两厢楼上楼下有很多房间，楼上房间外面还有走廊。工作组的办公室在东厢房楼上。祠堂平时也是我们小伢儿玩的地方，但工作组在楼上做事，我们就不准上楼。我怕通哥出事，见二伯母往祠堂去，也就跟去了。

二伯母上了楼，进了工作组办公室，扑通一声跪下，双手递上保书。大老官呼地站了起来，瞪着眼睛："你这是做什么？贫下中农不能跪！这里不是旧社会衙门！"

二伯母说："刘局长，全大队人都证明，我儿子舒通是个好人，你们不能把他抓起来！"

"哦，你是舒通的妈妈啊！你可是养了个好儿子啊，专门对抗无产阶级专政！"大老官重新坐下，不接二伯母的材料，他突然看见我趴在门边偷看，"走走走，小孩子看什么？"

我忙退了出来，刚想跑下楼去，见通哥来了。他见二伯母跪在地上，气得脸铁青："妈妈，你骨头也太软了，快起来！"通哥竟然没有结巴，快步上前，拉起二伯母。

二伯母站了起来，拍着膝头的灰，大声哭了起来。通哥说："妈……妈，你不能在他……面前跪，要跪也……是他跪！"

"舒通！你猖狂！"大老官叫道。

工作组的几个人大吃一惊，有人指着通哥喊道："舒通，我们可以马上把你抓起来！"

通哥说："我说话自……家负责！刘局长，我想同你个……别谈谈。"

"我同你没什么好谈的，要谈，等审查你的时候再谈。"大老官哼哼鼻子，他又发现我了，"又是你这个小鬼！走走走！"

通哥说："那好，不……谈你自家莫……后悔。"

我怕再挨骂，下楼来了。可我看见通哥同大老官也下楼了，他俩都黑着脸，一声不吭，进了一间屋子。这时，楼上几个干部朝楼下张望，听得有人说："怕舒通狗急跳墙，对刘局长动手啊。"二伯母忙说："领导放心，我儿子不敢做蠢事的。"

听了楼上人说话，我还真怕通哥杀了大老官。我悄悄儿贴着壁板，听着里面的动静。祠堂的壁板年月久了，很多地方裂着宽宽的缝，里面说话的声音我听得一清二楚。

"你太嚣张了！"大老官说。

通哥说："我哪……嚣张？我妈妈是贫……下中农，你……的出身你自……家晓得，你怎么能让我妈妈跪……着？"

"她自家跪的，又没有哪个强迫她！"大老官说。

通哥说："我晓……得你，你自家出……身不好，在县里是挨……整的，你就想办点办出成……绩，好翻……身。我只要让社员群众晓……得你的出身，你就威……信扫地，就没有人听……你的。"

大老官笑笑，说："你想得天真！"

通哥也笑笑，说："我见……得多了。县里老……在我们大队办点，农业学……大寨、批林……批孔，都在我……们大队办点。前年有个姓……马的，我们喊他马……组长，就是在这里得……罪了人，大家就把他的出身翻……出来一说，他就待……不下去了，灰溜……溜走了。听说他回……到县里，更加抬……不起头。"

大老官说："你想威胁我？"

"是……啊，我就是在威……胁你，你可以不……怕。"通哥说。

大老官说："你比五类分子还坏！"

通哥说："你不要乱……扣帽子、乱打棍……子。五类分子是……地富反坏右，你出……身资本家，农村里没见……过资本家，会更加痛……恨。"

不听见大老官说什么，只听得通哥又说道："我把话讲到根……子上，你莫讲不……好听。你其实就是不……懂文艺的文化局副局长，指导我们排节目出……了丑，就恨……我，想整……我。告……诉你，我没有任……何问题，你拿《插秧舞》整……我，我就到省……里去告状。”

“你莫拿省里吓我，省里也有文艺黑线问题。”大老官说。

通哥说：“那就试……试看。我告……诉你，我幸好叫宣传队改……跳老《插秧舞》，不然会丑……死去，别说得……奖。你回去问……问县文化馆带队的吴……馆长，省里领导对我们的节目大……加赞扬。”

大老官问道：“我的情况都是吴馆长告诉你的？”

通哥说：“吴……馆长没有说，你莫冤……枉人家。县里同去的干部又不……是吴馆长一个人，你在县里的群……众基础怎么样，你自家清……楚。”

“他妈的那些文化人就是坏！”大老官骂了起来。

通哥笑道：“你莫骂，你自家也是文化人，老牌大学生啊。”

大老官又不说话了，听得通哥说道：“你想试，就试……试。我输……得起，你输……不起。我最多不当民……办老师了，未必还会开……除我当农民，叫我去当……工人，当……干部？你一输，就都……输掉了。”

“你好坏！”大老官说。

“狗急了还要跳……墙哩！我是你逼……的。”通哥说，“你阿娘的……事我都……晓得。”

我的家乡喊老婆叫阿娘。大老官压着嗓子，声音低得我差点听不清楚：“舒通，你敢说我阿娘，我打死你！”

通哥说：“你是资……本家出身，我是贫……农，你不……敢打我。要打你也打……我不赢。”

很久很久，没听见里面再有说话声。原来，大老官的阿娘同县委向书记搞男女关系，城里的干部都晓得，只在背后议论。大老官又气又恨，却没有办法。别人都说，幸得他阿娘有这个本事，不然他这个副局长早保不住了。

突然听见大老官长叹道："好吧，算我棋逢对手了。舒通，你就是革命导师们批判过的那种流氓无产者，身上充满着流气、匪气。"

通哥说："刘……局长，你不要我说你是臭……知识分子吧？我说了，你不要乱……扣帽子。弄得好，我还可……以帮你。"

大老官冷笑道："我用得着你帮？"

通哥说："你犯了致……命错误，忘记了走群……众路线。"

大老官说："我不缺你这个群众。"

通哥嘿嘿笑了几声，说："你真……以为社员群众写……得出诗？我敢说，书……上印的群众诗，都是秀才加……工了的。可是你带的这些秀……才不行，我晓得。"

祠堂里玩着的小伢儿见我贴着壁板偷听，突然大喊起来："六坨，特务！六坨，特务！"我吓得要死，朝他们做眼色。这时，工作组的几个人担心出事，都跑了下来，高声喊道："刘组长！刘组长！"

大老官高声回答着，开门出来了。通哥也出来了，朝楼上喊道："妈……妈，我们回……去。"

二伯母惊慌下楼，跑到大老官面前，哀求道："刘局长，请你放过我儿子！他还年轻，不懂事……"

大老官没好气，说："行了行了，我们再研究研究！"

"妈……妈，我们回……去。"通哥说着，转身就走。二伯母望望大老官，又望望儿子的背影，只好跟着走了。二伯母追上通哥，带着哭腔说道："你莫犟，回去求求人家！人家保书都还没接啊你的啊！"

通哥头也不回，说："他不敢整……我！"

十五

妈妈说:"真是怪事了!前日还说要整舒通的材料,今日就让舒通进工作组了!"

"这个刘组长可能还算个正派干部,晓得群众意见大,就不整舒通了。"爸爸说。

我晓得是怎么回事,却不敢告诉爸爸妈妈。我早学乖了,很多事情晓得了也闷在肚子里不说。通哥身上发生的有些事,也并不是我耳闻目睹的,好多是他后来慢慢告诉我的。我长大以后,通哥老喜欢在我面前回忆以往的事情。

大老官说腊梅是新式农民,她应该写首诗。腊梅回答得很响亮,说一定完成任务。可她憋了半个月,只得四句:铁牛55没长脑,但是它的思想好。日日夜夜不歇气,犁田耙田还要跑。大老官看了腊梅写的诗,笑着说:"意思好,意思很好,话句子还要加工加工。舒通,你来吧。"

通哥闭着眼睛想了会儿,说:"我改……改。"于是写道:铁牛55嗵嗵响,今日开口把话讲:社会主义就是好,没油我也自家跑!

大老官看了,非常高兴:"舒通,革命的浪漫主义啊,好,太好了!特别是最后一句,没油我也自家跑!"大老官派人火速将舒腊梅的诗稿送往县里,县广播站当天晚上就广播了这首诗。村里离县城很近,骑单车三十分钟就到了。一夜之间,这四句诗就在全县流传开来。司机同志们都背得这四句诗,几乎曲不离口。

工作组传下话来，每家每户都要有一首诗，不完成任务的扣口粮。妈妈把我哥哥、姐姐和我叫到跟前，说："你们三个是读书的，诗就要你们写了。"

哥哥说："我上学时语文成绩最差了，写不好。"

姐姐说："通哥讲六坨聪明，六坨写。"

我说："我很多字都不会写，我不写。人家腊梅都写了诗，姐姐你也要写诗。"

爸爸火了："你们三个不要争，诗反正要你们写出来！"

我跑去祠堂求通哥，哪知通哥那里围着几十社员，都是请他改诗的。通哥说："你们把作品上面写……了名字，都放在桌……上，我一个……一个想。这是写……诗啊，要慢……慢想。"

大老官同公社李书记他们站在天井角落抽烟，说话。见这边响声大，大老官跑过来说："社员同志们交了作品就回去，舒通同志要集中精力看你们的作品，这么吵吵闹闹，没办法看啊。"

社员们就回去了，却又不放心似的，忍不住回头张望。大老官拿起桌上的纸条，问："有好的吗？"

"正是你……说的，意……思都好，但都……要改。"通哥说。

大老官随口念着口中的条子："一年四季不穿鞋，田里事情做不完。苦干巧干拼命干，多挣工分好过年。这首诗嘛，总体上讲是好的，体现了大干快上的精神，但是思想境界要提升，不能只想着自家过个好年，而要把落脚点放在建设社会主义新中国上。"

李书记也拿起一张纸条念道："一年养他三头猪，一头过年一头盘书，还有一头送国家，完成任务不认输。这首……这首……刘组长你看？"

大老官说："要不得，这首要不得。"

通哥说:"说的倒……是大……实话。"

"通哥,我妈妈要你写首诗。"我说。

没等通哥答话,大老官说了:"不能喊人代写!你是哪家小伢儿?"

通哥说:"我四……叔家。"

大老官说:"你们自家写好,交给工作组审查、修改,这是可以的。"

通哥笑笑,摸着我的脑袋,说:"六坨最……聪明了,你想……想,再告……诉我。"

真是难住我了,我哪里晓得写诗?天井中间烧着一堆大火,青烟直上云霄。通哥的桌子放在火堆的一角,他正埋头改诗。大老官同李书记几个人围着火堆烤火,说着社员写诗的事。大老官说:"县里对我们工作是肯定的,我们要抓紧时间把每户一首诗搞出来,搞个社员赛诗会。"

"搞社员赛诗会,能不能把县委向书记请来?"李书记问。

"向书记肯定会来的,我去请示汇报。"大老官说。我当时还不晓得县委向书记同大老官阿娘的事,也就没有在意他的脸色。我正在想诗哩。通哥平日骂不会做作业的同学只晓得望天花板,可我这会儿坐在天井中间,只能望着天空了。今日是冬日里难得的晴天,空中的白云像大团大团的棉花,慢慢从天井北边角上飞到南边角上。

我突然想起,腊梅的拖拉机没油都可以自家跑,我何不把天上的白云拿来做棉花呢?可我有了这个想法,也写不出诗来。我看见别人写的诗都押韵,每句的字数也都一样多。我冥思苦想了老半日,才麻着胆子走到通哥跟前,说:"通哥,我想了几句。"

通哥放下笔,望着我:"说给我听……听?"

我的脸唰地红了,心里怦怦跳。我壮着胆子,说:"我顺着彩虹飞上天，神仙问我我不回答。我没有功夫回答他，我正忙着晒棉花！"

通哥吃惊地望着，说："六坨你是神……童啊！好，真好，我给你稍……微改改！"通哥皱着眉，不一会儿，提笔写道：农民伯伯去天宫，踩着彩虹上九重。神仙问话没空答，社员忙着晒棉花。

"刘……组长，李书……记，六坨是个神……童哩！"通哥喊道。

大老官接过通哥递上的诗，同李书记凑在一起念了念，都怀疑地望着我。"真是你写的？"大老官问。

"我是说的飞上天，通哥改成上九重。我说我正忙着晒棉花，通哥改成社员忙着晒棉花。"我说。

"你几岁了？上几年级？"李书记问。

我回答说："九岁了，三年级。"

"九岁？神童，真是神童！马上打发人把六坨的诗送到县里去！"大老官叫唤着工作组的人。有个年轻干部从楼上下来，拿着诗稿看看，推着单车就要走。大老官突然想起："对了，叫六坨自家抄写一遍，带他自家抄写的原稿去！"

我整个人就像中了邪，恍恍惚惚。我趴在桌上抄诗，一堆大人围着看。我紧张得要死，出了身老汗。有人摇头叹服："真是聪明，九岁小伢儿的诗，这么好，我们大人都写不出。"我抄完诗，回头看看通哥，他独个儿蹲在火堆旁烤火。大老官望望通哥，脸上满是笑容，对李书记说："老李，我们这个点，会出成绩的！"

我挨到很晚才回去，爸爸妈妈早听说我写诗的事了。"真是你自家写的吗？"妈妈问我。"当然是我自家写的，通哥、大老官、李书记都在场。"我说。不晓得怎么回事，我没有说起通哥帮着修改了。

我刚端起碗吃饭，就听见广播里说道："世界上有神童吗？回答是否定的。但是，在社会主义新农村里成长起来的儿童，不是神童，胜似神童。下面广播一首九岁小朋友的诗，请听！"接下来念我那四句诗的是个小女孩，她念得真好，我真不相信这诗是我写的。小女孩念完，又是大人的声音，整个儿都在说这诗短小精悍，写得太好了。"作者运用了革命浪漫主义手法，描写了农村棉花丰收的景象。棉花多得像天上的云，神仙都为之惊讶，多么生动的神来之笔！"

爸爸妈妈嘴里含着饭，都停在那儿不敢嚼，生怕听漏一个字。爸爸拿筷子轻轻敲了下我的脑袋，笑得合不拢嘴，说："舒通平日总夸你聪明，我就是看不出。还真要得啊！"

我成了小诗人，感觉非常地好。不论走到哪里，大人都夸我。小伢儿们也羡慕，老问我这诗是怎么想出来的。

十六

通哥和工作组忙了好久，家家户户都有诗了。学堂也开学了。通哥没有去学堂上课，他要准备赛诗会。他的课都由别的老师代了。有个白天，祠堂门口扎了松枝做成的彩拱门，上面挂着的红绸布上写着"学习小靳庄社员赛诗会"。学堂不上课，同学们早早地就坐到了天井里。社员们比以往任何会议都听打招呼，他们家家户户都要上台。

听得汽车喇叭响，晓得县委向书记来了。果然，一个胖子披着军大衣进来了，他身后跟着大老官刘组长、公社李书记，还有几个不晓得是什么人。我猜那个胖子肯定就是向书记。俊叔站在楼梯口招呼着，向书记就领着人上楼了，走到主席台上坐下来。

大老官拿起话筒，站着说："县委向书记对我们点上学习小靳庄活动非常重视，百忙之中抽出宝贵时间，参加今天的群众赛诗会。下面，我们以热烈的掌声，欢迎向书记作指示！"

大老官说完，把话筒端端正正放在向书记面前，自家退到后面座位上坐下。向书记清清嗓子，说："社员同志们，有战无不胜的毛泽东思想作指导，任何人类奇迹都可以创造！两千多年前，中国诞生了一部诗歌集，叫《诗经》，总共收录了三百零五首诗。这是中国古人千百年创作诗歌的总和。但是今天，我们大队三百二十五户，不到两个月时间，每家每户都创作了一首诗，有的户还创作了两首、三首，总数达到四百零五首，比《诗经》整整多出一百首！如果我们全县每个村都像点上一样，那将是怎样的景象？那是诗的海洋！"向书记下面的话我就听得不太懂了。他讲儒法斗争史，从两千多年前的孔子讲起，一直讲到林彪。我瞟了眼坐在后面的大老官，他总是微笑着望着向书记的后脑勺，好像那里也长着双眼睛，正同他打招呼。

向书记讲完，赛诗会开始。早就同社员群众打过招呼的，赛诗会上不点名，大家要争先恐后上台，气氛搞得热热闹闹的。但是，大老官宣布赛诗会开始了，没有一个人敢上去打头炮。场面有些难看，急死了大老官、公社李书记和俊叔。这时，通哥在戏台角上，朝我眨眼睛。我明白他的意思，猛着胆子站了起来，小跑着上了戏台。站在台上打招呼的阳秋萍忙把话筒递了过来。我双手有些打颤，喉咙发干。

"我，我，"我结巴了两声，终于喊了出来，"诗一首，题目是《晒棉花》。"我就像放鞭炮，自家都还不晓得是怎么回事，就把四句诗念完了。台下拼命鼓掌。我刚要下来，听到向书记喊道："小朋友，我还没听清楚哩，再念一遍，慢些念。"

我不晓得转过身去，就背对着台下，望着向书记念了起来："农民伯伯去天宫，踩着彩虹上九重。神仙问话没空答，社员忙着晒棉花。"

向书记高兴地笑了起来，问我几岁了，诗是不是我自家写的，然后连声说好。

我打响了头一炮，就没人害怕了。上去几个人之后，楼梯口竟然排着队了。每家每户都推选自家最有文化的人上台，大家都有争面子的意思。

赛诗会后，向书记召集几个群众代表开会。我居然被喊去开会了，这是我平生头一回参加大人的会议。通哥、腊梅也在会上。向书记表扬大家几句，就说了他的想法："社员同志们，群众写诗，这是个新生事物。我们不光要人人写，家家写，还要树典型。你们这里是县里的点，应该产生代表县里水平的农民诗人。"

俊叔问："向书记，舒通是民办老师，算不算农民？"

向书记说："当然算农民呀？"

俊叔说："民办老师算农民的话，我个人觉得推舒通比较合适。"

"哪位是舒通？"向书记问。

"是……我！"通哥回答。

向书记望望舒通，说："你，结巴？"

通哥答道："结……巴。"

向书记说："作为农民诗人推出来，有时候免不了要登台朗诵，结巴只怕不妥。"

俊叔说："他读书一点儿也不结巴。"

向书记问："你自家写的诗是什么？"

舒通说："社员挑担桥上过，河水猛涨三尺多；要问这是为什么，一个红薯滚下河。"

"哈哈哈哈！"向书记高声大笑，"这个红薯可真大啊！好啊，有气魄。刚才怎么没见你上台念呀？"

通哥说："我家的诗是我妈……妈上台念的，我妈妈自……家写的。起床起得早，雄鸡吵醒了。叫声大娘哟，今后你报晓。收工收得晏，天天是大战。社员豪情高，为国做贡献。"

"哦，你妈妈的诗写得好。"向书记说。

"舒通念书不结巴，这是真的，"大老官刘组长说，"不过，我觉得要有代表性，不如推舒腊梅同志。她是拖拉机司机，又是女同志。"

李书记说："我同意。"

腊梅低着头，脚在地上不停地划着。

"可不可以推这个小朋友呢？"向书记问。

我听了脑子嗡地响了起来，像被哪个敲了一下。

通哥马上说："不要推……六坨，读……书要紧。"

向书记说："你这个认识就有问题了，写诗怎么会影响读书？"

通哥说："我说要推就推腊梅，不然最好推不识字的，更是新生事物。"

大老官严肃起来："舒通你这是什么意思？说风凉话？你这个人就是喜欢翘尾巴。"

腊梅的脸唰地绯红，嘴巴噘得老高，瞪着别处。

通哥说："我哪……是说风凉话？劳动人民口……头创作，文化人记……录整理，自……古都有……的事啊。"

向书记说："舒通倒是个有见识的人，他说得有道理。我们这里只是征求群众意见，最后我们几个留下来研究研究。你们回去吧。"

哪个该回去，哪个该留下来，大家听了就明白。只有俊叔不知是走还是留，迟疑地望着李书记。李书记看出他的意思，说："俊生同志一起研究。"

我走在通哥后面，一句话也不说。通哥自家想当诗人，就拦着我。

他推腊梅也是虚情假意的，故意讽刺人家。

"六……坨，你今天表……现不错。"通哥说。

我不说话，低头走路。

"咦，怎么不……理我？"通哥问。

我说："通哥，你自家想当诗人吧？"

通哥说："哦，我晓……得了，你生我……的气？我才不……想当哩！你还……小，不晓……得事。这哪里是……诗？这……叫顺口溜！这也……是诗，那算……命先生个个是诗人！算命先……生讲话，全是顺……口溜，全押……韵！"

我不明白通哥的意思，仍不说话。通哥说："六……坨，你也……是三年级的学……生了，要大不……大，要……小不小。我讲……的话，你只……记住，不要跟别……人讲。赛诗是一……阵风，过不……了多久，就什么都……没有了。你好……好读书。"

通哥这话，就像冬天的一盆冷水，泼得我人都蔫了。我原以为自家真是小诗人了哩！我分不清顺口溜同诗有什么区别，但还是相信通哥的话。县委向书记，那是个真正的大老官，他都说通哥有见识。

可是过了几天，我就真不清楚自家是否被通哥骗了。通哥明明说他不当诗人的，却被推选为县里的农民诗人，到省里赛诗去了。

这次通哥出门时间可真长，大约二十多天才回来。他背回一捆书，书名叫《舒通的诗》。我翻开看看，竟然家家户户的诗都在里面，我的四句诗也在里面。

"通哥，怎么人家的诗都变成你的诗了？"我问。

通哥说："六坨，同你讲……不清，你年纪太……小了。"

村里人知道自家的诗印在书上了，都非常高兴。他们并不在意书上印着哪个的名字，看着自家的诗变成了铅字了就满心欢喜。几十本书被社员们一抢而空，没抢到的还有意见，问通哥能不能再弄些来。

只有我不甘心，自家写的诗，印在人家书上。妈妈说："六坨就是钻牛角尖，这有什么奇怪的？大跃进的时候，十多亩田的谷子堆到一丘田里放卫星，现在把全村人写的诗都放在你通哥一个人脑壳上，不是一回事？"

十七

通哥从省里赛诗回来，人就变了。他真的开始写诗，放在信封里，寄到外地去。他说是投稿。我问投稿是什么意思，他懒得告诉我，只说你长大了就晓得了。通哥不再像原先那样，耐心告诉我很多不晓得的东西。他总是昂着脑壳想事情，然后在纸上写几行字。

这年暑假，通哥同阳秋萍去公社登记了。向姨不再反对，随他们去了。二伯母同向姨也说话了，两家都认了这门亲戚。通哥同阳秋萍新事新办，没有弄酒席，开了个茶话会，年轻人聚满了洞房，闹到深夜。通哥不再住学堂的老师房，两人在家里布置了新房。

结婚了就得分家过的，但分家太快又不合情理。到了年底，通哥就同阳秋萍自家过日子了。分家也是当喜事办的，两边大人凑在一起，办几样菜，吃了顿酒。

正是这个时候，幸福大学毕业了。我这才晓得，福哥上的大学，只有八个月，叫春秋大学。春季入学，秋季毕业。但福哥回家的时候，已是冬天。他吃国家粮了，去了县里氮肥厂上班。

第二年初夏，村里出了件大事。腊梅肚子大了。冬春衣服厚，没人发现；一到夏天，就见她的肚子高高地腆着了。腊梅闭门不出，拖拉机停在站里没有开回来。村里人开始议论，有人说她肚子里的货是公社李书记的，有人说是县里刘副局长的，还有人说是幸福的。最后大家晓得，原来是李书记的。李书记挨处分了，撤了职务，调到别的公社去了。

腊梅被发现怀孕的时候，日子早到了。村里妇女主任领她到医院，要打掉。她不光违背计划生育政策，而且没有结婚。人打下来却是活的，腊梅哭着嚷着，把伢儿抢走，抱回来了。生的是个女伢儿。

幸福每隔些日子，就回到村里。他穿着蓝色工装，袖子高高卷起，样子很叫人羡慕。他回到村里就是个没事的人，四处游走。看见谁家里有人，喜欢就站在人家门口，说会儿话。他碰见人总是打声招呼，说："倒班，休息。"有时是村里人先打招呼："幸福，倒班？"我不晓得什么是倒班，就问通哥。通哥说，氮肥厂二十四小时上班，分三班，轮着上。轮着上夜班，白天休息。连续上几个夜班，就加休一个白天。加休这天，就叫倒班。幸福是村最清闲的人，吃的国家粮，月月还有工资拿。妈妈说："你长大了要是像幸福，命就好了。"

有天，幸福回来没穿工装，穿了件白衬衣，扎进裤腰里。村里谁也没见过这么白的布，很多人扯着摸摸。幸福说："这叫的确良，日本人发明的，放在地里埋三十年都不会烂。"

有人不相信："鬼话，哪有沤不烂的布？"

幸福说："的确良又不是棉花做的，石头做的。石头埋在地里会烂吗？"

大家更加不相信了："石头碎了，最多是粉粉，怎么会变布呢？"

幸福说："你们不懂科学。氮肥是什么变的你们晓得不呢？"

众人摇头。幸福说："氮肥是空气变的！把空气收在一起，放在机械里，就变氮肥了。"

众人听得神乎其神，幸福很是得意，吹起大牛："你们晓得的，我们用的尿素，最好的是日本尿素。你们晓得日本人有好聪明吗？日本人把轮船开出来，本来是空的。他们就在太平洋上边走边生产，等到了中国，就是满船的尿素了。再把尿素卖给中国，运中国的大米回去。"

有人很不服气，说："他妈的日本人太狡猾了，拿空气换我们的大米！"

我把幸福的话告诉通哥，通哥说："幸福晓……得个屁！日本人是……厉害，也没……有这……么神。"

我突然发现阳秋萍的腰粗了，走路时总喜欢一手支着腰。听大人们说，阳秋萍有了。算着日子对不上号，背地里说阳秋萍肚子里是现饭儿。现饭儿，是我们乡下人的说法，指的是未婚先孕。

有天，我正在外头玩，突然听得广播里响起哀乐。我听了，大吃一惊。我飞快地跑回家，说："妈妈，毛主席死了！"

妈妈正在织布，听我这么一说，拿起身边的扫把就要打人。我躲了一下，没打着。妈妈站起来，追着我打。广播里正在念着讣告，妈妈一边追打我，一边听着讣告，慢慢停下脚步。我边跑边回头，见妈妈站住了，我也站住了。妈妈站在那里不动，白着眼睛望天，反复听着，终于听清楚了，突然大哭起来："毛主席呀……"

毛主席的哀期未过，阳秋萍的儿子悄悄儿生下来了。生儿子本来是大喜事，可是这孩子生得不是时候，不准放鞭炮，不准请酒饭。所以说这个小伢儿是悄悄生下来的。通哥给儿子起的名字叫默生，可能就是这个意思。

村里人都戴了黑纱，拿别针别在袖子上。幸福倒班时也回到村里，手臂间也戴着黑纱。人们发现幸福的黑纱做得漂亮些，吃国家粮的就是不同。幸福说："厂里统一发的。"有人说："我们也是大队统一发的，差些。"

很快就是深秋，太阳晒着不烫人，很舒服。晚稻开始收割，白天村里见不着几个人。大人们都到田里收谷子去了。我提着鱼篓，想去田里抓泥鳅。晚稻收割完了，没撒绿肥的冬浸田里，正好抓泥鳅。

我从通哥屋前走过，正好看见阳秋萍坐在外头晒太阳，搂着默生喂奶。幸福坐在她面前，望着她喂奶，同她说话。"六坨，不上学？"阳秋萍问。"今天是星期六，半日课。"我说。阳秋萍说："哦哦，我糊涂了，今天是半日课，你通哥砍柴去了哩。"

我瞟了眼阳秋萍，忙走掉了。她把奶子露在外面，我不好意思看。她头发稀乱，腰照样很粗。刚才阳秋萍同我说话的时候，幸福望都没望我。他一直望着阳秋萍的奶子。真搞不懂，女人没生孩子，身上半寸肉都不敢露出来；生了孩子，就把奶子当着人舞上舞下。

十八

我上五年级了，已经晓得什么是投稿，什么是发表作品。我问通哥："通哥，你还投稿吗？"通哥说："不……投了，我要复……习，参加高……考。告诉你，今后考……大学，不是社……来社去，可以吃国……家粮。"通哥写了好多年诗，我不晓得他是否发表过。我晓得这事不好问，就没有问他。通哥自家却说了："写……诗，比考大……学还难。"我问通哥："你考大学出来，想做什么？"通哥说："肯……定不再当老……师了。我问……过，师范大学不……要结巴。我想当……记者，无……冕之王。"

可是，比写诗容易的大学，通哥也没有考上。通哥摇摇头说："复习得太……晚了，太晚……了。明天再……来，明年……再来！"通哥准备再次复习参加高考的时候，他的第二个孩子出生了。生的是个女儿家，起名叫秋桂。有人说他给女儿起的名字不通，又不是秋天生的。通哥笑笑，说："你们不……晓得！现在高考改在夏……天了，发榜的时候……是秋季，同古……时候考状元是一个时间。古时候考……上状元，就叫折……桂。"

乡下人信迷信，听通哥这一说，料定他今年肯定考得上大学。不说别的，兆头好啊！再说通哥在村里人眼里，学问太好了。但是，通哥仍然名落孙山。幸福在旁边说风凉话："吃国家粮，还得有命！我们厂里，很多人文化连我都不如！"通哥晓得这话了，冷冷一笑，说："幸福还吹……什么牛皮？三十……多岁了，阿……娘都找不到！"

幸福的婚事越来越是村里人议论的话题，都说他再找不到阿娘只怕就要打单身了，高脚了。乡下人说话，喜欢拿农事打比方。高脚，本来是讲秧苗过季了，长高了就栽不活了。这时候，俊叔已不当支书了，家里的事儿也越发不称心。幸福吃着国家粮，却找不着阿娘。喜坨书早不读了，学了门丢人的手艺，钳工。也就是扒手。俊叔在村里当支书好多年，丢不起这个面子的。可是儿子大了，管也管不住。喜坨回家一回，打他一顿。打他一顿，出门半年。慢慢地，俊叔打也不打，骂也不骂，由他去了。

慢慢地，村里出了很多钳工，都说是喜坨的徒弟。日子久了，大家也习惯了，似乎那真是一门手艺。喜坨从外面回来，有人甚至会问："生意好吗？"喜坨衣着光鲜，满面笑容："好哩，还好哩！"老辈人在一旁摇头："旧社会，附近十乡八里，只有彭家坡有个彭疤子是扒手，大家都认得他。现在啊，扒手成堆了！"

通哥死心了，再也不想考大学。诗也不写了，他说那东西比考大学还难。家里四口人了，他得挣工分。学校放学，他就扛着锄头往地里跑，还可以赶一气烟的工。一个工分上下两个半日，每个半日分两气烟。

灶里烧的，也要通哥去山上砍。星期天只要天气好，通哥都会上山去砍柴。通哥平日穿衣服算是讲究的，衣上的补丁必须方方正正。但他上山砍柴，穿得就像个乞丐。通哥已经多年没戴帽子，但眼睛同样眯着。他早已是近视眼。

我头回上山砍柴，就是通哥带着去的。家家户户都烧柴，砍柴的地方就越来越远。妈妈本来不让我去砍柴，说太远了，吃不消的。我吵着要去，还必须要穿草鞋。妈妈扔给我一双草鞋，说："不要哭着回来啊。"

通哥肩上扛着扦担，高声唱着歌。说实话，通哥唱歌很难听。原先在宣传队，他只要唱歌，阳秋萍就会笑。我走了不到半里地，脚就被草鞋磨破了。妈妈的话应验了。通哥回头一看，说："六……坨，你们小伢儿肉……皮嫩，穿不……得草鞋，不如光……着脚。"

有过这么一回，后来通哥只要上山砍柴，必定邀我。我每次都去。多跑几回，我也能穿草鞋了。通哥去的时候，一路上总是唱着歌。他在山上砍柴，也是唱歌。他把能想到的歌都唱出来，有时从这首歌唱到那首歌，自家并不晓得。

挑柴回家的路上，通哥不再唱歌。路上歇肩，他也不唱。这个时候，人都疲得不行了，哪唱得了歌？通哥坐在路边，眯起眼睛望着远处，我会想起他当年写诗的样子。

十九

我考上大学，通哥并没有祝贺我，他摇摇头说："你要……考就考北大，要是我像……你，就考……北大。"

我上大学几年，每次放假回来，都听说很多通哥的事情。想不到阳秋萍同他离婚了，跟了幸福。村里人说得难听，幸福三条尿素袋子，就把阳秋萍睡了。当时有种日本尿素袋子，质地很像棉绸。棉绸是那时候很高级的布料，乡下人是穿不起的。日本尿素袋子染过之后，同棉绸差不多，做裤子很看好。通哥看见阳秋萍新做了条尿素袋子的裤子，问是哪里来的。阳秋萍讲是幸福给的。通哥对幸福从来就没什么好感，老见他没事就到家里来，望着阳秋萍喂奶他就眼睛发直。通哥起了疑心，盘问阳秋萍。阳秋萍不承认，两人吵着吵着，就打起来了。打过之后，阳秋萍就承认了。

离婚的时候，问两个孩子，愿意跟爹，还是愿意跟娘。默生和秋桂都说愿意跟娘，还说听老人讲了，宁愿跟讨饭的娘，不愿跟当官的爹。通哥红了眼圈，说："你……们的爹又没当……官！"他心里清楚，两个小伢儿听了阳秋萍的挑唆，跟着幸福有活钱用。

通哥不再唱歌，也不再上山砍柴。混了些日子，课都懒得上了。民办老师也就当不成了。最叫村里人说闲话的是他同腊梅搞到一起去了。同姓人乱搞，这在乡下是丢脸的事。通哥就同腊梅带着女儿，住到县城里去了。一家人在城边租了两间破屋子，做着小生意。每日清早，通哥就同腊梅守在城外路口，拦着进城来的菜农，长说短说把人家的菜蔬下来，再挑到菜市上去卖。我问妈妈："他这样过得了日子吗？"妈妈说："有时候你通哥也这样……"妈妈做了个扒手的动作。

通哥同腊梅躲在城里，一口气就生了三个小伢儿，都是儿子。村里把他家里房子拆了，就再也拿他没办法。那几年，只要听说腊梅肚子又大了，乡政府和村里就派人到城里去找。腊梅就四处躲，影子都找她不着。有回，几个干部捉住通哥，说你阿娘不肯扎，就把你扎了。通哥笑笑，说："我同腊梅又没……有结婚，你们凭……什么讲她是我阿娘呢？你们凭什么把我阉……了呢？我阉……了你们！"当时通哥正在卖鱼，手里拿着破鱼的刀。他说话笑眯眯的，却把几个干部吓着了。

那年上面突然来了政策，工龄长的民办老师可以转为正式老师，村里好几位和通哥同年当民办老师的都转正了。通哥晓得了很后悔，不该把民办老师这个饭碗丢了。有天通哥听说，江东村有位民办老师，也是中途离开教师队伍的，同样转正了。他很兴奋，打了报告，跑到县教育局。

通哥走进局长办公室，原来局长正是当年在大队办点的大老官。"刘……局长，你还认……得我吗？"通哥笑着。

刘局长望望舒通，很热情的样子："原来是舒通啊！好多年不见你了，倒是老听人家讲起你。坐啊，坐啊。"

"我有什……么好讲的，"通哥坐下说，"刘局……长，我的政……策能落实吗？"

刘局长溜了眼报告，说："你的情况我清楚。像你这种情况，没有办法落实政策。你是自动离开教师队伍的。"

通哥就说："那……江东村有……个老师，他也……是中途离开的，听说他转……正了。"

刘局长说："你讲的情况不错，但人家是因为在文革时期受迫害，被开除出教师队伍。现在平反昭雪，承认他的连续工龄，就转正了。"

"刘……局长，还有没有办……法想呢？"通哥几乎是哀求。

刘局长说："没有办法。人家是受迫害，你是因为乱搞男女关系。"

通哥面红耳赤，站了起来。他真想骂娘。要是依着当年在宣传队的脾气，他差不多会扇刘局长一个耳光。他拿回放在刘局长面前的报告，捏成一团。

"听说你阿娘阳秋萍跟人家去了？"刘局长笑眯眯地问。

"你阿娘还偷县委书记吗？"通哥撂下这句话，扭头出来了，居然没有结巴。

几年之后，默生突然来找我，说他爸爸关起来了，要我帮忙把他搞出来。通哥并不专门偷扒，他只是遇着机会就顺手牵羊。可他年纪毕竟大了，眼睛又不好，老是被抓。他其实被关了好多回了，每次都托人说情，关几天就放。这回他倒霉，偷到公安局长家里去了。往日都是关在派出所里，请人帮忙，交钱就放人。这回关到监狱去了，麻烦就大了。他家里四处托人，听人家说只有找六坨了。我其实是不肯求人的，但通哥是自家堂兄，又是老师，赖也赖不掉。算是通哥有运气，公安局长正是我大学同学。我这同学听我一说，哈哈大笑，说："原来是你老师啊！你还有这样的老师，佩服！"

我自家开车去监狱接通哥出来，见面很有些尴尬。我尽量做得自然些，同他寒暄："通哥，你受苦了。"

不料通哥嘿嘿一笑，说："不……受苦！我在里……头就像皇……帝！那……里头可黑……啊！里面犯……人个个凶……恶，欺……生。我刚进……去，差点儿被他们打……了。幸……好喜坨在里头，喜……坨是里面的老大。喜……坨说，他是我的老……师，你们要尊敬……老师！每餐……吃饭，喜坨都要人……家把菜分一半给我吃。他们都争……着把好菜给我吃，我吃都吃……不完，不是家……里人硬要……我回去，我在里……头还……好些……"

通哥结结巴巴，不停地讲着自家在监狱里的奇遇。要不是到了他家门口，他还会讲下去。他住的地方在城边，房子像建筑工地的临时工棚。下车的时候，通哥又嘿嘿笑着："当老……师还……是好，坐班……房都有学……生来接……啊！"

没这回事

史济老人吃了早饭，闲步往明月公园去。老人身着白衣白裤，平底力士鞋也是白的，很有几分飘逸。又是鹤发美髯，悠游自在，更加宛若仙翁。只要天气好，老人都会去明月公园，同一帮老朋友聚在来鹤亭，唱的唱戏，下的下棋，聊的聊天。史老喜欢唱几句京戏，倒也字正腔圆，颇显功底。

来鹤亭在公园西南角的小山上，四面都有石级可登。山下只能望其隐约，一檐欲飞。史老不慌不忙，拾级而上。行至半山，只觉风生袖底，清爽异常。再上十来级，就望见来鹤亭的对联了：

双鹤已作白云去
明月总随清风来

快要上亭，就听得有人在唱《斩黄袍》：

206

孤王酒醉桃花宫，韩素梅生来好貌容。

寡人一（也）见龙心宠，兄封国舅妹封在桃花宫。

　　他听得出这唱着的是陈老，拉京胡的一定是刘老了，那么郭姨十
有八九还没有到。

　　常到这里玩的只有郭姨郭纯林是行家，她退休前是市京剧团的专
业琴师，拉了几十年的京胡。去年郭姨在来鹤亭头次碰上史老，她说
自己平生一事无成，守着个破京胡拉了几十年。史老说，最不中用的
还是我，如今我七十多岁了，根本记不起自己一辈子做过什么事。你
到底还从事了一辈子的艺术工作啊！郭姨笑了起来，说，还艺术？老
百姓都把拉琴说成锯琴。我们邻居都说我是京剧团锯琴的，把我同
锯木头相提并论，混为一谈！您老可不得了，大名鼎鼎的中医，又是
大名鼎鼎的书法家！史老连忙摆手。

　　果然是陈、刘二老在搭档。陈老见他来了，朝他扬扬手，仍摇头
晃脑唱着。刘老则闭目拉琴，似乎早已神游八极了。史老同各位拱手
致意，便有人起身为他让座。他客气地抬手往下压压，表示谢意，自
己找了个地方坐下了。郭姨真的还没有到。史老心中不免怏怏的。

我哭一声郑三弟，我叫、叫、叫、叫、叫一声郑子明哪。寡
人酒醉将（呃）你斩，我那三弟呀！

　　陈老唱完了，拉琴的刘老也睁开了眼。陈老说，史老来一段？史
老摇摇手，谦虚道，还是您接着来吧。刘老笑了，说，您是嫌我的琴
拉得不行吧。您那搭档总是姗姗来迟啊。史老双手一拱，表示得罪了，

207

说，哪里哪里，我这才上来，气还喘不匀哩。刘老鬼里鬼气眨了眼睛说，等您同她结婚了，有您喘不过气的时候呢！史老就指着刘老骂老不正经。

正开着玩笑，就见郭姨来了。她也是一身素白衣服，坐下来问，什么事儿这么好笑？刘老开玩笑来得快，说，笑您呢！笑您和史老心有灵犀，穿衣服也不约而同。年轻人兴穿情侣装，您二位赶上了。为我们老家伙们争了光呢。郭纯林笑道，刘老您只怕三十年没漱口了吧，怎么一说话就这么臭？史老摆手一笑，说，小郭别同他说了，你越说他越来劲，等会儿还不知他要说出什么难听的话来呢。刘老这就对着史老来了，说，您就这么明着护她了？老哥儿们都知道您会心疼老婆！老哥老姐们就大笑起来，问他俩什么时候办事，要讨杯喜酒喝。

郭姨脸红了起来，低下头来调弦。大家便笑她又不是二八姑娘，这么害羞了？

史老说，小郭你别理他们。来，我唱段《空城计》，就唱孔明那段"我正在城楼观山景"。

郭姨点点头，拉了起来。史老作古正经拉开架子，开腔唱道：

> 我正在城楼观山（呐）景，耳听得城下乱纷纷。
> 旌旗招展空翻（呐）影，却原来是司马发来的兵。
> 我也曾差人去（呀）打听，打听得司（喏）马领兵往西行。
> 一来是马谡无（哇）谋少才能，二来是……

有郭姨拉着京胡，刘老就不拉，同几个人在一边侃气功。他喜欢侃，侃起来口吐莲花，神乎其神。几位老太太很信他的，一个劲儿点头。这边有人给史老喝彩，刘老也不忘停下来，拍着手叫一声好，再去侃他的气功。

> 诸葛亮无有别的敬，早预备下羊羔美酒犒赏你的三军。
> 既到此就该把城进，为什么犹疑不定进退两难为的是何情？
> 左右琴童人（呐）两个，我是又无有埋伏又无有兵。
> 你不要胡思乱想心不定，来来来请上城来听我抚琴。

史老调儿刚落，掌声便响了起来。史老边拱手致谢，边笑着对大家说，你们别信刘老那套鬼名堂。他哪知道什么气功？刘老眨眼一笑，并不理会，仍在那里眉飞色舞。

这会儿没有人唱了，郭姨自个儿拉着调儿，嘴里轻声哼着，很是陶醉。那边两个老哥下棋争了起来，嗓门很高，像是要动手了。大伙就转拢去看他俩，笑他俩像三岁小孩，叫他们小心别把尿挣出来了。老小老小，越老越小啊！郭姨却像没听见那边的动静，仍只顾自个儿拉着哼着。

老哥老姐们三三两两地来，又三三两两地走了。刘老提着菜篮子要顺道买菜回去。陈老就说，你这个老奴才啊，忙了一辈子还没忙够？老了，就不要管他那么多了，还要给儿孙当奴才！只管饭来张口，衣来伸手，看他们把你怎么样！

刘老摇头自嘲道，我这是发挥余热啊！

史老和郭姨还没走。刘老说，你们两位老情人好好玩，我们不打搅了。我看这来鹤亭的对子要改了，如今是"双鹤已作白头来"了。

史老拱手道，阿弥陀佛，你快去买你的菜去，迟了小心你儿媳妇不给饭吃！

大伙儿都走了。只有些不认识的游人上来遛一下又下去了。郭姨像是一下子轻松起来，舒了口气说，清静了，清静了。

史老说，是的，到处闹哄哄的。

郭姨说，没有这么个地方，真还没个去处。

史老说，你是不是搬到我那里去算了？

我不是这个意思。郭姨低下头，脸飞红云。老太太六十岁的人，不见一丝白发，看上去不到五十岁。

已是中午了，游人渐稀。天陲西望，闲云两朵。

史老回到家里已是下午一点多。这是史家先人留下的祖居，一个小四合院，在巷子的尽头。史老进屋很轻，他知道家人都吃过了中饭，各自在午睡。

保姆小珍轻手轻脚地端来温水，让史老洗了脸，马上又端了饭菜来。儿孙们上班的上班，上学的上学，史老生活规律同他们合不上，他只顾按自己的一套过。

吃过中饭，小珍说，史叔交代我，叫您老吃了饭睡一下。

知道！史老说着，就回了自己房间。

小珍说的史叔是史老的大儿子。史老两子一女。老大史维，在市一中当教师，教历史的；二儿子史纲，继承父业，是市中医院的医生；女儿史仪最小，也在市中医院上班，是位护士。儿女们很孝顺，细心照料着史老的生活。

史老住的是紧挨中堂的正房，里外两间。里面是卧室，外面做书房兼会客室。他有十年不给人看病了，只在家修身养性，有兴致就写几个字。谁都弄不懂他为什么不肯看病了，只是惋惜。前些年曾传说他写过一副对联：

病起炎凉，炎凉即为世道，老夫奈世道何？

药分阴阳，阴阳总是人情，良方救人情乎？

　　有人向史老讨教，问他是不是作过这副对联，是什么意思，是不是说世道人情不可救药了。史老只是笑而不答。

　　史老才吃饭，不想马上就睡，推开窗户吹风。窗外是一小坪，角上有一棵大榆树，春天便挂满了榆钱。还有芭蕉一丛，老梅数棵，错落坪间，很是随意。连着小坪的也是一些平房，不挡风，也不遮眼。凉风吹来，蕉叶沙沙，梅树弄姿。史老喜欢这片小天地。在这样一个闹市，能留下这么个小天地，真是造化。史家小院原先也是当街临埠的，只是后来城市规划变了，就被挤到这个角落里来了。倒是落得清静，正好合了史老的雅意。更有这后院小坪，可以观花，可以望月。

　　蝉声慵懒，令人生倦。史老打了个呵欠，上床歇了。

　　老人家睡了一会儿起床，儿孙们各自出门了。他便去厨房，想倒水洗脸。小珍听得动静，忙跑了过来，说，爷爷等我来。他也不多讲，由着小珍去倒水。

　　洗了脸，感觉很爽快。他甩着手，蹬着腿，扭着腰，回到房里，铺纸泼墨。老人家每天下午都是如此，从不间断。时间也没限定，当行当止，全凭兴致。只是所写字句必求清新古雅。时下流行的语言，老人总觉得写起来没精神。这时，他想起明月公园的一副对联，便信手写下了：

　　青山从来无常主
　　平生只需有闲情

写罢抬手端详片刻，又写道：

> 老朽向有附庸风雅之句：后庭有树材不堪，一年一度挂榆钱。春来借取几万金，问舍求田去南山。同好见了，戏言诗是好诗，只是不合时宜。南山寸土寸金，非达官显富休想占其一席。我便又作打油诗自嘲：南山有土寸寸金，谁人有钱谁去争。我辈只谈风与月，黄卷三车与儿孙。古人有云：山无常主，闲者便是主人。明月公园之联，正古人高情也！

搁笔细细审视，不免有些得意。史老总是很满意自己的随意挥洒之作，少了些拘谨和匠气。想平日来索字的人，多半是他们自己想了些句子，那些狗屁话史老很多都不太喜欢。可收人钱财，就得让人满意，他只硬着头皮笔走龙蛇。这些作品他自己往往不太如意。史老不太肯给人家写字，硬是推托不了的，一律按标准收取润笔。标准自然是他自己定的，但也没人说贵。

过会儿孙子明明放学回来了，跑到爷爷书房，叫声爷爷好，我回来了。史老摸了摸明明的头，说，你玩去吧。哦，对了，今天是星期五，吃了晚饭让爷爷看看你的字。

明明是二儿子史纲的小孩，正上小学。史维膝下是一女儿，叫亦可，在一家外贸公司工作。女儿史仪，尚是独身，三十多岁的老姑娘了。

儿孙们挨个儿回来了，都先到史老这里问声好。史老只是淡淡应着嗯。只是史仪还没有回来。

吃晚饭了，大媳妇秋明来请史老，说，爹，吃晚饭了。史老说，好，就来。见史老还没动身，秋明不敢再催，也不敢马上就走，只是垂手站在门口。史老收拾一下笔砚，见媳妇还站在那里，就说，你去吧，我就来。秋明这才轻轻转身去了。

史老走到饭厅，二媳妇怀玉忙过来为老人掌着椅子，招呼他坐下。史老的座位是固定的上席，这张椅子谁也不敢乱坐。史老坐下，大家才挨次入座。史老环视一圈，皱了眉头，问，怎么不见仪仪？全家大小面面相觑，不知怎么作答。亦可平时在爷爷面前随便些，她笑笑说，姑姑可能找朋友了吧！史维望望老人家，就转脸骂女儿，放肆！有你这么说姑姑的吗？史老也不说孙女什么，只道，也该打个电话回来！说罢就拿起筷子。全家这才开始吃饭。

史老只吃了一碗饭，喝了一碗汤就放碗了。史纲忙说，爸爸再吃一点？史老摆摆手，说，够了。史维马上站起来，招呼老人家去了房间。回到饭桌边，史维说，爸爸好像饭量不太好？怀玉说，是不是菜不合老人家口味？小珍一听就低了头。秋明就说，不是怪你，小珍。老人家的口味同我们不同，你得常常问问他老人家。小珍迟疑一会儿说，我不敢问。亦可怕小珍委屈，就说，不是要你去问呢，你只管家里有什么菜就做什么菜。

因是怀玉负责买菜，秋明怕女儿这话得罪了弟媳，就骂亦可，也不是你管的事！大人的事你掺什么言？又对男人说，你要问问爸爸。你是老大，爸爸高兴不高兴，你要多想着些。

大家吃了晚饭，洗漱完了，就往老人家书房去。每周的这一天，老人家都要检查亦可和明明的书法作业。两个儿子、儿媳和女儿也都会到场。

史老先看了明明的作业，只说，有长进。

亦可的字好些，颇得爷爷笔意。但老人家也只是点点头，说，还得用功。

史维、史纲便忙教训各自的小孩。亦可和明明都低着头听训。史老望望俩儿子，严厉起来，说，你们自己也一样！史维、史纲忙说是是。

秋明乖巧，指着案上老人家的新作，说，你们快看爷爷的字！

大家忙围上去，欣赏老人家今天下午的即兴之作，一片啧啧声。

史维面带惭愧，说，爸爸用墨的方法我总是掌握不了。

老人家威严地说，外行话！书法到了一定境界，技法总在其次，要紧的是道与理。必须悟其道，明其理，存乎心，发乎外。如果只重技法，充其量只是一个写字匠！

不等史维说什么，史纲凑上来说，是的是的。爸爸的书法总有一股气，发所当发，止所当止。通观全局，起落跌宕，疏密有致，刚柔相济。刚则力透纸背，柔则吴带当风。

你肚子里还有什么词？史老冷眼一瞥，说，你只知说些书上的话。

老人家再教训儿孙们几句，只让史维一个人留下，有事要说。史维便留下了，垂手站在那里。老人家让他坐下，他才坐下，双手放在膝盖上。

老人家半天不说什么，只在书房转来转去。史维不敢问父亲有什么事，只是望着老人家，心里有些不安起来。

老人家走了好一会儿，坐下来，说，有个事情，同你说声。你母亲过世五年了，你们都很孝顺，我过得很好。但老人家有老人家的乐趣，老人家有老人家的话要说。这些你们要到自己老了才知道。我同一位姓郭的姨相好了，我想同她一起过。这郭姨你们不认得。她原是市京剧团的琴师，去年退的休，比我小十来岁。她老伴早就过世了，一个人带着个女儿过了好些年。女儿去年随女婿出国了，只剩她一个人在家，也很孤独。这事我只同你说，你去同他们说吧！

史维顺从地说，好吧。只要你老过得顺心顺意，我们做儿女的就心安了。

老人家挥挥手，说，好了，你去吧。

史维站起来，迟疑一会儿，说，爸爸，我想同你说说妹妹的事。

她有什么事？老人家问。

史维说，妹妹找了个男朋友，她说那男的很不错，对她很好。她想带回来让您看看。她同我说好久了，让我同您讲，请您同意。

老人家不高兴了，说，她自己怎么不同我说？这么说是我这个做父亲的太冷酷了，太不关心你们了？

史维忙赔不是，说，当然不是。仪仪只是……

好吧，不要说了。她要带回来就让她带回来吧！

史维说声爸爸您休息，勾着头出来了。

史老在家在外完全是两个人。同外人在一起，他显得豁达、开朗，很有涵养，只是在有些场合有点傲慢。回到家里，他就威严起来，男女老少在他面前大气都不敢出。不说别的，一家人谁也不敢在他面前架二郎腿。孝顺孝顺，以顺为孝。儿孙们凡事顺着老人家的意。仪仪原先找过一位男朋友，他老人家看不上，女儿只好不同人家好了。那男的第一次上门，忘了在史老面前的禁忌，架起了二郎腿。老人家见了，拂袖而去。

史维出来后，仪仪也回来了。史维叫她去见见爸爸。仪仪有些不敢，但还是去了。一会儿仪仪出来，问史维，哥，今天爸爸好像不高兴？史维问，怎么了，他讲你什么了？仪仪说，那倒没有，只是不太理我。史维说，老人家是这样的，由他吧。你叫二哥二嫂过来下，有个事情我们几兄妹商量一下。

史仪同二哥二嫂一起来到大哥大嫂的房间。亦可见大人有事要商量，起身回避。史家上上下下都是讲规矩的。史维对女儿说，你也留下听一下吧，你不是小孩了，参加工作的人了。大家不知有什么重要事情要说，都睁大眼睛望着史维。

史维不马上说那事，先说些外围话。他说，史家三代之内不许分家，这是祖宗定的规矩。大家在一块过日子，都没有二心，这很难得。让老人家高兴，是我们做儿孙的共同心愿。老人家养我们，教我们，不容易。没有他老人家，就没有我们的今天。老人家不感到幸福的话，我们做儿孙的哪有什么幸福可说？这些我们想过吗？只怕没有想过。首先是我做老大的做得不好，不怪你们。

你是说，要为老人家找个老伴？怀玉问。

史纲马上白了怀玉一眼，说，听大哥把话讲完。

史维说，怀玉说得不错。爸爸刚就同我讲了这事。他说有位郭姨，跟他很好，两人想一起过。这位郭姨去年才退休的，刚六十岁吧，原是在京剧团工作的。

大家听了你望我，我望你。亦可说，这么说她比爷爷小十多岁呀！以后爷爷过世了，我们少说还得养这位奶奶十年。再说……

你大胆！史维打断亦可的话，说，谁都巴望爷爷长命百岁，你却来咒他老人家！下次就要咒我了?！我和你娘早死了，就不要你养了！

秋明也骂道，你真不像话！爷爷最疼的是你和明明，你连明明都不如！爷爷上回过生日，明明还知道叫爷爷万寿无疆呢！二十多岁的人了，我和你爸爸平日是怎么教你的？

史纲夫妇就劝道，算了算了，亦可也是有口无心，她还是蛮懂事的。

仪仪也说，可可还是蛮懂事的，平时爷爷生气，只有她能逗得爷爷开心。

懂事！懂个鬼事！懂事能说出这种话？史维余火未消。

亦可低头认错，说，爸爸妈妈，叔叔婶婶，姑姑，我……我错了，辜负了爷爷平日对我的疼爱。我不是这个意思。我是说，现在……现在都什么年代了，我们家还三代同堂。也不是咒爷爷，人总有那一天的。爷爷百年以后，还有那位奶奶，我们还得在一起过。从管理学上说，这也是不科学的。

史维啪地拍起了桌子。秋明忙摆摆手，对男人说，你也轻点，别让老人家听见了。史维回头望望门，平息一下自己，说，你越说越不像话了。还管理学！你肚子里有几滴墨水？就凭你学的那些东西，你讲得口水流了，还抵不得爷爷吹口气！你就想一个人单飞了？你有什么本事？大家合在一起，哪一点亏待你了？一个多么温暖的大家庭！爷爷对你不好？爸爸妈妈对你不好？姑姑对你不好？还是叔叔婶婶对你不好？

怀玉忙说，哥你就别骂可可了。可可平时在我和她叔面前很有尊卑上下的，在如今这很难得了。

可可很乖的，不要说错了句话就骂得她开不了眼。仪仪过去拉了亦可的手。

秋明戳了女儿的额头，回头说，就你们总依着她。你不紧着点儿，还不知今后变成什么样儿呢！

亦可这下一句话不说了，坐在那里头也不敢抬。史维说，就不该让你留下来。当你长大了，给脸不要脸。你去吧，不要赖在那里了。

亦可揉着衣角出去了。

史维说，既然是爸爸自己看上的，就一定是位好妈妈。我们做儿女的，要顺着老人家的意才是。

史纲说，是的是的。爸爸同你说过具体安排吗？

史维说，没有。

秋明想想，说，虽然是老人家了，也得扯个结婚证，作古正经办一下才是。不然，说起来也不好听。

怀玉觉得也是这个意思，就说，还是大哥问一下爸爸的想法，过后我们几兄妹再商量一下到底怎么来办吧。

这年深秋，史济和郭纯林办了婚事。史老不太喜欢热闹，只请了常在明月公园一起乐的那些老哥老姐，再就是史家三兄妹的要好朋友。仪仪的男朋友赵书泰也来了。小伙子自己办了家公司，听说赚了不少钱。仪仪同赵书泰偷偷来往好长一段时间了，上次带回来让史老见过。史老不说什么，陪赵书泰吃了顿晚饭。大家就松了口气，说明老人家同意仪仪跟这小伙子交朋友了。

史老婚后照样天天早上去明月公园的来鹤亭，只是不再一个人走，身边总伴着郭姨。来鹤亭的老人们都羡慕他们。

可是过了十来天，史老两口子不上来鹤亭了。刘老、陈老同几位老人跑到史家一看，方知史老病了，郭姨在一旁殷勤服侍。见史老好像病得不轻，刘老他们说了些宽慰的话就出来了。到了外边，老人们就开起玩笑来，说郭姨那么漂亮，又并不显得老，史老哪有不病的？

史老的儿孙们就急坏了，却又不敢去请医生。史老自己是一方名医，怎么会让别人给他看病呢？史老自己心里有数，叫家人不必惊慌，他不会有大问题的。儿孙们只好让老人家自己将息，把那些索字的人都婉言打发了。他让郭纯林服侍着，卧床二十来天，慢慢好起来了。

时令已是冬日了。这天午后，史老躺在床上，望见阳光照在后庭枯黄的芭蕉叶上，很有些暖意。太阳多好！他说。郭纯林望着他的眼神，便明白了他的意思，扶他下了床。史老去了窗前，推开了窗户，只见那几棵老梅开得正欢。史老嘀嘀地叫了两声，说今年的梅花开得这么热闹。郭纯林眼睛也亮了，说，怪呢，昨天我看过，还只是些花苞儿，一夜之间就全开了。老史啊！这是专门为你开放的啊！史老爱听这话，笑着就推门去了后庭。两位老人搀扶着，在庭院里转了几圈。史老站在榆树下，松开郭纯林的手，闭目调息片刻。然后说，纯林，我没事了。明天起，我们照样天天出去走走。郭纯林温柔地笑着，说，都依你吧。

回到屋里，史老说老久没写字了。郭纯林便备了笔墨，铺好纸。史老提笔蘸着墨，说手都有些发僵了。郭纯林在一旁说，你能行，能行的。史老回头笑笑，凝神片刻，随意写了一联：

　　幽竹惊梅影
　　好墨润琴音

郭纯林捏了捏史老的肩膀，抿嘴一笑，说，这对联儿孙们见了，多不好意思。史老笑道，这本来就不是让儿孙们看的，是专门写给你的。你留着它，等我百年之后，它说不定值几个钱呢。郭纯林听了不高兴了。这话本来就叫人伤心，又像她看重史老口袋里几个钱似的。史老见郭纯林不说话了，猜不透她在想什么，只是感觉到她心情不好了。史老也不多说什么，仍是提笔写字，在联语两边写了些晚年遇知音之类的话。他边写，郭纯林歪着头边读。读着读着，郭纯林便开心起来。

晚饭后，史老回房同郭纯林一道喝茶。茶是小珍按二老各自的嗜好冲泡的。史老抿了几口茶，说，纯林，你喝了茶，就去看看电视吧，我有些话要同史维说。郭纯林应声行，茶也没喝完，就去了客厅，史老看出郭纯林像是有些不快，怕是怪他见外了，家里有事总避着她。

史老也不准备同她解释什么。他要同史维说的事非同小可。

一会儿史维便来了，小着声儿问，爸爸有什么事？

史老先不说什么事，只道，坐吧。

史维坐下了，望着爸爸，呼吸有些紧张。在他的经验里，凡是爸爸郑重其事叫他过来谈话的，准没什么好事。要么是他家媳妇说了哪些不该说的话，或是女儿什么地方不得体，要不就是弟弟或弟媳，或家里别的什么人哪里错了。而所有这些，都是他这个做老大的责任。史老在意的很多事，在史维看来都不算什么大事。可他为了尽孝，为了别让家里为点小事就闹得鸡犬不宁，只好凡事都应承着。家和万事兴啊！可是今天，史维发现爸爸的神态格外地不同。老人家只是慈祥地望着他，慢慢喝茶，半天不说一句话。史维在爸爸慈祥的目光下简直就有些发窘了。爸爸从来是威严的，很少见他有和颜悦色的时候。

史维，爸爸老了，这个大家庭的担子，最终要落到你的肩上。史老把目光从史维脸上移开，抬头望着天花板。史维，你知道，我们家同别的家庭不同。我也注意到了，家里有人对我的这一套不理解，只是有话不敢说。尤其是晚辈，在一边说我是老古董。

史维忙说，没有呢，儿孙们都是从内心里孝敬您，这也是您老教导得好。

史老摆摆手，说，我们家有我们家的传统，这是历史造成的。现在是让你明白我们家族历史的时候了。你好好听着。我们史家是个古老的望族，世世高官，代代皇禄。故事要从显祖史彬公讲起。史彬公是明朝建文帝的宠臣。建文帝四年，燕王朱棣兴靖难之师，兵困南京，破宫入朝，窃取了皇位。这就是后来的永乐皇帝明成祖。当时，宫中大火，正史记载建文帝被烧死了。其实建文帝并没有死。建文帝见大势已去，想自尽殉国，身边近臣二十多人也发誓随建文帝同死。幸有翰林院编修程济，极力主张建文帝出亡，以图复国。于是，众臣乘乱出城，建文帝一人从暗道出宫，约定君臣在南京城外的神乐观会合。那是农历六月的一个深夜。最后商定，由吴王府教授杨应能、监察御史叶希贤、翰林院编修程济三人随身护驾，不离左右；另由六位大臣往来道路，给运衣食。其余大臣一律回家，遥为应援。显祖史彬公回到了吴江老家。自此，建文帝落发为僧，从者三人，两人为僧，一人为道。三僧一道，颠沛流离，栖栖遑遑，没有一天不在担惊受怕。再说那建文帝的满朝文武，多是忠义之士。朱棣称皇以后，一朝百官多有不从，有的抗命而死，有的挂冠回乡。事后有四百三十多位旧朝官员被朱棣罢黜。这些人一身不事二主，可敬可叹啊！朱棣也知道建文帝没有死，他一边欺瞒天下，说建文帝死于大火，一边密令四处搜寻建文帝的下落，以绝后患。朱棣曾命人遍行天下，寻找朝野皆知的神仙张三丰，就是为了搜捕建文帝。后来，又听说建文帝远走海外，朱棣便命宦官郑和航海，寻访海外各国。正史记载的郑和下西洋，只是永乐皇帝朱棣的政治谎言。建文帝流亡期间，曾三次驾临显祖史彬公家。史彬公每次都以君臣之礼相迎，并贡上衣物。君臣最后一次见面时，建文帝命随身护卫取出一个铜匣子，说，史爱卿，你与贫僧今日一别，不知有无再见之日。贫僧送你一个匣子，不是什么稀罕之物，但可保证你家在危难之时化险为夷。记住贫僧的话，不到非打开不可的时候，千万不要打开这个匣子。愿你史家世代平安，子子孙孙都不用打开这个匣子！

　　史老起身，打开衣柜，取出衣服，小心开启柜底的小暗仓。史维不敢近前，他感觉自己的呼吸有些急促。爸爸讲的家族历史，他听着就像神话。他注意到刚才爸爸的目光很悠远，就像从五百多年前明代的那个夏夜透穿而来。他想象那个夏夜，神乐观的蚊子一定很多，乱哄哄地咬人。那位逊国的建文帝一定满脸哀痛，他面前跪着的文武百官想必都压着嗓子在哭泣。他们不敢大声哭出来，因为南京城内肯定到处是朱棣的爪牙，鸡飞狗叫。史彬公不知是个什么品位的大臣，为什么他既没有成为三位随身护驾者之一，也没成为六位给运衣食者之一。史维虽是中学的历史教师，但他的历史知识没有超出中学历史课本的范围，弄不清历史事件的细枝末节。像建文帝这般历史疑案，他就更弄不懂了。

史老取出了那个铜匣子，小心放在桌子上。匣子并不太大，却很精巧，有些龙盘缠着。史老说，当年史彬公接过铜匣，三叩九拜地谢了建文帝。发誓子子孙孙效忠皇上。自此以后，史彬公给我们史家立下规矩，除非建文帝复国还朝，不然史家子孙永世不得出仕。这个铜匣，就成了史家的传家宝。从那以后，我们史家祖祖辈辈虽说不上荣华富贵，倒也衣食无虞。这都是这铜匣子的庇佑。按祖宗规矩，铜匣不可随意承传，得选家族中声望好、才具好的人继承。凡接过这个铜匣子的人，就是家族的掌门人，家族大事，系于一肩。我四十一岁从你爷爷手中接过这个匣子，深知责任重大。我也一直在你们两兄弟间比较，想来想去，还是觉得你合适些。史维，史家五百多年的规矩，就靠你承传下去了。

史维耳根发热，支吾道，谢谢爸爸信得过。

匣子，你抱回去，好生保管着。此事关系家族荣衰，不可同外人说起啊！史老语重心长。

知道，爸爸。史维又问道，爸爸，钥匙呢？

史老脸色陡然间变了，严厉道，你就开始要钥匙了？你是不是回去就把匣子打开？

不是不是，爸爸。我是说……我是说……史维不知自己要说什么了。

史老在房间里不安地走着，说，史维，你根本就要禁绝想打开匣子这个念头。建文皇帝的旨意是，在我们家族大难临头的时候，打开匣子可以帮我们化险为夷。我们子孙要做的事，就是不要让我们家族遇上大难。不然，在平平安安的时候打开匣子，是不是意味着我们家将有不测？所以，反过来说，建文皇帝的话又是谶语了。史维，祖上定的家规，五百多年了，不会错的。你先把匣子抱回去吧，我考虑什么时候可以把钥匙给你了，自然会给你的。

史维把铜匣子抱了回去，妻子秋明在房里不安地等候。她不知今天发生了什么，丈夫去了这么久，还没回来。她知道每次公公找史维去谈话，准没有什么好事。自从进了史家的门，她也渐渐适应了史门家风，凡事顺着公公。

捡了宝贝？秋明见史维抱着个什么东西，紧张兮兮的。

史维侧着身子，不想让秋明看见他怀里的铜匣子。他说没什么东西，你先睡吧。可秋明偏要过来看，他也没办法了，只好说，你看了就看了，不要问我这是什么，也不要出去乱说！史维说罢，就把铜匣子放在了写字桌上，开了台灯。两口子头碰头，仔细审视着这个铜匣子。史维这才看清了，铜匣子铜绿斑斑，古色古香，四面和盖上都缠着龙，共有九条，底面有大明洪武二十五年御制的字样。秋明眼睛亮了起来，说，是个文物呢，老爸送给你的？史维瞟了秋明一眼，说，叫你别问呀！秋明便噤口不言了。

此后日子，史维像是着了魔，脑子里总是那个铜匣子晃来晃去，弄得他几乎夜夜失眠。他原来想，老父在世，以顺为孝，犯不着惹老人家生气。一家人好好儿孝顺着老人家，等老人家享尽天年，驾鹤仙归了，再让全家大小按自己的想法过日子去。可是，自从他听说了家族的历史，接过了那个神秘的铜匣子，他就像让某种神力驱使着，或者让某种鬼魅蛊惑着，觉得自己就是父亲，就是爷爷，就是列祖列宗，就是五百多年前神乐观里跪在建文帝面前的史彬公。一种叫使命感的东西折磨着他，有时让他感到自己高大神武，有时又让他感到自己特别恐惧。他一天到晚恍恍惚惚，像飘浮在时间隧道里，在历史和现实之间进进出出。他甚至越来越觉着自己像幽灵了，便忍不住常去照照镜子，看看自己还是不是自己。终于有一天，他实在忍受不了某种庄严使命的折磨，便跑到图书馆，借了《明史》《明实录》《明史纪事本末》《明通鉴》《明成祖实录》等一大摞有关明史的书。戴着老花镜的图书馆管理员，看见这些尘封已久的书今天到底有人来借了，就像养了几十年的丑女总算有人来迎娶了，了却了天大的心愿。老先生把老花镜取下又戴上，戴上又取下，反复了好几次，以为碰上了大学问人。

史维把这些书堆在书桌上，在家除了吃饭睡觉就是伏案研读。他教了多年的中学历史，却从来没有读过一本历史专著。做个中学历史教师，只需翻翻教学参考书就行了。而现在翻开这些史书，他只觉两眼茫然。因为他不懂这些史书的体例，也理不清明代纪年。光是研究这几本史书的体例，他便用了三天时间。然后又花两天时间，列了一张明代纪年同公元的对照表。事实上不列纪年对照表也无妨，需要了解相关年代的时候再推算一下就得了。可史维觉得时间不明明白白，脑子就糊里糊涂。那一刹那，史维猛然间似乎有了顿悟，发现人是生活在时间里的，生命存在于时间。人可以生存在任意的空间里，却不可以生存在任意的时间里。时间的霸道与冷漠，令人绝望和悲伤。

大约半年以后，史维在《明史纪事本末》里读到这样一段话：

……乃逊国之期，以壬午六月十三日。建文独从地道，余臣
悉出水关。痛哭仆地者五十余人，自矢从亡者二十二士。……其
经由之地，则自神乐观启行，由松陵而入滇南，西游重庆，东到
天台，转入祥符，侨居西粤。中间结庵于白龙，题诗于罗永，两
入荆楚之乡，三幸史彬之第，踪迹去来，何历历也。特以年逼桑
榆，愿还骸骨……夫不复国而归国，不作君而作师，虽以考终，
亦云觍矣。

史维反复研究这段话，意思大致明了，只是不明白"觍"是什么
意思。翻开《现代汉语词典》，里面根本没有这个字。查了《康熙字
典》，才找到这个字。上面解释说：泥短切，音暖，缩也。史维思量再
三，"觍"大概就是畏缩、没有胆量的意思。那么这段话的大意是说，
建文帝逊国以后，在外流浪了四十多年，最后无力复国，身老还家，
做了佛老，终究是畏缩无勇的弱者。

史彬公到底是多大的官？有些日子史维总想着这事。可翻遍明史，
都找不到有关史彬公只言半语的介绍。史维便估计史彬公的品级只怕
不会太高。这想法简直是罪过，他不敢去向爸爸讨教。爸爸说过，史
彬公是建文帝的宠臣。史维猜想，宠臣起码应该是近臣，倘若不是近
臣，就没有机会成天在皇帝跟前行走，自然就不会得宠。而近臣差不
多都是重臣，不是一定品级的重臣，哪能经常接近皇上？按这个逻辑
推断，史彬公再怎么也应该相当于当今的省部级干部。可是除了《明
史纪事本末》上提了一下他的名字，明史上怎么就再也找不到他的影
子了，这是为什么呢？后来史维猛然想到翻翻自家家谱。家谱是爸爸
收着的，史维找了借口，拿了出来。他当然不敢向爸爸谈起自己大逆
不道的想法，只是说想多了解一下家族的历史。这让史老很高兴，把

家谱交给了他。你们的确要多了解自己家族的历史啊！你们欠缺的就是对自己历史的了解！

翻开家谱，见扉页上竟然就是史彬公的肖像，下面赫然写着：大明徐王府宾辅史彬公。史维平素也翻阅过一些外姓家谱，发现大凡家谱都有攀附陋习，总得推出一个历史上显赫的人物认作祖宗。似乎这一姓人的历史只是从这个祖宗才发祥的，在此之前这个家族都还是猴子。要说史家的显赫人物，史彬公之前至少还有史思明。只是史思明同安禄山先后造反，史家羞于认这位祖宗了，就像秦氏家族并不乐意把秦桧当作祖宗。史维反复琢磨，不明白这徐王府宾辅是个什么级别的官，只怕不会相当于省部级。充其量徐王也只是个省部级，那么史彬公勉强是个厅局级干部。那个时候的厅局级干部有机会经常同皇上在一块儿，是不是那时的皇上比较联系群众？史维想不清这中间的道道，反正史彬公的形象在他心目中是打了折扣了。真是罪过！

史维研究家族历史这段日子史老慢慢放权，也趁此一步步树立史维的威信。好些事情，本该是史老亲自做主的，他都让史维做了主。要说家里也没什么拿得上桌面的大事，无非鸡毛蒜皮。比方那棵榆树的枝丫伸到院子外面去了，快撑破邻居家的屋顶。邻居找到史维协商这事怎么办，史维说他得问问爸爸。他知道爸爸最看重那棵榆树。史老听史维说了这事，手一挥，说，都由你处理吧。史维同邻居商量了三个小时，拿了好几套方案，最后达成一致意见：由史家请人，将伸过去的榆树枝锯掉一截。

民工爬在树上锯树的时候，正是中午，史纲、史仪都下班了，他俩吃惊地望着在树下指手画脚的哥哥。他俩还不知道爸爸把处理榆树枝的事情交给哥哥全权负责了，生怕爸爸回家时生气。爸爸照例带着妈妈去明月公园唱京戏了。过会儿秋明也回来了，望着树上纷纷扬扬飘落的锯末，嘴巴张得天大，忙问这是谁的主意？她还清楚地记得，前几年邻居也提过榆树的事，说是榆树叶子落在他家瓦楞上，把屋顶沤坏了。邻居家没明说，只是暗示史家把这榆树砍了。史老笑了笑，一句话没说。邻居也就不好多说了。史老是街坊心目中的贤达，大家都顾着他的脸面。自此全家人都知道老人家很喜欢这榆树，没人敢动它一枝一叶。史维全然不在乎弟弟、妹妹和妻子的惊疑，也不做任何解释，只是在那里抬着头指指戳戳。

这天史老回来得早。大家听到小珍在里面喊道爷爷奶奶回来了，这边榆树枝正好哗然落地。秋明吓了一跳，双肩禁不住抖了一下。史纲把脸望在别处，像躲避着什么。史仪飞快地从耳门进了屋里。

史老径直来到了后院，抬头望望榆树，说，好，好。史老说完就转身往屋里走。史维这才问道，爸爸你说这样行吗？史维明知是多此一举，还是冲着爸爸的背影问道。史老不再多说什么，点着头进屋了。一家人便跟着老人进屋，开始吃中饭。

一家人正默默吃着饭，史老突然说，今后，家里的大小事情，你们都听哥哥的！

全家人便望着史维，说当然当然。

过了好一会儿，史老又突然说，我老了，管不了这么多了，你们就听大哥的吧！

史维对建文帝逊国的研究几乎走火入魔了。可是能够找得到的史料少得可怜，他只能在只言片语上费劲琢磨。历史竟是这种玩意儿，可以任人打扮的。他反复研究手头的材料，没有大的收获。有个雪夜，史维面对发黄的竖排线装书，弄得头昏眼花。他去了后院，抓起地上的雪往脸上乱抹了一阵，一下子清醒了。他发现自己苦苦研究两年多，终于发现有些史实同爸爸跟他说的有些出入。爸爸说当年有二十多名大臣发誓同建文帝一道殉国，其实根据他的研究，那二十多名大臣只是愿意随建文帝出逃。爸爸和先祖怕是把自矢从亡者二十二士这句话误读了。这里面的亡其实是逃亡之亡。祖祖辈辈对先贤们的忠义感动得太没道理，简直是自作多情了。再说，建文帝无力复国，却还有脸面回到宫里去，就连有血性的大丈夫都算不上，更莫说是英明之君了，不值得大臣们那么效忠。史家世世代代还守着个铜匣子做逸民，就更显得可笑了。史彬公也不是先辈们标榜的那样显赫的重臣，这个家族没有必要把这么重的历史包袱当作神圣使命一背就是近六百年。而且，即便先辈们传下来的故事是真实的，建文帝也并不是说这个匣子不可以打开，他只是说但愿史家世世代代都用不着打开它。史维站在寒风瑟瑟的后院里，感觉自己简直可以当历史学家了，便有些踌躇满志了。

可史维一回到房里，面对一大摞明史书籍，他的观点动摇了。他重新翻开做了记号的地方，一行一行地读。他很佩服古人发明的竖排法，让后人读前人书的时候不得不点头不止。所以中国人总是对前人五体投地。而外国人发明的横排法，后人读前人书的时候总是在摇头，偏不信邪。相比之下，还是中国古人高明，牢牢掌握着后人。史维想，难道那么多高明的史家先辈都错了？不可能啊！

信奉和怀疑都很折磨人，就像热恋和失恋都会令人心力交瘁。这两种情绪在史维脑子里交替着，叫他一日也不得安宁。他想解脱自己的痛苦，便试着不再关心什么历史，把注意力放在了铜匣子上。每到夜深人静，他都有瘾似的要把铜匣子偷偷取出来把玩。他把台灯压得很低，让光圈刚好罩着铜匣子。心境不同，铜匣子给他的感觉也就不同。有时候，铜匣子在灯光下发着幽幽青光，像盗墓贼刚从古墓里挖出来的，有些恐怖。而有时候，铜匣子让灯光一照，熠熠生辉，似乎里面装满了财宝。史维尽量不让自己猜想匣子里面的谜，好像这是种邪恶，可其实他想得最多的还是里面到底装着什么宝物。他夜夜把玩铜匣子，上面九条龙的一鳞一爪，四壁两面的一纹一理，他都烂熟于心。后来一些日子，他越来越着魔的就是那把神秘的锁了。锁是蝙蝠状的，锁销子掩藏在蝙蝠的翅膀下面，匣子的挂扣也看不见。转眼又是一年多了，可老人家一直没有交给他钥匙的意思。他真的有些着急了。

终于有一天，史老叫他去房里说话。史维，你是不是觉得我应该把钥匙交给你了？老人家不紧不慢地问。

史维恭敬地注视着老人，说，爸爸交给我的话，我会很好保管的。

是吗？史老问道，你是不是每天晚上都在琢磨那个铜匣子？

爸爸怎么知道？史维感觉爸爸的语气有些不对劲了，慌张起来。

史老眼睛望着天花板，说，你不要成天想着铜匣子里面到底装着什么东西。这个匣子本来就不是交我们打开的。

是的，史维说，但按建文帝的旨意，也不是说不可以打开铜匣子，只是说但愿我们家族世世代代都用不着打开它。

史老长叹一声，说，我就知道，我只要把钥匙交给你，你马上就会偷偷打开铜匣子的。那样史家说不定就大祸临头了。

你借了那么多明史书籍回来研究，我还让你读家谱。看来，我让你掌握我们家族历史，是个失误啊！

爸爸……

不要说了，史老闭上眼睛说，你把铜匣子给我拿来吧，我考虑还是将它交给史纲算了。他只是医生，不懂历史，没你那么复杂，只怕还好些。

史纲怎么也没想到爸爸掌握着这么大的家族秘密。他把那个铜匣子抱回去时也是深夜，妻子已经睡了。怀玉是个一觉睡到大天亮的人，你背着她到街上转一圈，她保证不会醒来，说不定会告诉你昨晚做梦逛了城隍庙。史纲一个人望着铜绿斑驳的匣子，满心惶恐。爸爸今晚同他进行了几个小时的长谈，要他担负起家长的担子。从很小的时候起，他都是听哥哥的，因为爸爸一向要求他们三兄妹间应该讲究尊卑上下。他觉得自己不堪此任，不说别的，他简直无法开口让哥哥怎么做。可是爸爸的旨意是不可违拗的。就连这一点，也是哥哥反复对他说的。哥哥说过多次，爸爸年纪大了，儿女们以顺为孝，凡事依着爸爸。要是爸爸不高兴了，发火也好，生闷气也好，全家大小都过不好日子。还是那句老话，家和万事兴。爸爸把铜匣子交给史纲时，看出了他的心思，便说，你不用担心他们不听你的。你只要手中有这个铜匣子，他们就得听你的。我们史家一直是这么过来的，快六百年了。

史维在史纲面前不再像哥哥了，倒像位弟弟似的。每天的晚饭，全家人都会到齐。这往往是决定家政大事的时候。老人家便总在这个时候向史纲吩咐些事情。家里人最初感到突然，慢慢地就习惯了。所以，每餐晚饭，多半老人只跟史纲一人说话，其他人的眼珠子就在他两父子脸上睃来睃去。

这天，也是晚饭时候，老人家说，史纲，快上春了，你叫人把屋顶翻一下，怕漏雨。

史纲说，好，爸爸！

看需要多少工钱，你叫史维先帮你算算。老人家又交代。

史纲说，好。哥哥，你今晚就算算吧，我明天就去叫人。

史维说，好，我吃了晚饭就算。

老人家又说，算的时候，打紧些，心里有个数。谈的时候，人家会还价的。

史纲不知爸爸这话是不是对他说的，一时不敢回话。史维知道爸爸吩咐事情一般不直接同他说，也不敢答话。气氛一下子就不太对味了。史纲忙说，行，我和哥哥会注意的。史维这才答道，是是，我注意就是了。

怀玉这天晚上破天荒地醒来了，见男人躲在角落里鬼头鬼脑。她突然出现在身后，史纲吓了一大跳。他这会儿正想着明朝初年的那场宫廷大火，是不是真的烧死了建文帝，爸爸说的建文帝君臣四个沦作三比丘、一道人，浪迹天涯，最后赐铜匣子给先祖，是不是真的？他脑子里完全没有历史概念。关于历史，他的印象不过就是很久很久以前，人们高冠博带，羽扇纶巾，在宁静的石板街上优游而行。其实他也像哥一样，每天晚上都会把铜匣子拿出来研究一番，只是他脑子里是一团糨糊，不像哥哥那样到底懂得历史。

什么东西，好稀奇！怀玉蹲下身子。

史纲嘘了声，悄悄说，铜匣子，爸爸交给我的！

是不是很值钱？怀玉问。

史纲说，你只当从没见过这东西，不然爸爸会生气的。这是我们家的传家宝，只能让家族传人掌握，不能让别人知道！

难怪爸爸现在什么事都同你商量，原来他老人家叫你掌家了。怀玉恍然大悟的样子。

怀玉晚上再也没有那么多瞌睡了。她睡不着，她比史纲更加想知道匣子里到底装着什么。在一个夏夜里，天气热得叫人发闷，两口子大汗淋漓，蹲在地上摆弄铜匣子。当初爸爸把铜匣子交给史纲时，老人家神情很是肃穆，双手像捧着皇帝圣旨，史纲也不敢随便，只差没有跪下来了。这会儿两口子却把个传家宝放在地上颠来倒去。没办法，天太热了，他俩只好席地而坐。怀玉突然有了个主意，说，史纲，你明天偷偷把这匣子背到医院去，请你们放射科的同事照一下，看里面有没有东西。

史纲笑了起来，说，你是想发疯了！这是铜的，怎么透视？你还是当教师的哩！

怀玉也觉得自己好笑，也就笑了，说，我是数学老师，又不是教物理化学的。

怀玉说着，突然眼睛一亮，说，你还别说呢，我当老师的还真有办法！

什么办法？史纲忙问。

怀玉面呈得意色，说，我可以根据这个匣子的体积、重量等，大致推测一下这个匣子是空心的还是实心的。若是空心的，里面是空的还是装着东西，也可算个大概。

史纲想了想，觉得有道理。

于是，两人找来秤，先称一称匣子的重量，再量量长、宽、高，计算体积，再查了查铜的比重，算算实心的应是多重，空心的应是多重。经反复计算，推定这是个空心匣子，壁厚大概多少。最后又反复计算，结论令人失望。

怀玉很肯定地说，里面是空的，没装任何东西。我敢打赌！

史纲不敢相信怀玉的话。他摇头说，不可能，绝对不可能！我们史家祖祖辈辈不可能守着个空匣子守了将近六百年。我们史家历朝历代可是出了不少聪明绝顶的人，就这么容易上当？就说我爸爸，自小聪慧，才智过人，老来德高望重，在远近都是有口皆碑的。不可能，绝对不可能！

怀玉笑道，信不信由你。我这是科学计算，不会错的！

怀玉不再关心铜匣子，每天夜里照样睡得很好。史纲夜夜望着铜匣子发呆，慢慢地也就没了兴趣。他倒是把一家老少大小的事情打理得清清爽爽。毕竟生下来就是老二，他始终尊重哥哥，体恤妹妹和晚辈。所以全家人都很服他。

又是一个冬天，史老大病了一场，直到次年春上，才慢慢好起来。人却老了许多。儿女们都清楚，爸爸病起来难得痊愈，多半因为他自己是一方名医，不肯轻易相信别人。可谁也不敢说破这层意思，眼睁睁望着老人家艰难地挨着，心里干着急。老人家能自己动了，仍是每天带着郭纯林出去走走。也不是每天都上明月公园。一向感到很轻松的路程，现在越来越觉得遥远了。有天夜里，老人家很哀伤地想，明月公园的路远了，便离归去的路近了。为了排遣心中的不祥，老人家从此便隔三岔五强撑着去明月公园会会老朋友。老朋友见了他，总会说他很健旺，很精神。史老听了，开朗地笑着，心里却凄凄然。他总是在这种心境下同老朋友们说起那些故去的老朋友。老朋友慢慢少了。刘老今年春上害脑溢血走了，陈老去年夏天就病了，听说是肺癌，一直住在医院里。史老不再唱京戏，早没底气了。别人唱的时候，他坐在一旁轻轻按着节拍，闭着眼睛。一会儿便来了瞌睡，嘴角流出涎水来。郭纯林见他累了，便推推他，扶着他回家去。在家里也偶然写写字，手却哆哆嗦嗦，没几个字自己满意。晚辈们却偏跟在屁股后头奉承，说爷爷的字如何如何。史老越来越觉得晚辈们的奉承变了味，怎么听着都像在哄小孩。老人家心里明白，却没有精力同他们生气了。史老暗自感叹自己快像个老活宝了。

史纲凭自己的职业经验，知道爸爸不会太久于人世了。他不忍心把自己的想法告诉家里其他人，就连怀玉他都没说。可是，他觉得在爸爸过世之前，必须同他老人家谈一次铜匣子的事。他想告诉老人家，这个铜匣子里也许什么东西也没有。日子越是无边无际地过，他越相信怀玉的话，怀疑史家近六百年来一直守着个神秘的空匣子。他觉得自己这是在尽孝，不想让爸爸带着个不明不白的挂念撒手西去。

这年秋天的一个夜里，月亮很好，史老坐在后院里赏月。史老坐在史纲搬来的太师椅上，郭纯林拿了条毯子盖在老人家腿上。史纲就坐在石凳上，望着老人家，说，爸爸，我有件事想同您说说。

史老听出这事很重要，就对郭纯林说，你先进去吧，这里凉。

郭纯林交代一声别在外面坐得太久了，就进去了。

史纲这才支吾着说，爸爸，我想同你说说那个铜匣子。

你也急着要我交钥匙了？史老生气了，他的声音很长时间没有这么响亮过了，他的眼睛在月光下蓝幽幽的很吓人。

不是……不是……我是想说，爸爸……

你不用说了！史老起身走了，毯子掉在地上。

史纲捡起地上的毯子，望着爸爸的背影消失在黑黢黢的门洞里。他感到石凳子凉得屁股发麻，却一时站不起来。算了吧，既然爸爸不想听铜匣子的事，就不同他说好了，免得老人家不高兴。

其实老人家已经很不高兴了。就在第二天，老人家叫史纲交出了铜匣子。爸爸没有同他说铜匣子交给谁，直到后来他慢慢发现爸爸凡事都让史仪做主了，才知道铜匣子转到妹妹手上去了。

史老将铜匣子交给史仪，也是不得已而为之。五百多年来，这个铜匣子一直由史家男丁承传，从未传过女人。可是，两个儿子都令老人家失望。铜匣子的承传人必须有个意念，就是忘掉钥匙。其实说意念也不准确，承传人根本就不应该想到这世上还存在铜匣子的钥匙。只有到了这一步，他才可以掌管钥匙。史维、史纲两兄弟念念不忘的偏偏就是钥匙。现在只有把希望寄托在女儿史仪身上了。史老从来没有交代两个儿子忘记钥匙，想让他们自己去悟出其中的道理。可当他把铜匣子交给史仪时，不得不把话说穿了。他不想再让自己失望。

史老双手颤巍巍地把铜匣子交给史仪，说，仪儿，这铜匣子的来历我都跟你说清楚了。你是史家唯一一位承传铜匣子的女辈，我想列祖列宗会理解我的用心的。你要记住，永远不要想到钥匙！忘记了钥匙，你就等于有了钥匙！

史仪捧着铜匣子的双手忍不住发抖，半天也说不出一句话来。史维懂得历史，史纲不懂历史却有生活经验，而史仪虽然年纪不小了却还在恋爱季节。恋爱的人是不会成熟的，就像开着花的植物离果实还有很长一段时间。史仪接过爸爸交给的铜匣子，好几个晚上都没有睡好觉。她倒是真没有想过打开这个稀奇古怪的匣子，只是感到自己承受着某种说不出的压力。她有种很茫然的神圣感，却又真的不知道自己肩负着什么使命。她把铜匣子藏在房间最隐秘的地方，深信赵书泰轻易不会发觉。

可是爱情的魔力能让人忠诚或者背叛。史仪失眠了好长一段时间之后，还是向赵书泰吐露了铜匣子的事。她是把这个秘密作为忠诚的象征奉献给赵书泰的，让她的男朋友很感动。她却没有意识到这其实是在背叛爸爸和家族。赵书泰知道了这个秘密很是兴奋，甚至比第一次尝试史仪的童贞还要兴奋。

史仪上夜班的时候，白天在家休息。赵书泰便将手头的生意让别人打理，自己跑来陪他的可人儿。史仪感受着男朋友的体贴，很是幸福。上午大半天史老都会带着郭纯林出去走走，赵书泰便把两人间所有浪漫和温情细节剪辑成精华本，史仪总迷迷糊糊飘浮在云端里。赵书泰简直是位艺术家，他将所有场景都安排得紧凑却不失从容，没有让史仪体会到半点潦草和敷衍。每每在史老夫妇没有回来之前，史仪两人该做的事都做过了，还有空余时间坐下来研究铜匣子。

两人偷偷摸摸研究了约莫大半年，没有任何结果。赵书泰便怂恿史仪去问爸爸要钥匙。史仪直摇头，说这万万不可以的。赵书泰便说，其实有个办法，找位开锁的师傅打开就行了。史仪哪敢！说爸爸交代过，不可以打开的。赵书泰笑了，说没那么严重。史仪从男朋友的笑脸上看到了某种莫名其妙的意味，令她害怕。她终于同意找个师傅试试。可如今哪里找得了能开这种古锁的师傅？赵书泰说，这个不难，多访访，总会找到的。

赵书泰果然神通，终于找到了一位六十多岁的老师傅。这天，史仪本是休息，却装作上班的样子出了门，带出了铜匣子。她是一会儿白班，一会儿夜班，家里人根本摸不准她哪天上什么班的。赵书泰开了辆车子等在外面。史仪爬上车子后，脚都发了软。她生怕家里人发现了。其实这会儿家里只有不太管事的保姆小珍，不必如此担心。

两人径直去了赵书泰的公司，进了他自己的办公室。这办公室布置得很是典雅，墙上还挂了一柄古剑。史仪来过多次。一会儿，手下领着位老者来了。赵书泰告诉史仪，这就是那位老师傅，如今这世上很难找到这样的师傅了。老师傅也不客气，神情甚至还有些傲慢。可当史仪把铜匣子摆上桌子，老师傅眼睛顿时亮了。老师傅摸着那精美绝伦的铜锁，啧啧了半天。我的祖宗啊，我一辈子没见过这么漂亮的锁啊！老师傅好像并不在乎这个铜匣子，他是修锁的，眼睛里只有锁。老师傅把铜锁反反复复看了个够，才打开自己带来的木箱子。老师傅拿出一根微微弯曲的细长铁钩，小心伸进锁眼里，便闭上了眼睛。赵书泰望着闭眼菩萨似的老师傅，嘴巴老是张着。史仪不安地扣着指节，发出阵阵脆响。好一会儿，听到咔的一声，老师傅睁开了眼睛。锁被打开了。老师傅还未将锁销子抽出，赵书泰说话了，老师傅，谢谢你了。说着扯开钱夹子，付了钱。老师傅问，要不配把钥匙？史仪说，谢谢了，不用。赵书泰也说，对对，谢谢了。我们这锁，不要钥匙的。

老师傅被弄得莫名其妙，点点钞票，奇怪地望望史仪他俩，背上木箱子走了。

赵书泰扯锁销子时手有些发抖。取下了锁，却不敢马上打开匣子，过去将门反锁了，拉上窗帘。回到桌前，才要揭盖子，赵书泰又住了手。他猛然想起平时在电影里看到的一些场面，宫廷里的东西往往神秘诡奇，说不定匣子装有什么伤人机关。他左右转转，想不出好办法，便取下墙上那柄古剑。他将铜匣子移到桌沿，叫史仪蹲下，自己也蹲下，然后抬手将剑锋小心伸进匣子盖缝里，轻轻往上挑。听到哐的一声响，知道匣子被揭开了。两人慢慢站起来，立即傻了眼。

空的！铜匣子是空的！

失望过后，两人忍不住哈哈大笑。大笑之后，两人又坐在桌子前面一言不发。

赵书泰最后说话了。他说，我想了想，只可能有两种情况。要么匣子里原本是藏有什么宝物的，早被史家哪位先人偷偷拿了；要么匣子里本来就是空的，什么东西都没藏过。但可以肯定，史家的历代传人都打开过这个匣子，都知道里面是空的，却仍旧保守着这个秘密。他们越是知道里面什么都没有，就越是交代后面的传人不可以打开这个匣子。

史仪被赵书泰弄糊涂了，道，如此说来，我们史家是个荒唐家族！

赵书泰笑道，不知道！

建文帝跟我们史家开了几百年的玩笑？史仪觉得这真是匪夷所思，坐在那里没精打采，就像自己动摇了家族的根本。

赵书泰说，别多想了，空的就是空的。再怎么说，这空匣子也是个珍贵文物，很值钱的。

史仪明白了赵书泰的意思，忙摇头说不可以，不可以。

赵书泰脑子转得快，说我有个朋友，做文物生意的，紫禁城里的金銮宝座他都仿制得出。我请他照原样仿制一个，把这个真的卖掉。

行吗？我总觉得这样不合适。他老人家这么大年纪了，哄他于心不忍。史仪说。

赵书泰笑道，你就是只知道往一头想，转不了弯！你现在也知道了，这个铜匣子原本就是空的，我们造个假的来取代空的有什么不行呢？空的同假的本质上是一回事。再说了，你爸爸肯定也打开过这个匣子，他也是在哄你啊！

关键时候也许因为爱情，史仪答应按赵书泰说的办。

那天晚上，史仪抱着仿制如初的铜匣子紧张兮兮地回到家里，发现屋子里静得令人心慌。她先去了自己房间，把铜匣子藏好。刚出来，就见二哥来了。二哥说，我听见脚步声，知道是你回来了。这些天你到哪里去了？爸爸病得不行了，我又找不到你。

史仪知道二哥一定是去她科室找过她了。她也不多解释，只问，爸爸怎么样了？不等二哥答话，便往爸爸房间去。见全家人围在爸爸床前，却没有一个人说话。大哥、大嫂、二嫂和两位侄辈一齐回头望她一眼，又转过脸去了。史仪凑上去，见爸爸躺在床上，闭着眼睛。妈妈坐在床边，拿手绢揩着眼泪。史仪俯身下去，摸着爸爸的手。爸爸的手微微动了一下，想张嘴说话，却发不出声音。史仪便跪下去，耳朵附在爸爸嘴边。她听见爸爸隐约在问，匣子呢？

在，你放心，爸爸。史仪安慰道。

你把它拿来，你叫他们走……铜匣子……

史仪站起来，说，爸爸要你们出去一下。

史仪是同大家一块出来的。出门大家就悄悄地问，爸爸说了些什么？史仪说，没说什么。他老人家有事要我办。

　　史仪回房间取出铜匣子，用布包着，回到爸爸房间。爸爸眼睛顿时睁开了，伸出双手。史仪将爸爸扶起来，斜靠在床头，再送过铜匣子，放在爸爸胸前。爸爸抚摸着铜匣子，手微微颤抖，眼睛里放着绿光。史仪心里一酸，眼泪便出来了。她给爸爸抱着的是一个仿制的赝品啊！赵书泰找的那位仿古高手的确技艺高超，这个假铜匣子足可乱真，那个精美的蝙蝠锁也仿制得跟真的一模一样。见爸爸像抱着命根子似的抱着这个假铜匣子，史仪感到一种难以自已的辛酸。

　　你去吧，叫你妈妈来。爸爸的声音清晰了，但仍显得微弱。几天以后，史老去世了。老人家是在深夜走的，没有经受太大的痛苦。郭纯林事后跟子女们讲，你们爸爸只是想说话，嘴里咕噜咕噜几声，就走了。

　　忙完老人家的丧事，日子显得格外宁静。很快就是秋天了。夜里，一家人坐在客厅里说话，说着说着就会说到爸爸。这时会听到爸爸房里传来凄切的二胡声，往往是《二泉映月》。轻寒的夜露似乎随着琴声哀婉地降临。史维、史纲便会重重地叹息，史仪和两位嫂子便会抹眼泪。这个秋天是在郭纯林的二胡声中渐渐深去的。

　　有天夜里，史仪从外面回来，快到家门口，又听见妈妈在房里拉《二泉映月》。琴声传到外面，叫寒风一吹，多了几分呜咽之感。史仪保持了一天的兴奋的心情顿时没了。今天，赵书泰将存有一笔巨款的存折给了她。原来赵书泰将铜匣子脱手了。

　　史仪进屋后，听得亦可在说，奶奶的女儿出国这么长时间了，怎么都不回来看看她妈妈？

　　大人们听懂了亦可的意思，却只是装糊涂，不说话。

　　日子看上去依然很宁静。可是私下里全家人都在关心那个铜匣子。史维、史纲已经知道铜匣子早不在史仪手上了，史仪也不知铜匣子到了谁的手里。后来，晚上听到爸爸房里传来琴声，一家人沉默的表情各不相同。大家心照不宣，猜测那个铜匣子已传到妈妈手里去了，可这不符合家族的规矩。但反过来一想，铜匣子既然可以传给史仪，当然也可以让妈妈承传了，就像历史上皇后可以垂帘听政。

史仪是偶然发现一家人都在寻找那个铜匣子的。那天她白天在家休息，晚上得去上夜班。她躺在床上睡不着，便起了床，往爸爸房里去。妈妈仍然是爸爸生前的习惯，上午出去走走。她不知自己想去干什么。一推门进去，发现大哥正在撅着屁股翻柜子。见妹妹进来了，史维慌忙地站了起来，脸窘得通红。史仪这才意识到自己也是想进来找那个铜匣子。

哥今天休息？史仪没事似的问。

对对，不不，回来取东西。史维说着就往外走。

史仪也出来了。从此以后，史仪再也不进爸爸房间。她白天在家睡觉时，却总听到爸爸房间那边有翻箱倒柜的声音。

有天，史维跑到史仪房里，悄悄说，关键是找钥匙！没钥匙，找到铜匣子也没用。

史仪说，对！

你见过钥匙吗？史维问。

史仪摇头说，没见过！

史维觉得自己在妹妹面前没什么值得隐瞒的了，便索性同她进行了一场关于铜匣子及其钥匙的探讨。他认为不管这个铜匣子的历史靠得住还是靠不住，它的意义都是不可否认的。哪怕它仅仅是个传说，也自有它形成的历史背景，不然，它不会让一个家族近六百年来像是着了魔。所以，我们作为后人，不可笼统地怀疑先祖。目前关键是找到钥匙。史仪听得很认真，很佩服哥哥的历史知识和哲学思辨。她听着听着，猛然发现因为自己的原因，全家人对铜匣子的关心早已变得毫无意义了。赵书泰说空匣子和假匣子本质上是一回事，可她现在才明白这并不是一回事。

亦可终于把话说明白了。她当着爸爸妈妈、叔叔婶婶和姑姑说，得设法同奶奶的女儿联系，让她尽点赡养老人的责任。大人们知道亦可想让妈妈在美国的女儿接走她老人家，好腾出个房间来。亦可这么大的人了，还同保姆小珍住在一起，来个朋友也不方便。大人们自然也有这个想法，却不能纵容晚辈如此不讲孝心。史维夫妇便私下商量这事。秋明说，可儿说的也是实话。妈妈跟着我们，我们自然要尽孝，当亲生妈妈看待。但不是说得分心，毕竟隔着一层，我们万一哪些地方做得不好，她老人家又不好说出来，倒委屈了她老。你说呢？

史维想想说，我找机会同妈妈说说吧。

有个星期天的下午，郭纯林在房里休息。史维敲敲门，进去了，说，妈妈最近身体好吗？

好啊，好啊。我感谢你爸爸，生了这么几个懂事明理的孩子。郭纯林慈祥地笑着。

史维猛一抬头，发现墙上多了一幅爸爸的字，史维有种读到父亲情书的感觉，有些尴尬。

> 郭君纯林，贤淑善良，堪为母仪。不弃老夫，与结秦晋，使我晚年尽享明月胜景。桑榆知音，弥足珍贵。更幸儿辈孝顺，以郭君为亲生之母。史家祖风，可望承传而光大也。大病初愈，喜见后庭老梅竞放，心旷神怡，涂书自娱以记之。

史维鼻子里酸酸的，轻轻叹了一声，表示了对爸爸的追思，再说，妈妈，您要好好保重身体啊。我们有哪里做得不好，或者没想到的地方，您一定要说我们啊！

郭纯林点头说，你们都做得好，我很满意。

史维出来，对秋明说，爸爸的遗愿墨迹未干啊！我们再也不要说那个意思了。你同可可好好说说，要她好好孝顺奶奶。

明明还小，不懂得关心铜匣子的事。亦可最近才知道家里有个祖上传了五六百年的铜匣子，而且知道最重要的是得找到开匣子的钥匙。她不懂得关心铜匣子的历史渊源，只觉得那一定是笔财富。可可在奶奶面前撒娇似的嘟着嘴巴说话儿，突然发现奶奶脑后的发髻上别着个很漂亮的簪子，便用现代少女习惯的港台腔夸张地叫道，哇，奶奶头上的簪子好漂亮好漂亮喔！

奶奶忙用手捂了捂脑后，说，这是你爷爷送我的，是个想念儿。

可可听得明白，奶奶这话的意思，就是让她别打这个簪子的主意。可这个簪子实在太漂亮了，可可不拿下来看上一眼不死心。便说，奶奶，可以让我看看吗？

奶奶迟疑一下，只好取了下来。这是个金制的凤形簪子，凤的尾巴长长地翘起。可可看了半天不想放手，嘴里不停地啧啧着。她发现这个簪子的嘴并不是尖的，而是分开成一道叉，更显得别致。奶奶的手一直托着发髻没放下，可可只好将簪子还给奶奶，心里万般遗憾。

第二天，可可下班回来照样去奶奶那里说话，忍不住抬头望望奶奶的发髻，却发现那个漂亮的金簪子不在她头上了。她自然不好问，只在心里犯疑惑。

最近老人家心口痛。她怕儿女们着急，一直没说，一个人忍着。自己出去，就顺便找药店开些药，回来偷偷地吃。挨了些日子，觉得实在有些受不了啦，只好同史纲说了。史纲替她把了脉，拿不准是什么毛病，便同哥哥妹妹商量，送老人家上医院。

上医院看了好几位资深大夫，都不能确诊老人家是什么病。几位医生会诊，决定照个片看看。

史纲拿出片子一看，吓了一跳，发现胸口处有个阴影。他明白，一定是个肿瘤。凭他多年的经验，只怕是个恶性肿瘤。

三兄妹凑在一起商量，这事怎么办？莫说她老人家到底是位娘，就是按史家几百年的规矩，她手上掌握着铜匣子，也是家里绝对的权威。史纲最后表态，说，要确诊！我建议去上级医院。病情还不能让老人家知道。如果是恶性肿瘤，已经开始痛了，说明到了晚期，没什么治的了。但是，正是哥哥刚才说的，爸爸遗言在耳，我们做儿女的，一定要尽到这份孝心啊！可是老人家倔，怎么说也不肯去上级医院检查。她说自己老大一把年纪了，弄不好死在外面，不甘心。全家人便轮番去劝说她老人家。这天可可去劝奶奶。老人家说，可儿，你是奶奶最疼的孩子，你跟奶奶说实话，奶奶到底得的什么病？可可先是不肯说，她被奶奶问得没办法了，便说了实话。老人家脸色顿时苍白，两眼一闭，倒了下去。

可可吓坏了，忙叫人。大家急忙把老人家扶到床上躺下，问可可刚才奶奶怎么了。可可只好说了事情经过。她爸爸妈妈不便在老人家床前高声大气，狠狠地望了女儿几眼。等老人家清醒过来，整个人都虚脱了，有气没力地说，既那样，更不用出去了。你们的孝心我知道。这都是命啊！她想自己看看片子，儿女们不同意。他们担心老人家看了片子心里更不好受。

但老人家没有见到片子，总不甘心。她猜想那片子一定是史纲拿着，他是医生。有天，她趁家里没人，去了史纲房里。翻了老半天，才在抽屉里找到了片子。她不敢马上看，把片子揣进怀里，回到自己房间。她让自己靠在沙发上坐稳了，再戴上老花镜。果然发现胸口处有一大块阴影。老人家浑身一沉，软软地瘫在沙发里。可是，那块阴影似有股魔力，老人家不敢再看，又想看个清楚。她让自己感觉缓和些了，又捧起了那张片子。她没有生理解剖知识，不知这个肿瘤是长在肝上、肺上、胃上，还是脾上？不知道！她望着片子，又摸摸自己的胸口，猜想阴影处该是什么。可她看着看着，突然发现这个阴影的形状有些特别，好眼熟。怎么像只凤呢？她再摸摸胸口，脑子一阵轰鸣，突然清醒了。她手伸进胸口，取出那个凤形簪子。

这是史老临终前交给她的，是那个铜匣子的钥匙。史老连说话的力气都没了，还在反复嘱咐，要她好好收着这钥匙，千万不能拿钥匙去打开铜匣子。要她到时候在亦可和明明中间选一位承传人。史老最后那些日子，成天同她讲的就是铜匣子的历史。史老是断断续续讲述的，她听得不太明白，只懵懵懂懂觉得这个匣子很重要。史老过世后，她越来越发现那个铜匣子也许真的很重要。她发现家里人都在寻找那个匣子，因为每次从外面回来，都发现有人来过房间。没有办法，她只好把史老生前写给她的那副对联拿到外面裱好，挂在房间。以后便没有人去房间翻东西了。她原是把钥匙和铜匣子分开藏在房里的，到底还是放心不下，就把钥匙当簪子插在头上。她以为这是个好办法，却让可可发现了。好在可可不知道这就是铜匣子的钥匙。但她不敢再把钥匙插在头上了，便拿绳子系着挂在胸口。不料挂了钥匙去照片，虚惊了一场。

老人家拿着钥匙反复把玩，见这金钥匙当簪子还真是好漂亮的。这时，她内心产生一种从未有过的冲动，想去打开那个铜匣子，看看里面到底装着什么。她闩了门，取出铜匣子，小心地开锁。可是怎么也打不开。这是怎么回事呢？她把钥匙一次次插进去，抽出来，都没有把锁打开。硬是打不开,她只好把铜匣子藏好。心想,这也许就是个打不开的匣子吧!史家拿这么个打不开的匣子当宝贝,真有意思。她也不想这么多,只要在自己入土之前,把这个匣子和钥匙传给史家后人就行了。看来可可是靠不住的,只好等明明长大了些再说。

老人家觉得胸口不痛了,整个人都轻松了。她叫小珍烧水,洗了个澡,换了身自己最满意的衣服。等儿女们下班回来,听得老人家在房里拉着欢快的《喜洋洋》。

可可又成天看见奶奶头上别着个漂亮的金簪子。

漫天芦花

苏家世代书香，家风清白。相传祖上还中过状元。到了苏几何手上，虽不及显祖那么尊荣，但在这白河县城，仍然是有脸面的人家。早在三十多年前，苏几何就是县里的王牌教师。他是新中国成立前的大学生，底子厚实，中学课程除了体育，门门可以拿下来。不擅教体育不为别的，只因他个头儿瘦小，一脸斯文。那个时候还兴任人唯贤，他当然成了一中校长。

读书人都说，几何几何，想烂脑壳。苏校长最拿手的偏是教几何。他的外号苏几何就是这么来的。久而久之，很多人反而淡忘了他的大名。他其实有一个很儒雅的名字，叫禹夫。有人说现在的人名和字都不分了，这禹夫还只是他的名。但他的字在"破四旧"的时候被破掉了，他自己不再提及，别人也无从知晓。这么说来，几何其实只能算是他的号了。几何二字的确也别有一番意趣，苏校长也极乐意别人这么叫他。不过真的直呼苏几何的也只是极随便的几个人，一般人都很尊敬地叫他苏校长。只是"文化大革命"中，他为几何二字也吃了一些苦头，学生们给他罗列了十大罪状，有一条就是他起名叫苏几何。十几岁的中学生只知道哪位古人说过一句"对酒当歌，人生几何"的话，几何二字自然不健康了。学生们并不知道这是别人给他起的外号。

关于苏几何，有一个故事传得很神。一中那栋最气派的教学楼——育才楼是当年苏几何设计的。说是他将整栋房子所需砖头都做了精确计算，然后按总数加了三块。教学楼修好之后，刚好剩下两块半砖。还差半块砖大家找了好久，最后发现在苏校长的书架上，原来苏校长拿回去留着作纪念去了。这个故事夸张得有些荒诞，但人们宁愿当作真的来流传。乡村教师向学生教授几何课时，总爱讲这个故事，说明学几何多么重要！

苏校长再一次名声大振是八十年代初。一中高考取录年年在全地区排队第一，被省里定为重点中学。他自己大女儿静秋考入复旦大学，二儿子明秋上了清华大学，老三白秋正读高三，也是班上的尖子。就凭他教出这三个孩子，谁也不敢忽视他在教育界的地位。老三白秋那年初中毕业，以全县最高分考上了中专，别人羡慕得要死，他家白秋却不愿去。苏校长依了儿子，说，不去就不去。你姐在复旦，你哥在清华，你就上北大算了。这本是句家常话，传到外面，却引出别人家许多感慨来。你看你看，人家儿女争气，大人说话都硬棒些。你听苏校长那口气，就像自己是国家教委主任，儿女要上什么大学就上什么大学，自己安排好了。县城寻常人家教育孩子通常会讲到苏家三兄妹。说那女儿静秋，人长得漂漂亮亮，学的是记者，出来是分新华社，说不定还会常驻国外。明秋学的，凡是带电字的都会弄，什么电冰箱、电视机不在话下，肯定要留北京的。老三白秋只怕要超过两个老大，门门功课都好，人又标致，高高大大，要成大人物的。财政局长朱开福的满儿子朱又文和白秋同班，成绩是最差的。朱局长在家调侃道，看来苏校长三个孩子都是白养了，到头来都要远走高飞，一个也不在大人身边。还是我的儿女孝顺，全都留下来为我两老养老送终。朱又文听父亲这么不阴不阳地讲一通，一脸绯红。

苏几何也觉得奇怪，自己儿女怎么这么听话。他其实很少管教他们。一校之长，没有这么多时间管自己的小孩。现在大学里都喊什么六十分万岁，自己两个孩子上大学仍很勤奋，还常写信同父亲讨论一些问题。看着儿女们一天天懂事了，他很欣慰。他把给儿女们回信看作一件极重要的事，蝇头小楷写得一丝不苟。他知道自己这一辈就到这个分儿上了，孩子们日后说不定会成大器。多年以后，自己同孩子们的通信成了什么有名的家书出版也不一定。所以他回信时用词遣句极讲究，封封堪称美文。又因自己是长辈，写信免不了有所教导。可有些人生道理，当面说说还可以，若落作白纸黑字，就成了庸俗的处世哲学，那是不能面世的。这就得很好地斟词酌句。给孩子们的信，他总得修改几次，再认真抄正。发出之前还要让老婆看一遍。老婆笑他当年写情书都没这么认真过。苏校长很感慨的样子，说，我们是在为国家培养人才，不是培养自己的孝子，小视不得啊！

白秋读书的事不用大人费心，他妈担心的是他太喜欢交朋友。苏校长却不以为然。他说白秋到时候只怕比他姐姐、哥哥还要有出息些。交朋友怕什么？这还可以培养他的社会活动能力。只要看着他不乱交朋友就行了。

白秋是高三的孩子王，所有男生都服他，女生也有些说不明白的味道。篮球场上，只要有白秋出现，观战的女生自然会多起来，球赛也会精彩许多。

白秋最要好的同学是王了一，一个很聪明又很弱质的男生。长得有些女孩气，嘴皮子又薄又红。他父亲王亦哲，在县文化馆工作，写得一手好字，画也过得去，王亦哲这名字一听就知道是他自己读了几句书以后再改了的。他给儿女起名也都文绉绉的，儿子了一，女儿白一。

有回白秋妈妈说，了一这孩子可惜是个男身，若是女孩，还真像王丹凤哩。王了一马上脸飞红云，更加王丹凤了。白秋乐得击掌而笑。妈妈又说，老苏，有人说我们白秋像赵丹哩。白秋马上老成起来，说，为什么我要像别人？别人就不可以像我？苏校长刚才本不在乎老婆的话，可听白秋这么一讲，立即取下老花镜，放下书本，很认真地说，白秋这就叫大丈夫气概。

高三学生都得在学校寄宿，星期六才准回家住一晚，星期天晚上就要赶回学校自习。王了一家住县城东北角上，离学校约三华里。这个星期天，他在家吃了晚饭，洗了澡，将米黄色的确良衬衫扎进裤腰，感觉自己很英气。妈妈催了他好几次，说天快黑了，赶快上学校去。他说不急，骑单车一下就到了。他还想陪妹妹白一说一会儿话。他把教师刚教的那首叫《年轻的朋友来相会》的歌教给妹妹。妹妹在家是最叫人疼的，因为妹妹是什么也看不见的瞎子。妹妹十三岁了，活泼而聪明，最喜欢唱歌。一首歌她只要听一两次就会唱。爸爸专门为妹妹买了架风琴，她总爱弹啊唱的，白一的琴声让全家人高兴，而疼爱白一似乎又成了全家人的感情需求。有回，白一正弹着一首欢快的曲子，父亲心中忽生悲音，感觉忧伤顺着他的背脊蛇一样地往上爬。白一静了下来，低头不语。王亦哲立即朗声喊道，白儿，你怎么不弹了？爸爸正听得入迷哩！白一又顺从地弹了起来。事后王亦哲同老婆讲，怪不怪？白一这孩子像是什么都看见了，我明明什么都没说呀？老婆却说，只有你老是神经兮兮的。我们就这么一个女儿，还怕她不快活？了一这孩子也懂事，知道疼妹妹。以后条件好了，治一治她的眼睛，说不定又治好了呢？王亦哲说，那当然巴不得。只是知道有那一天吗？唉！我一想到女儿这么漂亮可爱，这么聪明活泼，偏偏命不好，是个瞎子，我心里就痛。老婆来气了，说，别老说这些！你一个男子汉，老要我来安慰你？我们女儿不是很好吗？

白一歌声甜甜的，和着黄昏茉莉花香洋溢着。了一用手指弹了一下妹妹的额头，说很好，我上学去了。白一被弹得生痛，噘起了小嘴巴，样子很逗人。

了一推了单车，刚准备出门，却下起了大雨。妈妈说干脆等雨停了再走吧。了一说不行，晚自习迟到老师要骂人的。白一幸灾乐祸，说，我讲等会儿有雨你不信！

了一穿了雨衣出门。骑出去不远，雨又停了。夏天的雨就是这样。他本想取下雨衣，又怕耽误时间，心想马上就到学校了，算了吧。

天色暗了下来，街上的人影有些模糊起来了。

快到校门口了，迎面来了几个年轻人，一看就知是街上的烂仔。他们并排走着，没有让路的意思。了一只得往一边绕行。可烂仔们又故意往了一这边拥来。

好妹妹，朝我撞呀！

妹妹，不要撞坏我的家伙呀！我受不了的啦！原来，了一穿了雨衣，只露着脸蛋子，被烂仔认作女孩了。了一很生气，嚷道，干什么嘛！可这声音是脆脆的童声，听上去更加女孩气了。单车快撞人了，了一只得跳下车来。烂仔蜂拥而上，撩开他的雨衣，在他身上乱摸起来。

他妈的，是个大种鸡，奶包子都没胀起来！

有个烂仔又伸手往他下面摸去。他妈的，空摸一场，也是个长鸟鸡巴的！这烂仔说着，就用力捏了一下他下面。

了一眼冒金花，尖声骂道，我日你妈！

骂声刚出口，了一感到胸口被人猛擂一拳，连人带车倒下去。可他马上又被人提了起来，掀下雨衣。一个精瘦的烂仔逼近了一，瞪着眼睛说，看清了我是谁！爷爷是可以随便骂的？说完一挥手，烂仔们又围了上来，打得他无法还手。

白秋和同学们闻讯赶来了，了一还躺在地上起不来。见了同学们，了一忍不住哭了。白秋叫人推着单车，自己扶着了一往学校走。哭什么？真像个女人！白秋叫了一声，了一强忍住了。

很快苏校长叫来了派出所马所长他们。了一被叫到校长办公室问情况。也许是职业习惯，马所长问话的样子像是审犯人，了一紧张得要死。本来全身是伤，这会儿更加头痛难支。苏校长很不满意马所长问话的方式，又不便指出来。他见了一那样子可怜巴巴的，就不断地转述马所长的问话，想尽量把语气弄得温和一点。马所长就不耐烦了，说，苏校长，调查案情是严肃认真的事情，你这么一插话，今天搞个通宵都搞不完。苏校长只好不说话了。了一大汗淋漓，眼睛都睁不开了。

问过话之后，让了一签了名，按了手模印。今天就这样吧。马所长他们夹着包就要走了。

苏校长忙问，这事到底怎么处理？

马所长面无表情，说，不要急，办案有个过程。现在只知道一些线索，作案者是谁都还不知道，到时候我们会通知你们的。

之后一连几天都没有消息。苏校长打电话问过几次，派出所的总答复不要急，正在调查。

了一负着伤，学校准许他晚上回家休息。临近高考，功课紧张，他不敢缺晚自习。白秋就每天晚自习后送他回家。了一爸爸很过意不去，白秋说没事的，反正天太热了，睡得也晚。

妹妹白一差不多每天晚上都在门口迎着了一和白秋。了一两人进屋后，白一就朝白秋笑笑，意思是谢谢了。白秋喜欢白一那文静的样子。白秋无意间发现，他不论站在哪里，坐在哪里，不用作声，白一都能准确地将脸朝着他。这让他感到惊奇。他知道这双美丽的眼睛原本是什么都看不见的。当白一静静地向着他时，他会突然感到手足无措。

一个多星期过去了，派出所那边还是没有任何消息。苏校长打电话问过好几次，接电话的都说马所长不在，他们不清楚。王亦哲也天天往派出所跑。终于有一天，马所长打电话告诉苏校长，说为首的就是三猴子，但找不到人。

一说到三猴子，县城人都知道。这人是一帮烂仔的头子，恶名很大，别人都怕他三分。但他大案不犯，小案不断，姐夫又在地区公安处，县公安局也不便把他怎么样。有时他闹得太不像话了，抓进去关几天又只得放了人。

案子总是得不到处理，白秋心里很不平。了一无缘无故挨了打，父亲将派出所的门槛都踏平了，还是没有结果。凭父亲的声望，平日在县里说话也是有分量的。可这回明明是个赢理，到头来竟成到处求人的事了。同学们都很义愤，朱又文同白秋商量，说，干脆我们自己找到三猴子，揍他一顿怎么样？我认得三猴子。白秋听了，一拍桌子，说，揍！

这天晚自习，朱又文开小差到街上闲逛，发现三猴子在南极冰屋喝冷饮。他马上回来告诉白秋，白秋便写了一张纸条：愿参加袭击三猴子行动的男生，晚自习后到校门口集合。这张纸条就在男生中间递来递去。

晚自习一散，白秋让了一自己回去，他带了全班男生一路小跑，直奔南极冰屋。同学们一个个都很激昂，像是要去完成什么英雄壮举。白秋在路上说，我们也以牙还牙，将他全身打伤，也将他的鸟鸡巴捏肿了。朱又文是个打架有瘾的人，显得很兴奋。

南极冰屋人声如潮。朱又文轻声指点：就是背朝这边，没穿上衣那个。同桌那个女的叫秀儿，是三猴子的女朋友。那男的叫红眼珠，同三猴子形影不离。

白秋早听人说过，秀儿是县城两朵半花中的一朵。还有一朵是老县长的媳妇，那半朵是县广播站的播音员。这秀儿原是县文工团演员，现在文工团散了，她被安排到百货公司，却不正经上班，只成天同三猴子混在一起。

可能是谁讲了一个下流笑话，三猴子他们大笑起来。秀儿拍了红眼珠一板，歪在三猴子身上，笑得浑身发颤。

白秋让同学们在外等着，自己进去，到三猴子眼前说，外面有人找你，三猴子见是生人，立即不耐烦了。妈的，谁找？并不想起身。白秋说，是两个女的。秀儿马上追问，哪来的女的？三猴子横了秀儿一眼，起身往外走。

白秋一扬手，躲在门两边的同学们一哄而上，秀儿尖叫起来。红眼珠操起啤酒瓶往外冲，嚷着，你们狗日的吃了豹子胆！三猴子一会儿冒出头，一会儿又被压了下去，红眼珠举着酒瓶不好下手。红眼珠迟疑片刻，也早被撂倒了。厮打了一阵，白秋高声叫着，算了算了。大家停了手，朱又文觉得不过瘾，转身又朝三猴子下身狠狠踢了几脚，三猴子和红眼珠像堆烂泥，连叫唤的力气都没有了。

大家快速散离。秀儿冲着他们哭喊，你们打死人了，你们不要跑！你们要填命！秀儿嗓门儿极好，到底是唱戏的底子。

行至半路，苏校长迎面来了。他一定是听到什么消息了。白秋站住了，刚才的英雄气概顷刻间化作一身冷汗。同学们一个个只往别人身后躲。

苏白秋，过来！苏校长厉声喊道。

白秋一步一挪走到父亲跟前。父亲一掌掴过来，白秋踉跄几步，倒在地上。谁也不敢上前劝解。苏校长气呼呼地瞪了一会儿，怒喝道，都给我回去！

一路上苏校长一言不发。同学们个个勾着头，一到学校，都飞快往宿舍跑。

白秋比父亲先一步到家。妈妈见面就说，你怎么这么不听话了？看你爸爸怎么松你的骨头！

白秋不敢去睡，也不敢坐下，只站在门口等死。苏校长进门来，阴着脸，谁也不理，径直往卧室去了。白秋妈跟了进去，很快又出来喊，白秋，还不去睡觉？

不到二十分钟，听到有人在急急地敲门。白秋妈忙开了门，见是传达室的钟师傅。

快叫苏校长，快叫苏校长。钟师傅十万火急的样子。

苏校长早出来了，一边穿衣服，一边问什么事。

钟师傅气喘喘地说，来了一伙烂仔，说要把学校炸平了。我不敢开门。

苏校长吓了一跳，心想刚才白秋他们一定闯出大祸了。他一时慌了神，不知怎么办才好。当了几十年校长，从未碰上过这种事。

老婆也急了。怎么办？门是万万开不得的，同那些人没有道理可讲。

这话提醒了苏校长，他忙交代钟师傅，你快去传达室观察情况，叫几个年轻教师帮你。我去给派出所打电话。

苏校长急忙跑去办公室。摇把电话摇了半天才接上，派出所的没听完情况，就来火了。你们学校要好好教育一下学生！

苏校长也火了，说，你这是什么态度？情况没弄清就……

没等苏校长说完，那边放了电话。苏校长对着嗡嗡作响的电话筒叫了几声，才无可奈何地放下电话。这就是人民警察？

这时，门外传来烂仔吆喝声。苏几何，你出来！苏几何你出来！大门被烂仔们擂得山响。

苏校长气极了。平日县里大小头儿都尊敬地叫他苏校长，只有个别私交颇深的人才叫他几何。他仗着一股气，直冲传达室。几个年轻教师摩拳擦掌，说，只要他们敢跨进学校一步，叫他们竖着进来，横着出去！

苏校长喊道，没教养的东西！你们的大人都还是我的学生哩！轮到你们对我大喊大叫的？钟师傅，你把门打开，看他们敢把我怎么样！

苏校长见钟师傅不动，自己跑上去就要扛门闩，严阵以待的教师们忙上前拦着说，苏校长开不得，苏校长开不得！

这时，门外响起了警车声。听得外面乱了一阵，很快平息下来。

钟师傅开了门，马所长进来说，苏校长，你们要好好教育一下学生。今天晚了，我们明天再来。

第二天，马所长黑着脸来到学校，把案情说了一遍。苏校长十分气恼。了一被打的事还没处理，白秋又惹出这么大的祸。马所长说，这是一起恶性案件，不处理几个人是过不了关的。

马所长也没讲怎么办，仍黑着脸走了，苏校长没想到自己儿子竟然变得这么不听话了。他们兄妹三人本是最让人羡慕的，却出了这么一个不争气的弟弟。他感到很没有面子，便同老婆商量，说，白秋你不让他受受教育，今后不得了的。送他到派出所去，关他几天！

老婆不依，说，派出所是个好进的地方？进去之后再出来，就不是好人了！

苏校长就是固执，非送儿子上派出所不可。老婆死活不让，说，白秋也只是参加了这事，要说起来，最先提起要打三猴子的，是朱又文。为什么你硬要送自己儿子去？苏校长发火了，说，我是校长，自己儿子都管不住，怎么去教育别人的儿子？别人家孩子在学校没学好，都是我校长的责任！

他不顾老婆苦苦哀求，亲自送白秋去了派出所。马所长这一次倒是很客气，热情接待了苏校长，说，要是所有家长都像你苏校长这样配合我们工作，严格要求自己孩子，社会治安就好了。苏校长苦笑道，自己孩子做了错事，就要让他受受教育，这是为他好啊！

两人说好，将白秋拘留一个星期。

苏校长一个人从派出所出来，总觉得所有的人都望着他，脸上辣辣的。城里没有几个人不认识他的。一路上便都是熟人。似乎所有熟人的脸色都很神秘。他便私下安慰自己：我从严要求孩子，问心无愧。所有家长都该这样啊！想起马所长今天的热情，他便原谅了这人平日的无礼。

老两口在家火急火燎地熬过了一个星期，苏校长去收容所接儿子。不料收容所的人说，人暂时不能放。苏校长一听蒙了，忙跑到派出所问马所长。马所长说，情况不妙啊！三猴子和红眼珠的伤都很重。特别是三猴子，人都被废了。医生说他不会有生育能力了。

苏校长嘴巴张得天大。这么严重？这么严重？

苏校长只得回去了。老婆哭着问他要人。这个时候，他才意识到自己送白秋进去也许是个错误。

临近高考了，苏校长四处活动，都未能将儿子领出来。老两口没办法想了，去找了朱又文的父亲朱开福。心想凭朱局长的面子，说话还是有人听的。苏校长转弯抹角把事情原委说了一通，暗示白秋实际上是为他们家孩子朱又文背了过。

朱开福却说，我这儿子学习成绩的确不好，这我知道。但他听话倒是听话，从不惹人撩人。

苏校长见朱开福有意装糊涂，只好直说了，要请他帮忙，将白秋弄出来。朱开福满口答应，说，这事好说，我同公安局说声就是了。小孩子嘛，谁没个打打闹闹的？

可是左等右等，白秋还是没有出来，这是苏校长平生感觉最闷热的一个夏月。

这天，他又去收容所看望儿子。白秋痛哭着，求父亲领他出去参加高考，说今后一定听爸爸妈妈的话，一定考上北京大学。苏校长老泪纵横。他这辈子除了老父老母过世时哭过，记不得什么时候这么哭过了。

白秋到底还是被判三年劳教。

苏校长平生第一次感到了极大的惶惑。"文化大革命"中，他受到那么大的打击，也没有这么痛苦和迷惘过。那时他真的以为自己是从旧社会过来的知识分子，身上的罪孽是先天的，必须好好改造。当时天下通行的逻辑就是如此。现在是清平世界了，怎么叫他更加不明白了呢？

这事成了白河县城最大的热门话题。都说太可惜了，太可惜了。

谁想得到呢？他哥哥姐姐那么有出息，他一个人到笼子里去了。真是一娘生九子，连娘十条心！

三年之后，白秋回到白河县城。他发现县城只是多了几栋高房子，没有其他变化。他的那些同学，考上大学的还没有毕业，没考上的多半参加工作了。了一还在上海交大上大四。朱又文已在银行上班。

白秋成天在家没事干。爸爸妈妈都已退休，成天也在家里。姐姐和哥哥都留在了北京。白秋一直记恨爸爸，不太同爸爸说话。妈妈总望着他们父子的脸色，只巴望他们脸上能有一丝笑容。但父子俩总是阴着脸，老太太终日只能叹息。

白秋天天在床上躺着，脑子里乱七八糟。他根本无法理清自己的思绪。劳教农场那漫无边际的芦苇总是在他的脑子里海一般汹涌。在刚去的头几个月，他几乎没有一天不在设法逃跑。初冬的一个晴天，芦苇在风中摇曳。白秋同大家在油菜地里除草。这里的油菜地也一望无涯，几百号人在这里排开极不显眼。快到中午，白秋偷偷钻进了芦苇里。他先是慢慢前行，估计外面听不见声音了，他就拼命跑了起来。他知道，只要一直往南跑，跑出这片芦苇地，再渡过那片湖水，就可以回家了。他飞跑着，什么也不顾，听凭芦苇叶刮得脸和手脚生生作痛。不知跑了多久，也不知跑了多远，他跑不动了，倒了下来。他闭着眼睛，脑子里满是妈妈的影子。他曾无数次梦见妈妈哭泣的样子。他想自己只要能出去，一定百倍地孝敬妈妈。他又想起了白一，那个清纯可爱的小妹妹。

躺了好久，他睁开了眼睛。正刮着北风，芦花被轻轻扬起，飘飘荡荡，似乎同白云一道在飞翔。芦花和白云所指的方向就是家乡。

白一妹妹的眼睛那么清亮，那么爱人，可就是什么也看不见。

太阳快掉下去了，他还没有跑出这片芦苇。他估计不出还要跑多远才到湖边。要是在夏天，他现在奔跑的这一片都是白水淼淼，芦苇便在水里荡漾。想着要在芦苇地里过一夜，他并不觉得恐惧，反而还有一种快意。

天黑下来了，他到了湖边。四周黑咕隆咚，天上连一颗星星都没有。他不知应往哪边走。东南方的天际闪着微弱的光亮，他想渡口也许就在那里。他便望着那一线光亮奔跑。

天将拂晓，他终于摸到了渡口边。望见汽车轮渡那灰暗的灯光，他心跳加剧了，说不清是激动还是害怕。他爬上轮渡，找了一个背亮的地方躲了起来。听不见一丝动静，只有湖水轻轻拍打着船底，开轮渡的工人都在睡觉。他多希望马上开船！但天色未明，没有过渡的汽车。

天亮了，终于听见了汽车声。他抬眼一望，吓出了冷汗。来的正是劳教农场的警车。

他被抓了回去，挨了一顿死揍。后来他又好几次逃跑，都没有成功。

说来也怪，在漫长的三年里，他时时想起的竟是白一。起初他也想过日后怎么样去孝敬妈妈，但日子久了，妈妈在他的脑子里越来越淡薄了。他不愿意去想父亲，纵然想起父亲，心里也充满了敌意。他总以为自己的灾难来自于父亲的天真。

白秋谁也不理，一个人出了门。妈妈望着他的背影抹眼泪。

他双手插进裤兜里，横着眼睛在街上行走，见了谁都仇人似的。走着走着，就到白一家附近了。他也不知道自己是怎么走到这里来的。迟疑片刻，他便去了白一家门口。门关着，不知屋里是不是有人。他敲了几声门，听得有人在里面答应，好像是白一的声音。

是白一吗？

不见回音。可过了一会儿，门开了。一位漂亮的女孩倚门而立。白秋吃了一惊。眼前的白一不再是小妹妹了，而是位风姿绰约的美人了。

是白秋哥吗？

白秋更是惊奇了。白一你怎么知道是我？

听爸爸说你回来了。我就想你一定会来我家玩的。怎么今天才来呢？快进来吧。

白秋进屋坐下，说，我回来之后，什么地方都没有去过，今天是第一次出门。白一你好吗？

我很好。你吃苦了，都是为了我哥哥。我哥哥回家总说起你哩。

白秋说，这都是我自己的命不好。不说这个吧。

两人就说着一些无关紧要的话。白一的大眼睛向着白秋一闪一闪的。因为这双眼睛什么也看不见，白秋便大胆地迎着它们。白秋不明白自己这几年怎么总是想念这位小妹妹，想着这双美丽而毫无意义的大眼睛。白一高兴地说着话儿，有时候脸上会突然飞起红云。白秋便莫名其妙地心乱。

很快就到中午了，白一爸爸下班回来了。白秋马上站了起来，叫王叔叔好。王亦哲愣了一下，才认出白秋。啊呀啊呀，是白秋呀！快坐快坐。知道你回来了，也没来看你。这几天有点忙。

哪里呢？白秋说着，就望了一眼白一。只见白一脸上不好，低下了头。她是怪爸爸没有去看白秋。白秋隐约感觉出了一点，只是放在心里。

一会儿，白一妈妈也回来了。见了白秋，忍不住抹了一阵眼泪。

一家人留白秋吃晚饭，白秋推辞了。

白秋勾着头，独自走在街上，心里的滋味说不清楚。突然有人在他肩上重重拍了一板。白秋本能地回过头，气汹汹地瞪着眼睛。却见是老虎。老虎是他在劳教农场的兄弟，一年前放出来的。

白秀才，回来了怎么不来找我？我俩可是早就约好了，出来之后有福同享，有难同当啊。白秀才是白秋在劳教农场的外号。

天天在家睡觉，还没睡醒哩。白秋说。

闲扯了一会儿，老虎要请白秋下馆子。两人找了一家馆子坐下，老虎请白秋点菜。随便点吧，兄弟我不算发财，请你吃顿饭的钱还是有的。

喝了几杯酒，话也多了。老虎说到出来一年多的经历，酸甜苦辣都有。他说他指望白秋早点出来，大家在一块捞碗饭吃。我们自己不相互照顾，还有谁管我们？我们这种人谁瞧得起？

在里面的时候，老虎最服的就是白秋。白秋人聪明，又最不怕事。刚去的时候，里面的霸头欺负他，但他就是不低头。霸头叫元帅，元帅下面是几个将军，将军下面的叫打手，最下面的就是喽啰了。元帅是个大胖子，是里面的皇帝。喽啰们得把好吃的菜孝敬给他，还得为他洗衣服，捶背搔痒。睡觉也有讲究，冬天元帅睡最里面的角落，依次是将军、打手和喽啰，最倒霉的喽啰就睡马桶边上。到了夏天，元帅就睡中间电扇下面，将军和打手围在外面，喽啰们一律挨墙睡，同元帅、将军和打手们分开，免得热着他们。白秋刚去，当然要睡在马桶边。白秋心想，这里本来就拥挤，人家先来先占，轮到他只好睡马桶边，也没什么说的。可元帅有意整他，一定要他头朝马桶睡。他不干，元帅一挥手，几个打手围了上来，将他一顿死揍。那天深夜，他偷偷爬起来，狠狠地揍了元帅，元帅的脸被打肿了。这还了得，白秋被打手们打昏死过去，还给他灌了尿喝。过后白秋平静了几天。元帅以为他服了，一会儿对他冷笑，一会儿又恶狠狠地瞪他。其实他只是恢复了几天。等他身体稍稍好些了，又找机会打了元帅。当时老虎是头号将军，兄弟们叫他五星上将。里面就只有他和白秋是同县的老乡，他有心要帮白秋，但又怕元帅手下的人太多了。后来他发现白秋真的是条好汉，就暗中联络几个贴心的兄弟，帮助白秋，把元帅死死打了一顿。元帅只得服输。老虎就做了元帅，白秋一下子从喽啰坐到了将军的位置。老虎出来后，白秋又做了元帅。

馆子里的客人走得差不多了，他两人还在喝酒。眼看菜凉了，老虎说加个菜。来个一蛇四吃怎么样？白秋本是不吃蛇的，这会儿酒壮人胆，又不想显得那么怯弱，就说好吧。又问怎么个吃法？老虎说，就是清炖蛇肉、凉拌蛇皮、蛇血和蛇胆拿酒泡了生吃。老虎说着就叫来老板，问，你们这里最拿手的一蛇四吃还有吗？

老板弓腰搓手道，蛇是有，只是这会儿师傅不在，没有人敢杀蛇。

蛇在当地人眼中向来是恐惧而神秘的，老辈人都忌讳说起它，一般只叫它冷物或长物。见了蛇一定要将它打死，说是见蛇不打三分罪。吃蛇只是近几年的事，也不是所有的人都敢吃。原先要是谁打死了一条蛇，就找个僻静地方将它埋了。胆子大的人就将蛇煮了喂猪。蛇万万不可放在家里煮，说是瓦檐上的楼墨要是掉进锅里，那蛇肉就成了剧毒，人只要沾一点就会七窍流血而死。白秋记得他小时候，城里同现在的乡下也差不多，很多人家都喂了猪。有回剃头匠李师傅打了一条蛇，就在城外的土坎上掏了一个灶，架起锅子煮蛇。白秋和一帮小家伙远远地围着看热闹，不停地吐着口水。事后小家伙都不敢让李师傅剃头发，总觉得他那双碰过蛇的手冰凉而恶心。那时候城里的小孩也同乡下小孩一样，吃饭时端了碗出来同人家换菜吃。可李师傅儿子碗里的肉谁都不敢同他换，都说他家的猪是吃了蛇肉的。

白秋听说杀蛇的师傅不在，就问老虎，你敢吗？老虎忙摇了摇头。

白秋笑了笑，说，我来。

店老板对白秋马上敬畏起来，带他去了厨房后面。老虎也蹑手蹑脚跟了去。老板递给白秋一个长把铁夹子，指指墙角边的一个大铁笼，说，那里。

白秋就见好几条大蛇蜷伏在笼子里，只把头昂着，芯子飞快地闪动，成了一条可怕的红叉叉。都说七蜂八蛇，毒性最大，现在正是阴历八月，白秋揭开笼盖，只觉大腿内侧麻酥酥的。他记起了打蛇打七寸的老话，便故作镇定，对准一条大蛇的七寸叉去，然后用力一夹，扯了出来。蛇便顺着铁夹缠了起来，蛇尾扫了一下白秋的手背，一阵死冷死冷的感觉顺着手臂直蹿背脊。这时白秋才想起不知怎么杀死这条蛇。他只知道蛇皮是要剥的，就问，是剥活的还是怎么的？

老板对白秋更是肃然起敬了，说，你老兄还真有本事，还敢剥活蛇？英雄英雄！不过一蛇四吃是要蛇血的，还是杀了再剥吧。老板说着就拿了刀和碗来。

白秋却不在厨房里杀蛇，举着蛇到了店子外面。老板和老虎跟了出来。白秋操了刀，心想这同杀鸡不是一回事？就割开了蛇脖子。蛇血喷射而出，溅在手上冰凉冰凉。白秋全身发麻，真想马上丢掉手中这长物。他怕自己胆怯，反而将蛇抓紧了。蛇在挣扎，将白秋的手臂死死缠了起来，这时围拢了许多人，一片啧啧声。

血流得差不多了，蛇便从白秋手臂上滑了下来，白秋这会儿不紧张了。却又想，怎么剥这蛇皮呢？他记得自己小时候剥过一只兔子。他便将蛇钉在一棵梧桐树上，小心地将蛇脖子处割开一圈，按照他剥兔子的经验，小心地将蛇皮往下拉。蛇肉就一截一截露了出来，先是白的，立即就渗出了血色。

皮剥完了，白秋接过老板递过的小刮刀开膛。他先摘下蛇胆，脖子一仰生吞了下去。围观的人轰的一声，退了一步。有的人不停地吐口水。白秋越发得意，收拾内脏的动作更加麻利。

弄完了，老板拿盘子端走了蛇肉。围观的人才摇头晃脑，啧啧而去。

老板越发殷勤了，亲自倒了水来让白秋洗手，还高声大气招呼服务员快拿肥皂来。

蛇肉很快弄好了，端了上来。老板笑道，蛇胆这位兄弟先吃了，就只是一蛇三吃了。白秋和老虎一齐笑了起来。两人重新添酒，对饮起来。

老板忙了一阵，出来同两人搭话，说，老虎兄弟是常客，这位兄弟有点面生。我还没请教尊姓大名哩。

小弟姓苏，苏白秋。

老板忙说，苏白秋，这名字好听。也是城里人吗？怎么不曾见过？

老虎说话了。我这兄弟受了点委屈，同我一样，也在里面待了几年，才出来的。他是绝顶聪明的人，一肚子书。要不是他仗义替朋友出气，早上名牌大学了。

老板一下拘谨起来，说，对不起，对不起。我是有眼不识泰山。我要是不猜错的话，这位苏老弟一定是一中苏老校长的公子？

白秋笑道，什么公子？落难公子，落难公子。

老板叫服务员取了酒杯来，自己酌上一杯酒，说，对这位苏老弟我是久仰了，我也是你爸爸的学生哩，我姓龙，叫龙小东。你爸爸还记得我哩。来来，我敬二位一杯，算是我为苏老弟接风洗尘吧。

三人一同干了。龙小东又说，难得有这样的机会结识苏老弟，这一蛇四吃就算我送的菜了。

　　酒喝得差不多了，两人买了单，起身要走。老板见蛇血还没吃，就说，这是好东西，莫浪费了。刚才白秋本是要老虎喝的，老虎说他不敢喝生血，就谦让白秋。后来只顾说话，也就忘了。这会儿老板一提醒，白秋回头端起蛇血，一口喝了。

　　两人出了门，又说了些酒话，约好明天见面，这才分了手。

　　酒喝得有些过量，白秋心里像有团火在焚烧。他嘴里喷着蛇的血腥味，白河县城在他的脚下摇晃。

　　也许因为苏家太知名，白秋杀蛇的事很快在白河县城流传开来，而且越传越神。有人说，白秋关了几年，胆子更加大了，心也更加狠了，手也更加辣了，杀了蛇吃生的。好心的人就为白秋可惜，说一个好苗子，就这么毁了。

　　过了一阵，种种传言终于到了苏老两口的耳朵里。苏老一言不发，只把头低低地埋着。林老太太却是泪水涟涟，哭道，这个儿子只怕是没救了，没救了。都怪你啊，你做事太猪了。白秋本可以不进去的，你偏相信公安那些人。

　　林老太太说中了苏校长的痛处，令他心如刀绞。但他只是脸上的肌肉微微抽了一下，什么表情也没有。儿子的遭遇已完全改变了老人的个性，他总是那么孤独、忧郁和冷漠。

　　这天下午，白秋在家睡了一觉起来，洗了脸就往外走，林老太太想同他说话，但林老太太只望了他一眼就不敢开言了。他的脸色阴得可怕，目光冷冷的。林老太太想起大家说儿子吃蛇的事，不禁打了一个寒战。白秋下楼去了。林老太太走到阳台上，让晾着的衣服遮着脸，偷偷地看着儿子。只见儿子从校园里一路走过，前面的人就纷纷让路，背后的人就指指戳戳。儿子拐了弯，往大门口去了，马上就有一帮男生躲在拐弯处偷看。似乎校园里走过的是人见人怕的大煞星。林老太太脚有些发软了，扶着墙壁回了屋里。

　　白秋径直去找了老虎。老虎带白秋来到城西的桃花酒家，进了一间包厢。一会儿，六位水灵灵的姑娘笑着进来了。老虎同她们挨个儿打招呼。见了这场面，白秋猜着是怎么回事了。一会儿老板也来了，是一位极风致的少妇，老虎叫她芳姐。芳姐笑眯眯望着白秋说，老虎兄弟真是不吹牛，这位白老弟果然仪表堂堂，一表人才！白秋竟然一下子红了脸。所有女人都瞅着他。芳姐拍拍白秋的肩说，我请客，兄弟们玩个开心，芳姐暂时失陪了。这女人刚要出门，又回过头来，说，白老弟今后可要常来芳姐这里玩啊。白秋点点头，心都跳到嘴巴里衔着了。肩头叫芳姐拍了一下的感觉久萦不散。

　　刚才这么久，白秋一直只是拘谨地笑，不曾说过一句话。

　　老虎说，这些姐妹们都是出来混碗饭吃的。可有些男人玩过之后要赖，不肯给钱。有回小春姑娘没得钱不说，还叫那家伙打了。小春找到我，我让几个兄弟教训了那小子，让那小子乖乖地给了双倍的钱。后来，这些姐妹们就都来找我了。这些姐妹们也可怜，我就帮了她们。

　　那位叫小春的姑娘就扭了扭身子，说，我们都搭帮了老虎大哥，不然就要吃尽苦头了。众姐妹一齐附和，是的是的。

　　很快菜上来了，就开始喝酒。白秋还有些不适，老虎同小春做出的动作他看不入眼。女人们却你拍我，我拍你，笑声不绝。他怕人笑话，就只好陪他们笑。老虎见白秋总是不动，就说，你别太君子了，放开一点。香香，你去陪白大哥。叫香香的女人走了过来，手往白秋肩上一搭，身子就到了白秋腿上。白秋还从未经历过这事，禁不住浑身发抖。

　　白秋不知说什么好，就随口问道，香香贵姓？他这一问，大伙儿都笑了起来。

香香嫣然一笑，说，我们是没有姓的，你只叫我香香就是了。白哥要是喜欢，就叫我香儿吧。香香把脸凑得很近，眼睛笑成了两弯新月。白秋见这女人模样儿还不错，只是鼻子略嫌小了点。

白秋就叫了一声香儿。香香颤颤哆哆地应了。在座的齐声鼓掌。

香香在白秋身上放肆风情，弄得别的女人都吃醋了。小春玩笑道，白哥是黄花儿，香香有艳福，你可要请客哩。香香越发像捏糖人似的，往白秋怀里钻，擦得白秋口干舌燥。

香儿，我口渴死了。白秋说。

香香抿了一口茶，对着嘴儿送到白秋嘴里。大家哄然而笑，都说香香这骚精真会来事，香香也不管他们笑不笑，又抿了口茶送到白秋嘴里。

白秋酒喝得很多，不知不觉就醉了。醒来时已睡在床上，身边躺着一个女人。他知道是香香，心便狂跳起来。他开始害怕自己荒唐了，想要起床。女人见白秋醒了，就转过脸来，问，好些了吗？白秋仔细一看，却是芳姐。芳姐捧着白秋的头，说，他们都走了。你喝得太多了，不省人事，把我吓死了。我把你留下了，又叫车送到这里来了。不是酒店，是在我家里，就我一个人，你放心休息吧。

芳姐只穿了件宽松的睡衣，露着一条深深的乳沟。白秋心乱，忍不住打战。芳姐问，冷吗？是发酒寒吧。来，芳姐抱着你。不等白秋说什么，芳姐早把他搂在怀里了。白秋不好意思把下身贴过去，便拱着屁股。

芳姐说，白秋你是干净身子，不要跟她们去玩，免得染病。老虎爱和她们玩，迟早要吃亏的。

白秋问，她们不是你请的吗？

芳姐说，哪是我请的？我听老虎说了，你原来还是个学生，这几年也不在家，不知道现在社会变到哪一步了。人都变鬼了。你开酒店，没有女人陪酒，客人就不会来，生意就做不下去。请女人吗？公安的又三天两头地来找茬。这些女人都是自己找上门来的，我不给她们开工资，但也不收她们伙食费。她们就像一群赶食的鸟，哪里食多就往哪里飞。你这里要是生意不好，她们又找别的店子去了。她们只凭自己本事去陪客人喝酒，客人开的小费归她们自己。要是有人带她们出去睡觉，我也不管，出事我不负责。但是有一条是死的，决不允许她们同男人在我店子里乱来。就是这样，公安的也常来找麻烦。后来全靠老虎帮忙，公安那边算是摆平了。老虎在公安有朋友，也常带他们来这里玩玩。

白秋听着这些，全是新鲜事，但他也不怎么感叹，只是阴了一下脸。芳姐就问，怎么？不高兴了是吗？芳姐说着，就一手搂着白秋的屁股往自己身上贴，白秋再也拗不过了，就硬邦邦地顶了过去。芳姐的肚皮被戳得生痛，就爱怜地揉揉白秋的脸，噘嘴咬牙地说，好老弟，你真傻呀！说罢就脱下了睡裙。

白秋醒来，只是一个人孤零零躺在床上。脑子里像是灌满了糨糊，把昨夜经历过的事情稀里糊涂粘在一起，怎么也想不清白。起了床，就见芳姐留了一张条子：你起床以后，洗脸吃饭，饭在锅里。

条子没有开头，也没有落款。白秋这下好像突然清醒了，满心羞愧，脸也没洗，拉上门就出来了。

出了门，才知芳姐住的是三楼，下楼估了下方向，又知这是城东。他马上就想起白一了，她的家就在附近，他这会儿想不到应去哪里，家是不想回的。在外同朋友们还有说有笑，只要回到家里，他就说不出一句话来。他也想过父母的难过，但就是开不了心。

白秋这么一路烦躁着，就到白一家门口了。他在外面站了一会儿，才上前敲了门。门开了，白一歪着头探了出来，微笑着问，是白秋哥吗？

白秋又是一惊。你怎么知道是我？你未必有特异功能？

我是神仙啊！白一把白秋让进屋来，才说，你敲门的声音我听得出来。

两人就找一些话来说，白秋尽量显得愉快些。白一却说，白秋哥，你好像精神不太好？

哪里？我很好的。

白一脸朝白秋，默然一会儿，说，你精神是不太好。我看不见，但我感觉得出，你是一副没精打采的样子，就像那些没睡醒的人，脸也没洗，头也没梳就出门了。你去洗个冷水脸，会清醒些的。

白秋被弄得蒙头蒙脑，去厨房倒水洗了脸，还梳了下头发。

白秋回到客厅，白一已坐在风琴边了。白秋哥，我想弹个曲子给你听，你要吗？

当然要，当然要。白秋忙说。

白一低了一会儿头，再慢慢抬手，弹了起来。曲子低回，沉滞，像是夏夜芦苇下面静谧的湖水。起风了。天上的星星隐去了，四野一片漆黑。风越来越大，惊雷裂地，浊浪排空。芦苇没了依靠，要被汹涌的湖水吞噬了。但芦苇的根是结实而坚韧的，牢牢咬住湖底的泥土，任凭湖水在兴风作浪，风势渐渐弱了，天际露出曙色。又是晨风习习，湖面平展如镜。芦苇荡里，渔歌起处，小船吱呀摇来……

白一弹完了，理了理奔下来的头发，半天不说话。白秋说，真好，是什么曲子？白一这才转过脸来，说，没有曲名。你在外面这几年，我和哥哥总是记起你。哥哥又不能去看你。他只要回来，我俩总爱说你。哥哥知道你去的地方是湖区，那里有大片大片的芦苇。芦苇是什么样的，我不知道。我只是从哥哥讲的去猜测，琢磨。我想那该像女儿的头发吧，长长的软软的，在风中飘啊飘啊。有时一个人在家没事，就想起你在那里受苦。那里有很多芦苇，哥哥不在家，我又不能同别人说你，就一个人坐着由着性子弹曲子。

白秋很感动。他似乎意识到自己同白一存有某种灵犀。这是非常奇妙的事，但他没有说出来。白一见他不作声了就问，你在想什么？白秋说，不哩。我在想，你这架风琴太破旧了。我今后要是赚钱了，买一架钢琴送你，你要吗？白一脸一下子红了，说，我哪当得起？白秋说，你白一妹妹当不起谁当得起？

闲话着，白一爸爸回来了。一见白秋，把眼睛瞪得老大，说，哎呀呀，白秋你在这里呀！你爸爸妈妈找你找得发疯了。你昨晚家也不回，哪里去了？

白秋脸上顿时发烧，说，昨天跟朋友喝酒，晚了就没有回去了。

王亦哲转身对女儿说，你女儿家的，一个人在家里小心，来了生人不要随便开门。白秋便手足无措了。王亦哲说罢停一会儿，又说，就是白秋来了，也要听清楚是他才开门。

白秋听出了白一爸爸的意思，就起身说，王叔叔我回去了。白一爸爸客气几句，就进屋去了，白一站在门口，叫住白秋，说，我爸爸这几天心情不好，一定是他工艺美术社生意不好。要么就是碰到什么麻烦了。你常来玩啊。白秋答应常来看她。原来白一爸爸他们文化馆日子不好过了，县里只拨一半工资，少的自己想办法。白一爸爸就开了家"亦哲工艺美术社"。

从白一家出来，碰上西装革履的朱又文。朱又文好像老远就看见白秋了，目光却躲了一下，白秋就目不斜视，挺着身子走自己的路。两人本已擦肩而过的，朱又文似乎又觉得过意不去，猛然回头，说，这不是白秋吗？白秋也佯装认不出了，迟疑片刻，说，哦哦，是又文。这么风光，真是认不出了。两人客套几句就分手了。当年袭击三猴子，本是朱又文最先出的主意。要是白秋把他顶出来，说不定他也要关三年，但白秋没有说出他来。白秋今天见朱又文对他是这个样子，心里很不舒服。

白秋回到家里，妈妈像是见了陌生人样地望着他，半天不回眼。爸爸望他一眼就埋了头。白秋根本不听妈妈爸爸说什么，也不想吃中饭，只想回房睡觉。刚要去房间，爸爸说话了。你回来了几个月了，天天像鬼魂一样满街游荡。今后到底怎么办，你想过没有？白秋本来不想搭腔的，但爸爸嚷个不停，他也就喊了起来。怎么办？我知道怎么办？是我愿意变成这个样子吗？难道我就不会做人上人？我本来可以体体面面过一辈子的，是你！是你这个迂夫子毁了我一生！白秋说罢，转身进房，砰地关上了门。

妈妈被吓得嘴巴半天合不拢。父亲深沉地叹了一声，颓然瘫在了沙发里。迂夫子？我真是迂夫子吗？是啊，我真的很迂啊！老人想起前几天在街上碰上的一位学生。这学生原来读高中时最调皮，成绩最差。现在他混得最好。自己办起了公司，当了不大不小的老板。这学生见了老师，格外尊重，硬是要请老师下馆子喝几杯。老人心里闷，也就随他去了，喝了几杯酒，老人问他怎么这么有出息了？学生哈哈一笑，说，这个容易啊！只要把学校里老师教的大道理全部反过来用，就放之四海而皆准！老人被弄糊涂了，望着学生那张过早发福的胖脸，觉得这个世界真的很陌生了。

白秋在家要死不活地睡了几天，出来到街上闲逛。正巧碰上老虎。老虎请白秋喝茶。两人坐下之后，老虎说，你不够朋友，这么多天都不出来玩一下，我又不敢到你家去。白秋说，有什么不敢的？我家又没有老虎。老虎说，我怕你爸爸，他老人家蛮有股煞气哩。白秋就不说什么了，只问他有什么事吗？老虎说，事倒没什么事。只是芳姐要找你，说要你帮什么忙。白秋脸就红了，胸口狂跳不已，支吾道，知道了。

白秋岔开话题，问老虎靠什么发财。老虎神色有些得意，说，也不一定。那天你见的那些妹子，我保护她们的安全，她们每人每月给我两百块。这钱在她们不算多。我也不多要，凑在一起也有千把块了。再就是帮别人催账。有些人借了钱耍无赖，不肯还，我一出面，他们老老实实还钱。你借人家一万，我要你还一万五你也得还。这些事都用不着我自己出面，我手下的兄弟都很铁的。

白秋听罢，摇了摇头。老虎觉得奇怪，问，怎么了？白秋说，你这么搞不行哩。老虎板了脸，说，听你这口气，就像公安。白秋笑道，老虎，你我是患难之交，千金难买。我这不是教训你，我这么说是有道理的。我们这些人出来之后是没有人帮助的，但人人都瞪着我们。我们就得聪明些，既要讨碗饭吃，又不能让人抓了把柄。不然，我们要是再出事，就不是送去劳教，而是正儿八经坐牢！

老虎一副不信邪的样子，说，那你说我们怎么活？去招工？有人要我们吗？要么干脆当干部去？笑话。

白秋摆摆手，说，你听我讲完吧。就说你帮的那几个妹子，你说是做好事，她们也要你撑腰。但人就怕背时，一旦有人要弄你，你就成了胁迫妇女卖淫了。

老虎发火了，红着脸说，谁胁迫她们了？是她们找上我的。她们找上我时 × 都生茧了！

白秋不火，仍只是笑笑，又说，你发什么火呢？我是说，要是有人整你，没边的事都可以给你编出来，还莫说你这事到底还有些影子呢？还有你帮人催账的事，弄不好人家就告你敲诈勒索。

老虎不服，说，你的意思是要我去拉板车？这是我老虎做的事吗？

白秋说，不是这意思。

老虎想想，觉得也对，就说，我先按你说的试试。你知道我一向是信你的，你读的书比我多。反正你的事就是我的事，我的事就是你的事。我就是赚了钱，也不急着买棺材，还不是朋友们大家花？

老虎的这股豪爽劲，白秋是相信的。在里面同住了两年，老虎对白秋像亲兄弟一样，但老虎对别人也是心狠手辣的。白秋想劝他别太过分，都是难兄难弟。又怕老虎说他怕事，看不起他，就始终没说。老虎出来之前，专门交代白秋，心要狠一点，不然别人就不听你的，你自己就会吃亏。白秋想这是老虎的经验之谈，一定有道理。但轮到他做元帅了，狠也照样狠，却做得艺术些。他只是不时让几个大家都不喜欢的人吃些苦头，威慑一下手下的喽啰。

老虎问白秋，你自己想过要干些什么吗？

白秋说，没想过。我现在天天睡觉，总是睡不醒。老虎，你知道三猴子现在怎么样了吗？

老虎说，三猴子现在更会玩了。看上去他不在外面混了，正儿八经开了家酒家，其实他身后仍有一帮弟兄。三角坪的天霸酒家就是他开的，生意很好，日进斗金啊！他那个东西叫你废了，身边的女人照样日新月异。听说他现在是变态，女人他消受不了，就把人家往死里整。女人图他钱的，或是上了他当的，跟了他一段就受不了啦，拼死拼活要同他闹翻。可是凡跟过他的女人，别的男人你就别想沾，不然你就倒霉。白秋你也绝，怎么偏偏把人家的行头废了呢？

白秋笑道，也不是有意要废他。只是他把我同学那地方捏肿了，我们一伙同学都往那地方下手，哪有不废的？嗯，原来跟他的那个秀儿呢？

老虎叹道，秀儿也惨。她不跟三猴子了，又不敢找人。去年国土局有个男的追她，羊肉没得吃，反沾一身臊，结果被人打得要死还不知是谁下的手。秀儿他妈的长得硬是好，只怕也快三十岁的人了，还嫩得少女样的。这几年县城里也有舞厅了，秀儿原来就是唱戏的，就去舞厅做主持，也唱歌。人就越加风韵了。馋她的人很多，就是再也没人敢下手。

白秋又故作漫不经心的样子，问，芳姐这人怎么样？

老虎说，芳姐的命运同秀儿差不多。她的丈夫你可能不知道，就是前些年大名鼎鼎的马天王，他出名比三猴子还早几天。马天王好上别的女人后，同她离了婚。可也没有人敢同她好，怕马天王找麻烦，后来马天王骑摩托车撞死了，不知为什么，她仍没有找人。不过她开酒店也没人敢欺负她，她娘家有好几个哥哥。

白秋说，其实马天王我也听说过。有人说马天王的哥哥就是城关派出所的马所长？那会儿社会上的事我不清楚，连他马什么名字都不知道。

他叫马有道，现在是县公安局的副局长了。老虎说。

白秋又说，芳姐说公安的老找她们酒店的麻烦，马有道这个情面都不讲？

老虎哼哼鼻子，说，马有道是个混蛋，哪看她是弟媳妇？还想占她的便宜呢！芳姐恨死他了。

白秋本想再打听一些芳姐的事，但怕老虎看出什么，就忍住了。这事说来到底不好听。他也不准备再上芳姐那里去。这几天一想起自己同芳姐那样，心里就堵得难受。

他现在不想别的，只想找个办法去报复三猴子和马有道。要不是这两个人，他这一辈子也是另一个活法了。其实在里面三年，他没有想过出来以后要做别的事，总是想着怎么去报复这两个人。

喝了一会儿茶，老虎说，反正快到晚饭时间了，干脆到桃花酒家去喝几杯吧，芳姐正要找你哩。白秋不想去，就说，你要去就自己去吧，老娘要我早点回去有事哩。两人就分手了。

晚上，白秋怎么也睡不着。他想自己这一辈子反正完了，父母也别指望他什么了。他今后要做的事就是复仇！复仇！他设计了许多方案，往往把自己弄得很激愤。可冷静一想，都不太理想。

夜深了，他却想起了芳姐。那天晚上同芳姐的事情简直是稀里糊涂。这是他第一次同女人睡觉，一切都在慌乱之中。现在想来，芳姐没有给他特别的印象，只有那对雪白的大乳房，劈头盖脸地朝他晃个不停。

白秋心里躁得慌，坐了起来。屋里黑咕隆咚，可芳姐的乳房却分明在他眼前晃来晃去。他受不了啦，起身穿了衣服出门了。

已经入冬，外面很冷，白秋跑了起来。县城本来就不大，晚上又不要让人，一下就到芳姐楼下了。他径直上了三楼，敲了门，谁呀？芳姐醒了。他不作声，又敲了几声，谁呀？声音近了，芳姐像是到了门背后。白秋有些心跳了，声音也颤了起来，说，是我，白秋。

门先开了一条小缝，扣着安全链。见是白秋，芳姐马上睁大了眼睛，稀里哗啦摘下铁链，手伸了过来。

白秋一进屋，芳姐就忙替他脱衣服，说，快上床，这么冷的天。芳姐把手脚冰凉的白秋搂进怀里，心肝肉儿地喊个不停，边喊边问冷不冷。白秋只是喘着粗气，也不答话，手却在芳姐身上乱抓起来。芳姐就用她那湿润的小嘴衔着白秋的耳垂儿，柔柔地说，好弟弟别急，好弟弟别急，慢慢来慢慢来，让芳姐好好教你，芳姐会叫你离不开她的。

白秋在芳姐那里一睡就是一个星期，一日三餐都是芳姐从酒家送来。芳姐很会风情，叫他销魂不已。但当他独自躺在床上时，心里便说不出地沮丧，甚至黯然落泪。他好几次起身要离开这里，却又觉得没有地方可去。

这天清早醒来，白秋说想回家去。芳姐很是不舍，白秋忍了半天才问，我们的事别人会知道吗？芳姐说，你我自己不说，别人怎么会知道？怎么？你怕是吗？白秋说，怕有什么怕的？只是……白秋说了半句又不说了，芳姐就抚摸着白秋说，马天王死了五年了，这五年我是从来没有碰过男人。我等到你这样一个棒男人，是我的福气。但我到底比你大十来岁，传出去也不好听。我也要面子，我不会让人知道我们的事的。

白秋枕着芳姐的胸脯问，芳姐你怎么知道我会对你好呢？

芳姐妩媚一笑，说，刚见到你时，一眼就见你真的很帅。但只当你是小弟弟，没别的心思。再说，你是老虎的兄弟，我也就不把你放在心上。不瞒你说，老虎这人我是不喜欢的。我要用他对付烂仔和公安，他来了我就逢场作戏，让他喝一顿了事。那天你喝得醉如烂泥了，他们那些人都不可能留下来看着你，就只有我了。我让他们都走了，我一个人守着你，用热毛巾为你敷头。我死死望着你，眼睛都不想眨一下。没有别人在场，我偷偷舔了你的嘴唇。这下我像着了魔，实在控制不了自己了。我也就不顾那么多，叫来出租车，把你送回来了。你知道吗？我是一个人把你从下面一口气背上三楼的。我一辈子还没有背过这么重的东西啊。

白秋很是感动，撑起身子望了一会儿芳姐，俯下去吻了她。芳姐也激动起来，咬着白秋的嘴唇热烈地吮着。白秋想自己真的很爱这女人了。但他很清楚，知道这种事是见不得天日的。爱情是势利的，这种事要是发生在某些有地位有脸面的大人物身上，说不定会成为爱情佳话流传千古，而发生在他苏白秋身上，只能是鬼混！

白秋要起床，芳姐按住他的肩头，不让他起来。她说，我先起来，你再睡一会儿吧。

芳姐刚穿好一件羊毛衫，白秋突然感到胸口一阵空落落的味道，忍不住一把抱住芳姐。芳姐不再去穿衣，停下手来搂着白秋。白秋将手伸进芳姐怀里，轻轻地抚摸。芳姐的乳房丰满而酥软，这几天白秋总是抚摸着它们。它们时而叫他激动万分，逗得他很雄壮地做着非常快人的事情；时而叫他安详无比，催他沉入深深的梦乡。

不知是激动还是寒冷，芳姐浑身战抖了起来。白秋正要问她是不是很冷，感觉脸上一阵温热。芳姐在流泪。白秋马上把她拥进被窝里，一边亲着她，一边脱了她的衣服。

白秋尽情地甜蜜了一回，就摸着芳姐的乳房，酣然入睡了。醒来已是上午十一点了。芳姐在床头放了一张字条：

秋：

　　我过去了。你睡得很好看，像个孩子。你休息好了就回去看看吧。我留了一把钥匙在桌上，我随时都等着你来。吻你的嘴唇和鼻子！

白秋把钥匙放进口袋，心便跳了一下。

白秋出了门，猛然想起要经过白一家门口，就转身绕了道。他说不清自己的心情，反正不想从她家门口走。想到白一，他无端地感到胸口发闷。

回到家里，已是十二点钟了。妈妈问他这几天哪里去了，叫妈妈好担心。白秋说，你不用担心，死不了的。爸爸黑着脸，说，问你一句，你就是这个口气。你成天在外面混，硬是要再进去一回才心甘是吗？这话惹火了白秋，他吼道，你还想送我进去？告诉你，没那么容易！你们口口声声是为了我好，不就是嫌我扫了你们的面子吗？我不高兴呢，就这么玩一天算一天；高兴了呢，就去做个什么事情。我要是做起事来，五年之内不发大财，不捞个政协委员的帽子戴戴，我就不是人！

白秋说完，就自个儿进厨房找东西吃去了，也不顾父母气成什么样子。

吃了碗饭，白秋坐下来看电视，旁若无人的样子。没有好的节目，他便将台换来换去。两位老人坐在一边，像两只受了惊的老猫。白秋猛然想起自己一个小时之前还沉醉在温柔之乡，而真实的世界却是在这里！他觉得很没有意思，丢掉手中的遥控器，进了房里，蜷到床上去了。

父亲望着儿子那扇紧闭的门，目光呆滞而灰暗。他一直想心平气和地同儿子说说话，可话一出口就变味了。他知道自己刚才的话刺痛了儿子，心里有些后悔。他的确又说不出别的什么话来，似乎自己的观念、思维、语言和表达方式都已属于另一个时代了，他无法同这个陌生的世界交流了。

这天下午，白秋来到上次同老虎吃蛇的馆子，老板龙小东很客气地招呼他。白秋问有没有活蛇，想买一条。龙小东觉得奇怪，问他买活蛇干什么？苏老弟自己也开馆子？白秋笑道，哪里。我是想自己回去做了吃。只要你这里弄蛇肉，我就是以后开了馆子也不会弄的。做朋友啊，就不要抢朋友的生意是不是？龙小东拍拍白秋的肩膀，说，老弟够意思！这蛇算我送了！说着就叫师傅捉了一条大活蛇来。白秋硬要过秤付钱，说，这不行这不行。说不定我吃上瘾了，天天要来买，我怎么好意思？这么一说，龙小东才勉强收了钱。

当夜，白秋睡到凌晨两点多钟，爬了起来，提着蛇出了门。他来到天霸酒家门前，将蛇从门旁的花窗放了进去，然后径直去了芳姐那里，悄悄开了门。他钻进被窝，芳姐才惊醒，喜得她欢叫起来。

第二天中午，天霸酒家的吧台下钻出一条蛇来，吓得几个小姐尖叫起来，慌慌张张爬到吧台上。客人们不知发生了什么事，却见那蛇向厅中央逶迤而来。全场大惊，纷纷夺路而逃。厨房师傅跑了出来，壮着胆子想去打，那蛇又出了大门，向街上爬游。街上人见了，哄地散到一边，立即有许多人远远地围着看热闹。几个胆大的后生捡了石头去打，手法又不准。一会儿，那蛇就钻进下水道里去了。人们半天不敢上前看个究竟。

不多时，很多人都知道天霸酒家钻出一条蛇来，有说从吧台出来的，有说从服务员被窝里出来的，还有说从酱油缸子里钻出来的。

次日上午十点多钟，天霸酒家浸药酒的大酒缸后面又爬出一条蛇来。这时还没有客人，只把一个服务员吓瘫在地上起不来。厨房师傅这回毫不犹豫，操起棍子就朝蛇头打去，几下就把那蛇打死了，大家都说是昨天跑了的那条蛇。里面搞得闹哄哄的，门口便挤了许多人。有人就说，蛇是灵物，昨天来了，今天又来，只怕有怪。今天三猴子自己在场，听人这么说，他将眼一横，吼道，少讲些鬼话！今天我吃了这条蛇，看有没有怪！别人也就不敢说什么了。这天中午和晚上的客人却少了许多。三猴子叫师傅炖了这条蛇，自己同红眼珠他们几个兄弟喝了几杯。三猴子有意张扬，说这清炖蛇的味道真好，汤特别鲜美。

第三天，三猴子自己一早就到了酒家。他心情不好，龙睛虎眼的样子，说，我就要看是不是硬出鬼了。那条蛇叫我一口一口地嚼碎了，看它是不是从我肚子里爬出来了！他坐在厅中间抽了一会儿烟，发现墙角边那两张圆桌面子，就叫来服务员，骂道，你们是怎么回事？我昨天讲了，叫你们把那两张桌面收到里面去，就是没人收！两个服务员就低着头，去搬桌面。两人刚拿开桌面，立马叫了起来。一位服务员倒了下来，叫桌面压着，全身发软。

墙角蜷着一条大蛇！

三猴子脸都吓青了。厨师跑了出来，手脚抖个不停。三猴子叫厨师快打快打！厨师只是摇头，不敢近前。半天才说，我完了，我完了。三猴子怔了一会儿，见所有人都跑出去了，自己也忙跑了，感觉脚底有股冷飕飕的阴风在追着他。

外面早围了许多人。厨师一脸死气，说，我只怕要倒霉了。蛇明明是我昨天打死的那条，我们还吃了它。今天它怎么又出来了呢？厨师说着就摸着自己的喉头，直想呕吐。这回三猴子不怪别人说什么了，他不停地摸着肚子，好像生怕那里再钻出一条蛇来。

一位民警以为出了什么事，过来问情况。一听这怪事，就严肃起来。不要乱说，哪会有这种事？说罢一个人进去看个究竟。一会儿出来了，说，哪有什么蛇？鬼话！

三猴子和厨师却更加害怕了。刚才大家都看见了的，怎么就不见了呢？民警轰了一阵，看热闹的人才慢慢散了。

三猴子的脸还没有恢复血色。他叫厨师同他一道进去看看。厨师死都不肯，说他不敢再在这里干了，他得找个法师解一解，祛邪消灾。服务员们更是个个哭丧着脸，都说要回去了，不想干了。她们惦记着自己放在里面的衣服，却又不敢进去取，急死人了。

不几天，天霸的怪事就敷衍成有枝有叶的神话了，似乎白河县城的街街巷巷都弥漫着一层令人心悸的迷雾。有一种说法，讲的是三猴子作恶太多，说不定手上有血案，那蛇定是仇人化身而来的。

天霸关了几天之后，贴出了门面转租的启事。白秋找老虎商量，说他想接了天霸的门面。老虎一听，说，白秋你是不是傻了？天霸的牌子臭了，你还去租它？白秋说，人嘛，各是各的运气。他三猴子在那里出怪事，我苏白秋去干也出怪事？不一定吧！我同三猴子不好见面，拜托你出面。既然牌子臭了，你就放肆压价。老虎见白秋硬是要租这个门面，就答应同三猴子去谈谈。

因为再没别的人想租，老虎出面压价，很快就谈下来了。半个月之后，天霸酒家更名天都酒家，重新开张了。老虎在县城各种关系都有，请了许多人来捧场。这一顿反正是白吃，一请都来了。白秋请了在县城的所有同学，差不多也都到了，只是朱又文没来。就有同学说朱又文不够朋友。什么了不起的？不就是搭帮他老子，捞了个银行工作吗？听说他老子马上要当副县长了，今后这小子不更加目中无人了！白秋笑笑，说，不要这么说，人家说不定有事走不开呢？

龙小东不请自到，放着鞭炮来贺喜。他拍拍白秋的肩膀，说，苏老弟，大哥我佩服你！你不像三猴子，他妈的不够意思！说着又捏捏白秋的肩头，目光别有意味。白秋就拉了拉他的手，也捏了捏，两人会意而笑。

三猴子也来了，他是老虎请来的。三猴子进门就拱手，说老虎兄弟，恭喜恭喜！老虎迎过去，握着三猴子的手说，你得恭喜我们老板啊！说着就叫过白秋。

三猴子早不认识白秋了，只见站在他面前的是个高出他一头的壮实汉子。三猴子脸上一时不知是什么表情，白秋却若无其事，过来同他握了手，说感谢光临。

三猴子坐不是立不是，转了一圈就走了，饭也没吃。白秋脸上掠过一丝冷笑。

天都酒家头几天有些冷清，但白秋人很活泛，又有芳姐指点，老虎又四处拉客。过不了几天，生意就慢慢好起来了。

白秋名声越来越大，县城几乎所有人都知道天都酒家的白秀才。又有在里面同他共过患难的兄弟出来了，都投到他的门下。城里烂仔有很多派系，有些老大不仁义，他们的手下也来投靠白秋。白秋对他们兄弟相待，并没有充老大的意思。他越是这样，人家越是服他。老虎名义上带着一帮兄弟，可连老虎在内，都听白秋的。

白秋花三天工夫就钓上了秀儿，秀儿认不得他，同他上过床之后，才知道他就是几年前废了三猴子的那个人。秀儿吓得要死，赤裸裸坐在床上，半天不知道穿衣服。这女人大难临头的样子，将两只丰满的乳房紧紧抱着，脸作灰色，说，我完了，三猴子要打死我的。你也要倒霉的。

白秋揉着秀儿的脸蛋蛋，冷笑说，不见得吧。

白秋觉得这秀儿真的韵味无穷，事后还很叫人咀嚼，但他只同她玩一次就不准备来第二次了。他不想让芳姐伤心，只是想刺刺三猴子。想起芳姐，他真的后悔不该同秀儿那样了。是否这样就算报复了三猴子呢？真是无聊！

一天，秀儿亡命往天都跑，神色慌张地问白秋在吗？白秋听见有人找，就出来了。秀儿将白秋拉到一边，白着脸说，三猴子说要我的命。他的两个兄弟追我一直追到这里，他们在门外候着哩。白秋叫秀儿别怕，让她坐着别动，自己出去了。白秋站在门口一看，就见两个年轻人靠在电线杆上抽烟。白秋走过去，那两个人就警觉起来。见白秋块头大，两人递了眼色就想走。白秋却笑呵呵地，说，兄弟莫走，说句话。我是白秀才，拜托两位给三猴子带个话。秀儿我喜欢，他要是吓着秀儿，会有人把他的蔫茄子摘下来喂狗！

当天晚上，白秋专门叫老虎和几个兄弟去秀儿唱歌的金皇后歌舞厅玩，他知道那是三猴子也常去的地方。果然三猴子同他的一帮兄弟也在那里。秀儿点唱时间，白秋同她合作一首《刘海砍樵》，有意改了词，把秀大姐，你是我的妻呵唱得山响。秀儿唱完了，白秋就搂着秀儿跳舞，两人总是面贴着面。三猴子看不过去，带着手下先走了。

白秋觉得不对劲，就对老虎说，你告诉兄弟们，等会儿出去要小心。

大家玩得尽兴了，就动身走人。白秋料定今晚会有事，就带着秀儿一块儿走。果然出门不远，三猴子带着人上来了。老虎拍拍白秋，说，你站在一边莫动手，兄弟们上就是了。老虎上前叫三猴子，说，我的面子也不给？三猴子手一指，叫道，你也弄耍老子！老虎先下手为强，飞起一脚将三猴子打了个跟跄。混战就在这一瞬间拉开了。老虎只死死擒着三猴子打，三猴子毕竟快四十岁的人了，哪是老虎的对手？白秋在一边看着，见自己的人明显占着优势。眼看打得差不多了，白秋喊道，算了算了！两边人马再扭了一阵，就放手了。白秋站在台阶上居高临下，说，我们兄弟做人的原则是：不惹事，不怕事。今天这事是你们先起头的，我们想就这么算了，我们不追究了。今后谁想在我们兄弟面前充爷爷，阉了他！

三猴子还在骂骂咧咧，却让他的兄弟们拉着走了。老虎听三猴子骂得难听，又来火了，想追上去再教训他几下。白秋拉住他，说，他这是给自己梯子下，随他去吧。

秀儿还在发抖。老虎朝白秋挤挤眼，说，你负责秀儿安全，我们走了。

白秋要送秀儿回去，秀儿死活不肯，说怕三猴子晚上去找麻烦。女人哆哆嗦嗦的，样子很让人怜，白秋没办法，只好带她上了酒家，刚一进门，秀儿就瘫软起来。白秋便搂起她。这女人就像抽尽了筋骨，浑身酥酥软软的。白秋将秀儿放上床，脖子却被女人的双臂死死缠住了。女人的双臂刚才一直无力地耷拉着，此时竟如两条赤链蛇，叫白秋怎么也挣不脱。

女人怪怪地呻吟着，双手又要在白秋身上狂抓乱摸，又要脱自己的衣服，恨不能长出十只手来。

白秋心头翻江倒海，猛然掀开女人。女人正惊愕着，就被白秋三两下脱光了。

暴风雨之后，白秋脸朝里面睡下，女人却还在很风情地舔着他的背。白秋心情无端地沮丧起来。他想起了芳姐，心里就不好受。他发誓同秀儿真的是最后一次了。

第二天晚上，白秋去芳姐那里。门却半天开不了，像是从里面反锁了。白秋就敲门，敲了半天不见动静，就想回去算了。正要转身，门却开了。芳姐望着白秋，目光郁郁的。白秋心想，芳姐一定怪他好久没来了。他进屋就嬉皮笑脸的样子，抱着芳姐亲了起来。芳姐嘴唇却僵僵的没有反应。白秋说，怎么了嘛！芳姐钻进被窝里，说，你有人了，还记得我？还为人家去打架！

白秋这回明白是怎么回事了，心里歉歉的。但他不想说真话，就说，你知道的，三猴子是我的仇人，不是三猴子，我也不是这个样子了。三猴子太霸道，凡是同他好过的女人，别人沾都沾不得，这些女人也就再没有出头之日。我就是要碰碰秀儿，教训一下他，免得他再在我面前充人样。我和秀儿其实也没什么，只是同她一块跳跳舞，有意刺激一下三猴子。

芳姐不信，说，人家是县里两朵半花中的一朵啊，你舍得？我又算什么？

白秋死皮赖脸地压着芳姐，在她身上一顿乱吻。吻得芳姐的舌头开始伸出来了，他才说，我就是喜欢芳姐！芳姐就笑了，说，是真的吗？你就会哄人！白秋说，是不是真的，你还不知道？芳姐就轻轻拍着白秋的背，像呵护着一个孩子。

白秋伏在芳姐胸脯上摩挲着，心里很是感慨。出来这一年多，他在这女人身上得到过太多的温存。他同芳姐的感情，细想起来也很有意味。当他在芳姐身上做着甜蜜事情的时候，他是一个成熟的男人，因为他高大而壮实；当他枕着芳姐的酥胸沉睡或说话时，他又像一个孩子，因为芳姐比他大十一岁。他俩在一起，就这么自然而不断地变换着感觉和角色，真有些水乳交融的意思。白秋在一边独自想起芳姐时，脑海里总是一个敞开胸怀作拥抱状的女人形象。他感觉特别温馨，特别醉人。

白秋知道马有道好色，就问老虎，手中有没有马有道的把柄。老虎有些顾虑，怕弄不倒这个人。白秋说，不弄倒这个人，我死不瞑目！我也不想栽他的赃，只是看有没有他的把柄。

老虎说，这人既贪财，又好色。贪财你一时搞他不倒，好色倒可以利用一下。去年香香找到我，说有个姓李的男人玩了她不给钱，只说有朋友会付的。但是没有人给。她过后指给我看，我见是马有道。我想一定是有人请客，但不知哪个环节出了差错，没有给香香付钱。马有道当副局长以后，不太穿制服，香香又不认得他。我只好同香香说，这个姓李的是我一个朋友，就算我请客吧。这马有道同香香玩过之后，对香香还很上心，常去找她。总不给钱，又耽误人家生意，香香也有些烦躁。但碍着我的面子，只好应付。

白秋听了拍手叫好，说，下次他再来找香香，你可以让香香通个信吗？

老虎说，这当然可以。说罢又玩笑道，香香你也可以找她哩，这女人对你可有真心哩。

白秋脸红了，说，你别开我的玩笑了。自从去年我们同香香吃了顿饭，我再没见到过她哩。这女人的确会来事。

老虎仍有些担心，说，马有道现在是公安局副局长了，有谁敢下手？再说这么一来，把香香也弄出来了。

白秋说，香香我们可以想办法不让她吃苦。只要她愿意，今后就不再干这种事了，可以到我天都来做服务员。抓人我也可以负责，总有人敢去抓他的。

原来，城关派出所的副所长老刘，同马有道共事多年，有些摩擦。马有道升副局长，没有推荐老刘当所长，而是从上面派了人来。老刘对马有道就更加恨之入骨了。白秋回来后，有天老刘碰到他，专门拉他到一边，说，当年送你劳教，全是马有道一手搞的。所里所有人都不同意这么做，马有道要巴结三猴子在地公安处的姐夫，一定要送你去。马有道他妈的真不是东西，领导就是看重这种人。他也别太猖狂，这么忘乎所以，迟早要倒霉的。白秋相信老刘的话。见老刘那激愤的样子，白秋就猜想他巴不得早一天把马有道整倒。

十多天之后，县里传出爆炸性新闻：县公安局副局长马有道在宏达宾馆嫖娼，被城关派出所当场抓获。听说县有线电视台的记者周明也跟了去，将整个过程都录了像。周明时不时弄些个叫县里头儿脸上不好过的新闻，领导们说起他就皱眉头。宣传部早就想将他调离电视台，但碍着他是省里的优秀记者，在新闻界小有名气，只好忍着。

人们正在议论这事是真是假，省里电视台将这丑闻曝了光。小道消息说，这中间还有些曲折。说是分管公安的副县长朱开福批评了周明，怪他不该录像，损害了公安形象。我们干部犯了错误，有组织上处理，要你们电视台凑什么热闹？他还要周明交出录像带。周明被惹火了，说，到底是谁损害了公安形象？他本来就是天不怕地不怕的，索性把录像带送到省电视台。省台的人都很熟，对他明说，这类批评性报道最不好弄，搞不好就出麻烦。周明便大肆渲染了朱开福的混蛋和个别县领导的袒护。省台的朋友也被说得很激愤了，表示非曝光不可，杀头也要曝光！

马有道在省电视台一亮相，就算彻底完了。他立即被开除党籍，调离公安战线。县委还决定以此为契机，在全县公安战线进行了一次作风整顿。朱开福在会上义正词严的样子，说，一定要把纯洁公安队伍作为常抓不懈的大事。只要他胆敢给公安战线抹黑，就要从严查处，决不姑息！

白秋将这事做得很机密，可过了一段，还是有人知道了。大家想不到马有道英雄一世，最后会栽在白秀才手里。马有道平时口碑不太好，人们便很佩服白秋。

社会上的各派兄弟对他更是尊重。有人提议，将各派联合起来，推选一个头儿。这天晚上，各派头儿在城外河边的草坪上开会。白秋是让老虎硬拉着去的。他不想去凑这个热闹。他从来就不承认自己是哪个派的头儿，只是拥有一些很好的兄弟。但白秋一去，大家一致推选他做头。三猴子没有来，说是生病了，他们那派来的是红眼珠。红眼珠做人乖巧些，同白秋在表面客套上还过得去。他见大家都推举白秋，也说只有白秋合适些。

白秋却说，感谢各位兄弟的抬举。但这个头我不能当，我也劝各位兄弟都不要当这个头。白秋这么一说，大家都不明白。有人还怪他怎么一下子这么胆小了。

白秋说，我讲个道理，大家在社会上混，靠的是有几个好兄弟。我们若有意识地搞个组织，要是出了个什么事，公安会说我们是团伙，甚至是黑社会。这是要从重处理的。我们自己就要聪明些，不要搞什么帮呀派呀。只要朋友们贴心，有事大家关照就行了。不是我讲得难听，兄弟们谁的屁股上没有一点屎？要是搞个帮派，不倒霉大家平安，一倒霉事就大了，这个当头的头上就要开花！我反正不当这个头。不过有句话，既然大家这么看得起我，我今后有事拜托各位的话，还请给我面子。

于是这次草坪会议没有产生盟主。尽管白秋死活不就，但这次碰头以后，他还是成了城里各派兄弟心目中事实上的领袖。只是没有正式拜把，他自己不承认而已。

兄弟们的推崇并没有给白秋带来好的心情。三猴子和马有道他都报复过了，这也只是让他有过一时半刻的得意。他现在感到的是从未有过的空虚和无奈。想命运竟是这般无常！人们公认的白河才子，如今竟成了人们公认的流氓头子！想着这些，白秋甚至憎恨自己所受的教育了。他想假如自己愚鲁无知，就会守着这龙头老大的交椅耀武扬威了，绝无如此细腻而复杂的感受。但他毕竟是苏白秋！

白秋的天都酒家生意很红火。晚上多半是兄弟们看店子，他总是在芳姐那里过夜。只是时时感到四顾茫然。他从一开始就明白自己同芳姐不会长久的，毕竟不现实。但芳姐的温情他是无法舍弃的。芳姐不及秀儿漂亮，可他后来真的再也没有同秀儿睡过觉。秀儿也常来找他，他都借故脱身了。只要躺在芳姐的床上，他就叫自己什么也别去想。也不像以前那样总是醉心甜蜜事情了，他总是在芳姐的呢喃中昏睡。似乎要了结的事情都了结了，是否以后的日子就是这么昏睡？

白秋时不时回家里看看，给妈妈一些钱，或是带点东西回去。妈妈见白秋正经做事了，心也宽了些。他同妈妈倒是有些话说了，同爸爸仍说不到一块儿去。有回猛然见爸爸背有些驼了，胡子拉碴，很有些落魄的样子。他心里就隐隐沉了一下，想今后对爸爸好些。可一见爸爸那阴着脸的样子，就什么话也说不出了。

那天晚上他很早就去了芳姐那里。路过白一家门口，又听见白一在弹那支无名曲子。他禁不住停了下来，感觉身子在一阵一阵往下沉。犹豫了半天，他还是硬着头皮敲了门。正好是白一爸爸开的门，笑着说声稀客，脸上的皮肉就僵着了。白一听说是白秋，立即停下弹琴，转过脸来。白一脸有些发红，说，白秋哥怎么这么久都不来玩呢？白一爸爸就说，白秋是大老板了，哪有时间来陪你说瞎话？

白秋听了瞎话二字，非常刺耳，就望了一眼白一，白一也有些不高兴，但只是低了一下头，又笑笑地望着白秋。

白秋总是发生错觉，不相信这双美丽的大眼睛原是一片漆黑。

说了一会儿闲话，白一爸爸就开始大声打哈欠。白秋就告辞了。

一路上就总想着白一的眼睛。他想这双眼睛是最纯洁的一双眼睛，因为它们没有看见过这个肮脏的世界。似乎也只有在这双眼睛里，白秋还是原来的白秋。

这个晚上，芳姐在他身下像只白嫩的蚕，风情地蠕动着，他的眼前却总是晃动着白一的眼睛。那是一双什么都看不见，似乎又什么都能透穿的眼睛！

他发誓自己今后一定要娶白一！

今晚月色很好。月光水一般从窗户漫过来，白秋恍惚间觉得自己飘浮在梦境里。芳姐睡着了，丰腴而白嫩的脸盘在月光下无比温馨。

白秋感觉胸口骤然紧缩一阵。心想终身依偎着这样一个女人，是多么美妙的事啊！

可是这样的月光，又令他想起了白一。白一多像这月光，静谧而纯洁。

自己配和白一在一起吗？既然已经同芳姐这样了，还是同这女人厮守终身吧。白秋想到这一层，突然对芳姐愧疚起来，觉得自己无意间亵渎了芳姐。他想自己既然要同芳姐在一起，就不能有退而求其次的想法。

正想着这两个女人，父亲的影子忽然出现在他的脑海里，父亲佝偻着腰，一脸凄苦地在那窄窄的蜗居里走动，动作迟缓得近于痴呆。父亲现在很少出门了，总是把自己关在屋里。从前，老人家喜欢背着手在外面散步，逢人便慈祥地笑。现在老人家怕出门了，怕好心的人十分同情地同他说起他的满儿子。

白秋似乎第一次想到父亲已是这般模样了，又似乎父亲是一夜之间衰老的。他深沉地叹了一声。芳姐醒了，问，你怎么了？又睡不着了是吗？说着就爱怜地搂了白秋，轻轻拍着他的背，像呵护着孩子。白秋闭上眼睛，佯装入睡。心里却想，明天要回去一下，喊声爸爸。今后一定对爸爸好些。就算想娶了芳姐，别人怎么说可以不顾及，但必须慢慢劝顺了父母。再也不能这么荒唐了，非活出个人模人样来不可，让人刮目相看，叫父母有一份安慰！

第二天，白秋同芳姐起得迟。白秋洗了脸，猛然记起昨天酒家厨房的下水道堵了，还得叫人疏通，便同芳姐说了声，早饭也不吃就走了。也许是想清了一些事情，白秋的心情很好。路上见了熟人，他便颔首而笑。

一到酒家，就见朱又文等在那里。白秋就玩笑道，朱衙内今天怎么屈尊寒店？

朱又文就说，老同学别开玩笑了，我是有事求你帮忙哩。说着就拖着白秋往一边走。

是你在开玩笑哩，你朱先生还有事求我？白秋说。

朱又文轻声说，真的有事要求你。我爸爸的枪被人偷了，这是天大的事，找不回来一定要挨处分。

白秋说，你真会开玩笑，你爸爸是管公安的副县长，丢了枪还用得着找我？那么多刑警干什么吃的？

朱又文说，这事我知道，请你们道上的朋友帮忙去找还靠得住些。这事我爸爸暂时还不敢报案哩。

白秋本来不想帮这个忙，因朱又文这人不够朋友。但朱又文反复恳求，他就答应试试。

白秋这天晚上回家去了。他给爸爸买了两瓶五粮液酒，说，爸爸你今后不要喝那些低档酒，伤身子。要喝就喝点好酒，年纪大了，每餐就少喝点。

爸爸点头应了几声嗯嗯，竟独自去了里屋。儿子已很多年没有叫他了，老人家觉得喉头有些发哽，眼睛有些发涩。

妈妈说，白秋，你爸爸是疼你的，你今天喊了他，他……他会流眼泪的啊。今年他看到你正经做事了，嘴上不说什么，心里高兴。你有空就多回来看看。

白秋也觉得鼻子里有些发热。但不好意思哭出来，笑了笑忍过去了。

这几天芳姐觉得白秋像是变了一个人，不再老是苦着脸，话也特别多。他总说我们的生意会越来越好，我们今后一定会垄断白河县的餐饮业。见白秋口口声声说我们，芳姐很开心，就说，我们这我们那，我们俩的事你想过吗？芳姐也早不顾及别人怎么说了，只一心想同白秋厮守一辈子。白秋听芳姐问他，就笑笑，捏捏芳姐的脸蛋儿，说，放心吧，反正我白秋不会负人，不负你，不负父母，不负朋友。我在父母面前发过誓的，我就不相信我做不出个样子来。

几天以后，朱又文家的人清早起来，在自家阳台上发现了丢失的手枪。

白秋那天只同一个兄弟说过一声，让他去外面关照一声，谁拿了人家的枪就送回去。事后他再没同谁说过这事，也没想过枪会不会有人送回来。他并不把这事太放在心上。朱又文家找回了丢失的枪，他也不知道。他这天上午很忙，晚上有人来酒家办婚宴，他同大伙儿在做准备。尽管很忙，他还是同爸爸妈妈说了，晚上回去吃晚饭，只是得稍晚一点。他想陪父亲喝几杯酒。他问了芳姐，是不是同他一块回家去吃餐饭？芳姐听了高兴极了。白秋还从未明说过要娶她，但今天邀她一同回家去，分明是一种暗示。但她不想马上去他家，就说，我还是等一段再去看他们老人家吧。现在就去，太冒失了。

可是谁也没有料到的事情发生了。就在这天下午，刑警队来人带走了白秋。老虎和红眼珠也被抓了起来。

原来，朱开福见自己的枪果然被送了回来，大吃一惊。他同几个县领导碰了下头，说，黑社会势力竟然发展到这一步了，翻手为云，覆手为雨，这还了得？

预审一开始，白秋就明白自己不小心做了傻事。他不该帮朱开福找回手枪。他很愤怒，骂着政客、流氓，过河拆桥，恩将仇报。从预审提问中，白秋发现他们完全把他当成了白河县城黑社会的头号老大，而且有严密的组织，似乎很多起犯罪都与他有关，还涉嫌几桩命案。他知道，一旦罪名成立，他必死无疑。

总是在黑夜里，他的关押地不断地转移。他便总不知自己被关在哪里。过了几个黑夜，他就没有了时间概念，不知自己被关了多久了。车轮式的提审弄得他精疲力竭。他的脑子完全木了，同芳姐一道反复设计过的那些美事，这会儿也没有心力去想起了。终日缠绕在脑海里的是对死亡的恐惧。他相信自己没有任何罪行，但他分明感觉到有一只看不见的手在将他往死里推。他的辩白没有人相信。

不知过了多少天，看守说有人来看他了。他想象不出谁会来看他，也不愿去想，只是木然地跟着看守出去。来的却是泪流满面的芳姐。就在这一刹那，白秋的心猛然震动了。他想，自己只要有可能出去，立即同这女人结婚！

芳姐拉着白秋的手，说不出一句话，只是哭个不停。芳姐憔悴了许多，像老了十岁。

白秋见芳姐总是泪流不止，就故作欢颜，说，芳姐你好吗？

芳姐不知是点头还是摇头，只呆呆望着白秋，半天才说，我找你找得都要发疯了。他们打你了吗？

白秋说，没什么哩。反正是天天睡觉。这是哪里？

听芳姐这一说，才知自己是被关在外县。他被换了好几个地方，芳姐就成天四处跑，设法打听他的下落。托了好多人，费了好多周折，芳姐才找到他。白秋望着这个痴情的女人，鼻子有些发酸。

芳姐说，我去看了你爸爸妈妈，两位老人不像样子了。你妈妈只是哭，说那天你说回去没回去。可怜你父亲，眼巴巴守着桌上的酒杯等你等到深夜。他老人家总是说你这辈子叫他害了。我陪了两位老人一天，又急着找你，就托付了我店里的人招呼他们二老。白秋听着，先是神色戚戚，马上就泪下如注，捶着头说自己不孝。芳姐劝慰道，你别这样子，我知道你没有罪，你一定会出去的。他们不就是认钱吗？

我就算倾家荡产，也要把你弄出去。你放心，我会照顾老人家，等着你出来。

自从那天白秋喊了爸爸，他对爸爸的看法好像完全改变了。他开始想到爸爸原来并没有错。他老人家只是为了让儿子变好，让儿子受到应有的教育或者惩罚。但是老人家太善良、太正派，也太轻信。他以为全世界的人，都会按他在课堂上教的那样去做。结果他被愚弄了。白秋越来越体会到，父亲有自己一套人生原则，这也正是他老人家受人尊重的地方。但到了晚年，老人家蓦然回首，发现一切早不再是他熟稔的了。爸爸为自己害了儿子而悔恨，可老人家知道自己分明没有做错！白秋太了解爸爸了，他老人家太习惯理性思维了，总希望按他认定的那一套把事情想清楚。可这是一个想不清楚的死结，只能让爸爸痛苦终身。按爸爸的思维方式，他会碰上太多的死结。因而爸爸的晚年会有很多的痛苦。白秋早就不准备再责怪这样一位善良而孤独的老人了。只要自己能出去，一定做个大孝子。可他担心自己只怕出不去。说不定芳姐白白拼尽了全部家产，也不能救他一命。

芳姐说，告诉你，三猴子死了，同人打架打死的。他终于得到报应了。

白秋听了却没有什么反应，只说，没有意思了。我现在只希望你好好的，希望爸爸妈妈好好的。

芳姐擦了一下眼泪，脸上微露喜色，说，白秋，我们有孩子了。芳姐说着就摸摸自己的肚子。

白秋眼睛睁得老大，说不清自己的心情。芳姐就问，你想要这孩子吗？白秋忙点头，要要，一定要。芳姐终于笑了，拉着白秋的手使劲地揉着。

探视时间到了。芳姐眼泪又滚下来了。白秋本想交代芳姐，自己万一出去不了，请她一定拿他的钱买一架钢琴送给白一，但怕芳姐听了伤心，就忍住了。

夜里，白秋怎么也睡不着。最近一些日子，他本来都是昏昏沉沉的，很容易入睡。似乎对死亡也不再恐惧了。可今天见了芳姐，他又十分渴望外面的阳光了。他很想马上能够出去。直到深夜，他才迷迷糊糊睡去。刚一睡着，咣当咣当的铁门声吵醒了他。恍恍惚惚间，他听得来人宣判了他的死刑。刑场是一片漫无边际的芦苇，开着雪一样白的花。他站在一边，看着自己被押着在芦苇地里走啊走啊。芳姐呼天抢地，在后面拼命地追，总是追不上他。他想上去拉着芳姐一块儿去追自己，却怎么也走不动。又见白一无助地站在那里哭，眼泪映着阳光，亮晶晶地刺眼。枪响了，他看见自己倒下去了，惊起一群飞鸟，大团大团芦花被抖落了，随风飘起来。天地一片雪白。